KB274342

JEHOVA
EMMANUEL
MESSIAH
AGLA
ERICON
JEIAH
ANORISONA
ARKSIONA
TETRAGRAMMATON
ADONAY
C
A
God's blood
갓즈 블러드

가즈 블러드 1

황규영 판타지 장편 소설

초판 1쇄 찍은 날 § 2006년 11월 4일
초판 1쇄 펴낸 날 § 2006년 11월 14일

지은이 § 황규영
펴낸이 § 서경석

편집장 § 문혜영
편집책임 § 유경화
편집 § 이재권

펴낸곳 § 도서출판 청어람
등록번호 § 제1081-1-89호
등록일자 § 1999. 5. 31
어람번호 § 제1-0758호

주소 § 경기도 부천시 원미구 심곡1동 350-1 남성B/D 3F (우) 420-011
전화 § 032-656-4452 팩스 § 032-656-4453
http://www.chungeoram.com
E-mail § eoram99@chollian.net

ⓒ 황규영, 2006

ISBN 89-251-0390-7 04810
ISBN 89-251-0389-3 (세트)

FANTASY FRONTIER SPIRIT

가즈 블러드 1

황규영 판타지 장편소설

God's blood

도서출판 청어람

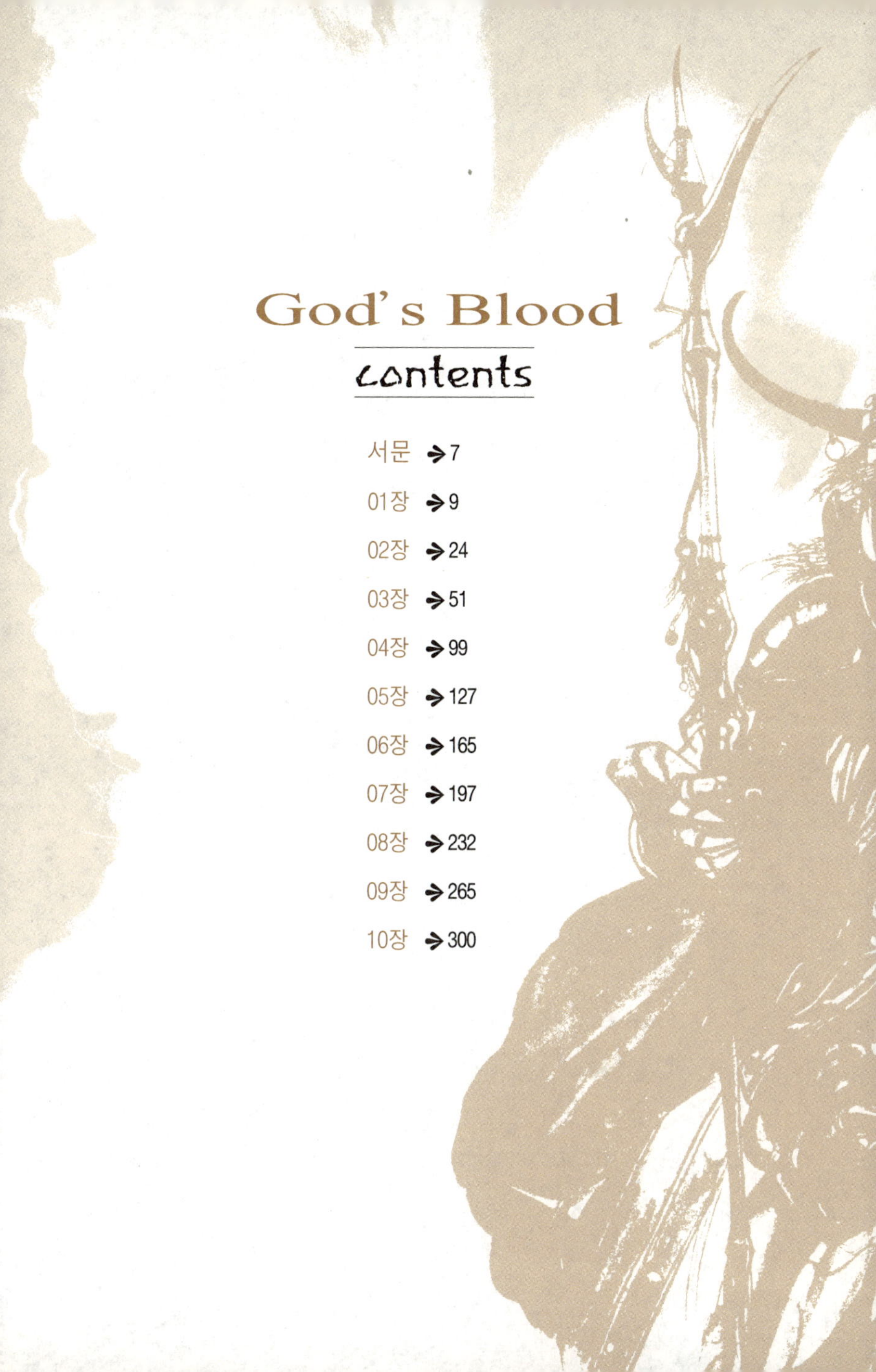

God's Blood

contents

서문 ➜7

01장 ➜9

02장 ➜24

03장 ➜51

04장 ➜99

05장 ➜127

06장 ➜165

07장 ➜197

08장 ➜232

09장 ➜265

10장 ➜300

 서문

읽고 싶은 것과 쓰고 싶은 것, 그리고 써야 하는 것이 언제나 일치한다면 좋겠습니다.

이번에는 무협을 쓸까, 판타지를 쓸까, 아니면 다른 장르의 글을 쓸까…
원래는 무협을 쓰려고 했습니다. 그런데,
판타지가 쓰고 싶더군요.
고민을 했지만, 결국 쓰고 싶은 글을 썼습니다.
무협을 좋아합니다. 판타지도 좋아합니다. 사실 책이라면 다 좋아합니다.
책을 읽어 지식을 얻고 상상을 합니다. 환상에 빠집니다. 가끔 꿈을 꿉니다.
저는 지금, 제 책장을 그런 꿈으로 채우고 있습니다.

여기에 적은 것은, 제 꿈 이야기입니다.
그리고,
환상이지요.

2006년 가을, 황규영.

1

이 세계에는 규칙이 하나 있다.

'신계의 신은 인간계에 직접 강림할 수 없다.'

이것을 어겼을 때 감수해야 하는 위험은 너무나 커서 신계의 그 누구도 감당할 수 없다.

신계는 천신과 마신이 양분하고 있다.

마신은 언제나 신계, 그리고 세계 전체를 원했다. 호시탐탐 기회를 노리던 마신은 마침내 세계를 유지하는 규칙 사이에 빈틈을 만들어냈다. 기회를 잡은 마신은 망설이지 않고 한 인간에게 자신의 피를 나누어주었다.

마신 나름대로 비밀리에 추진한 일이지만 차원의 틈을 비집고 일어난 큰일이다. 시간이 흐르자 그 일은 결국 천신에게 알려졌다.

천신의 힘은 마신보다 다소 우월하다. 그 천신의 앞에 여러 하위신들이 모여 있었다.

인간계와 신계 사이의 일에 해박한 하위신 모피어스가 안타까운 목소리로 말했다.

"위대하신 천신이시여, 정녕 이 방법밖에 없는지요? 다른 방법을 찾을 수는 없는지요?"

천신이 근엄하게 대답했다.

"이미 마신이 선수를 쳤다. 내가 구경만 한다면 앞으로 인간계는 마신의 뜻에 따라 멸망하겠지."

"하지만 인간계에 이렇게 큰 힘을 직접 보내시면 세계의 법칙에 혼란이 올까 두렵습니다. 최악의 경우 그 혼란이 우리 신계를 위협하게 됩니다."

"내가 직접 인간계에 강림하는 건 아니다."

"알고 있습니다. 그렇더라도 너무 위험한 일입니다."

"모피어스, 마신이 한 짓을 보라. 감히 인간에게 피를 나눠주었다. 이대로 놔두면 인간계는 그 인간과 마족에게 멸망한다. 나의 힘의 근본은 인간계, 마신의 힘의 근본은 마계. 결국 나의 힘은 약화되고 마신은 강해지겠지."

"인간은 스스로 이겨낼 것입니다."

"그럴 리가 없다. 나는 눈뜨고 당할 수 없다. 나도 인간을 하나 골라 나의 피를 나눠주겠다."

"피는 곧 힘입니다. 직접 강림하시는 것만 못하다 하나 천신의 힘이 인간에게 주어지면 그 위험이 너무 큽니다."

"이미 마신이 그리하였다."

"마신은 추측컨대 아마 아주 작은 힘을 나눠주었을 것이 틀림없습니다. 과거 신계의 역사를 통틀어봐도 소량의 피가 인간에게 전해진 것이 고작입니다. 힘을 줄이시옵소서."

모피어스가 아무리 말해도 천신은 꿈쩍도 하지 않았다.

"할 때는 화끈하게 해야지."

천신이 손을 내밀었다. 그의 손에서 붉은 피가 흘러내리기 시작했다. 피는 바닥에 떨어지지 않고 허공에서 동그란 공 모양으로 뭉쳤다. 거의 한 주먹 분량의 피였다.

천신은 겉으로는 근엄한 표정이었다. 하지만 속마음은 그리 편치 않았다.

'헉! 이거 너무 많이 뽑았나?

한 명의 신이 가진 힘의 총량은 정해져 있다. 힘을 담은 피를 뽑아내면 그만큼 본체가 약해진다.

하지만 천신은 곧바로 미련을 버렸다.

'내가 명색이 신계 최강인데, 겨우 피 한 주먹쯤으로 우는 소리를 할 수는 없지.'

아쉬움을 떨쳐 버린 그는 하위신 모피어스에게 명령했다.

"약속된 자를 비추어라."

모피어스가 한숨을 쉬더니 손을 움직였다.

허공에 인간계의 영상이 나타났다. 수많은 사람의 얼굴이 빠르게 스쳐 지나가다가 갑자기 정지했다.

허공에 나타난 것은 꽃미남 기사의 모습이었다.

모피어스가 다시 애원했다.

"천신이시여, 진정 이자밖에 없는지요? 하필 이자뿐인지요? 다른 자는 정녕 세상을 구할 수 없는지요?"

천신은 단호했다.

"영웅이 되려면 적어도 제국 정도의 배경이 있어야지."

"과거의 용사들 중에는 왕국의 왕자나 고위귀족, 심지어 몰락한 귀족 출신도 있었습니다."

"이번은 다르다. 마신의 피를 받은 인간은 많은 수의 마족을 부리고 있겠지. 내가 마신보다 못할 수는 없다. 나는 제국을 배경으로 가진 자를 용사로 삼겠다."

"그렇다고 해도 이자의 성품은 워낙 더러워서……."

"인간의 성품은 나의 관심 대상이 아니다. 이자의 자질이 뛰어나며 나와 상성이 잘 맞는다는 것이 중요하다."

"하지만……."

"이자는 내 피를 받게 될 것이다. 내 피를 받으면 최고의 마력과 최고의 신성력, 그리고 최고의 육체적 강인함을 얻을 것이다. 거기에 더해서 고대 인간의 전투 지식을 받아 마족과 싸울 것이다. 당연히 영웅이 될 것이다."

"하나 천신이시여, 지금까지 관찰한 바에 의하면 이자는 비열하고 욕심이 많습니다. 힘이 생기면 전 세계를 정복하려고 전쟁을 벌일 자입니다. 그 전쟁으로 인간계의 사람 절반 이상이 죽을 것입니다."

천신은 신경 쓰지 않았다.

"그리된다 하더라도 그건 인간 사이의 전쟁이다. 내 힘을 약화시키지 않는다. 하지만 마족이 나를 숭배하는 인간을 멸망시키면 그 영향으로 마신은 힘을 얻어 나를 압도하게 된다. 나는 그런 일을 용납할 수 없다."

천신이 인간을 마족의 손에서 구하려는 근본적인 목적은 마신의 힘을 억제하기 위함이다. 그런 것이 아니라면 인간에게 자신의 피를 한 주먹이나 뽑아주는 짓을 할 이유는 없다.

그나마 인간 편인 모피어스가 안타까운 얼굴로 말했다.

"하나 적합한 대상자를 찾는 시간이 너무 짧았습니다."

"나는 이미 결정하였다. 내가 지금 이 일을 하면 마신도 더 이상 차원의 틈을 열 수 없게 된다. 그러니 내가 지금 행하는 것이 옳다."

"하나……."

천신이 엄히 말했다.

"이것은 나의 결정이다. 더 이상의 반대는 용서하지 않는다. 너희들은 힘을 하나로 모아라."

천신의 명령이 떨어졌다.

즉시 하위신들의 몸에서 천지를 때려 부수고도 남을 것 같은 엄청난 힘이 솟아올랐다. 그 힘은 하나로 뭉쳐지며 강력한 빛의 기둥을 만들었다.

천신이 그 힘을 이끌었다. 천신의 손짓에 따라 빛의 기둥이 부드럽게 휘어지더니 영상에 빨려 들어갔다. 기둥과 닿은 부분을 중심으로 연못에 돌이라도 던진 듯, 동심원이 부드럽게 퍼져 나가기 시작했다.

하위신들이 쥐어짠 힘이 마침내 정점에 달했을 때, 천신이 손을 들어 공간을 그었다.

영상의 가운데가 서서히 갈라지기 시작했다. 정말 오랜만에 차원의 틈이 열리고 있었다.

천신은 손가락 끝으로 자신이 뽑아놓은 피를 살짝 찍었다. 그의 손가락 끝을 따라 작은 물결이 일어나더니 어느새 눈동자 모양으로 변했다.

"이 피에 새겨진 눈동자는 내가 직접 정의한 신성임무수행체. 이것이 나의 의지를 수행할 것이다."

그는 영상 속의 기사를 돌아보며 말했다.

"이 피는 차원과 공간을 통과해 정확히 너의 머리에 도착할 것이다. 그 사이에 무엇이 있더라도 통과……."

모피어스가 급히 참견했다.

"신성임무수행체에 너무 강력한 설정을 하시면 그것만으로도 신계에까지 부작용이 일어날 수 있습니다."

천신이 모피어스를 짧게 째려보았다. 하지만 모피어스의 말은 틀린 것이 아니다. 천신은 실현 가능성이 거의 없는 설정들은 놔두고 꼭 필요한 것만을 추가했다.

"바위나 나무, 새나 몬스터가 가로막더라도 통과하여 너의 머리에 머물 것이다."

천신의 손길을 따라 피가 서서히 떠올랐다. 그의 눈높이까지 떠오른 붉은 공 모양의 피는 허공에서 조용히 회전했다.

"이 피에 마족과의 전쟁에서 승리했던 고대 인간의 전쟁 지식을 담고, 거기에 더해 나의 뜻을 담는다. 그 모든 힘이 머문 곳에서 흡수되리라. 그 모든 지식이 머문 곳에 전해지리라. 너는 나의 피를 흡수한 후 네가 해야 할 일을 자연히 알게 될 것이다."

자신의 피에 필요한 최소한의 설정을 마친 천신이 손을 가볍게 흔들었다. 피가 차원의 틈으로 빨려들 듯 사라졌다. 차원의 틈은 언제 열렸냐는 듯이 즉시 닫혔다.

신계와 인간계는 멀다. 차원의 간격은 두껍다. 신의 피는 아직 목표에 도달하지 못했다. 영상 속의 젊은 남자는 아무것도 모른 채 걸어가고 있었다.

천신이 남자를 보며 중얼거렸다.

"이제 누구도 한동안 차원의 틈을 열지 못하리라. 나의 용사 아폴로 애버리스. 세상을 구해다오."

*　　　*　　　*

아폴로 애버리스의 현재 여행지는 아이즈 왕국이었다.

그가 길 안내를 맡은 남자에게 말했다.

"어이, 썩을 용병 놈아! 글래시스 남작은 마차를 보내줬어야 했다. 겨우 삼급용병 나부랭이나 길잡이로 보내고 끝내서는 곤란하지. 감히 영웅을 걷게 하다니. 내가 그를 만나면 따끔하게 한마디 할 테다."

용병은 귀족의 투정에 난처한 표정을 지었다.

'공연히 남작님에게 피해가 가면 내 입장이 곤란한데…….'

"기사님, 기사는 사슬갑옷을 입은 상태로 하루에 백 키르의 거리를 달릴 수 있다고 알고 있습니다. 남은 길은 겨우 이 키르. 기사님에게는 아무것도 아니시지 않습니까?"

가뜩이나 짜증나서 누가 건드려 주기만 기다리고 있던 아폴로의 눈빛이 날카로워졌다. 그의 실력은 기사치고는 형편없다. 그런 처지에 기사다움에 대해 듣자 공연히 화가 났다.

"오호라, 네놈! 삼급용병 주제에 감히 기사의 수준을 함부로 평가하는구나. 네가 그걸 어찌 아느냐?"

그 눈빛에서 불길함을 느낀 용병은 조금 걱정이 들었다. 하지만 아무리 생각해도 기사의 이야기를 아는 것 자체가 죄가 될 수는 없었다.

"책에서 읽었습니다."

"책을 읽어? 글을 아는 정도도 아니고 책을 읽어? 평민 용병 주제에? 이런 건방진 놈!"

아폴로가 즉시 검을 뽑았다. 나태한 놈이지만 그래도 명색이 기사다. 칼날이 번개 같은 속도로 용병의 얼굴로 빠르게 날아왔다.

용병은 미처 피할 엄두도 내지 못했다. 검이 너무 빨랐다. 그는 순간적으로 죽음의 공포를 느꼈다.

뺨에 불이 붙는 것 같았다.

"크윽!"

아프기는 하지만 아직 살아 있었다. 뺨을 만져 보았지만 피는 흐르지 않았다. 용병은 어떻게 된 일인지 상황을 이해했다. 그는 검의 칼날이 아니라 넓은 면으로 따귀를 맞은 것이다.

화가 나서 눈이 돌아갈 것 같았다.

아폴로가 그를 비웃으며 말했다.

"책은 귀족의 것이다. 너 같은 평민 놈들은 귀족을 위해서 죽을 때까지 일이나 해라. 내가 남작을 만나면 건방진 네놈을 벌주라고 하겠다."

용병은 말없이 길을 걸었다. 하지만 속으로는 이를 갈았다.

'귀족 놈! 니가 이렇게 나왔단 말이지?'

*   *   *

신성 홀리 제국 수도에는 천신의 신전이 있었다. 그곳이 모든 천신의 신전 중에서 가장 큰 중앙신전이었다.

제국으로부터 아낌없는 지원을 받아 지어진 신전은 그 규모가 거대하고 실내장식도 으리으리했다. 특히나 고위신관들만이 들어갈 자격이 있다는 중앙예배당은 곳곳이 황금빛이다.

그곳에서 고위신관들이 모두 넙죽 엎드려 있었다.

그들은 모두 감격한 상태였다.

'백 년 만에 신탁이 내려오고 있다!'

'내 대에서 이런 영광이 있다니!'

'오오! 신이시여!'

신계의 존재는 신탁마저도 자세하게 할 수 없다. 모든 신탁이 두루뭉실한 것은 다 이유가 있어서다.

중앙예배당의 신상이 은은한 빛을 뿜고, 그곳에서 목소리가 흘러나왔다.

신관들은 천신의 신탁을 하나도 놓치지 않고 기억하기 위해서 정신을 집중한 채 듣고 있었다.

천신의 근엄한 목소리는 자신에 대한 숭배 이야기를 길게 늘어놓았다. 그 사이사이에 현재 사태에 대한 비유적 표현들을 섞었다. 그리고 맨 마지막으로 제법 구체적인 정보를 은근슬쩍 끼워 넣었다.

"너희 인간들이 위기에 빠져 있으니, 내가 너희를 불쌍히 여겨 용사를 보내느니라. 그를 중심으로 뭉쳐 적과 싸워라. 그 용사의 이름은……."

*　　　*　　　*

천신이 열심히 신탁을 내리는 사이에, 신의 피가 차원의 틈을 빠져나와 인간계로 들어왔다. 그것은 아폴로 애버리스의 머리 위 까마득히 높은 허공에 갑자기 나타났다. 그 붉은 구체 위에서 눈동자가 지상을 내려다보며 껌뻑였다. 신성임무수행체였다.

천신의 피는 신력의 결정체다. 보통 사람의 눈에는 보이지 않는다. 심지어 그것은 만질 수도 없다.

신성임무수행체는 스스로 목표 탐색을 시작했다. 저 아래 지상에서 걸어가는 아폴로의 정수리가 신성임무수행체의 눈동자에 잡혔다.

신성임무수행체는 즉시 자신의 이동 궤도를 결정했다. 결정과 동시에 신의 피는 수직으로 떨어져 내렸다. 목표는 아폴로의 머리였다.

아폴로의 앞에서 길을 안내하던 용병의 눈에 풀이 수북이 쌓인 더미가 보였다.

'아까 저 자리에 어느 놈이 쌌던 똥이 있었지? 누가 보기에 거북한지 풀만 덮어놨군.'

용병이 씩 웃었다.

'복수는 언제나 달콤하지.'

그가 환히 웃으며 아폴로를 풀 더미 쪽으로 안내했다.

"기사님, 이쪽으로 가시지요."

"에헴, 그러자꾸나."

아폴로는 아무 의심 없이 그의 뒤를 따라 걸어갔다.

용병은 보폭을 조절해 풀 무더기를 성큼 걸어서 넘어갔다. 아폴로의 움직임까지 고려한 걸음이었다. 그 뒤를 따르던 아폴로는 아무 생각 없이 걸었고 용병의 생각대로 풀 무더기를 턱 밟았다.

"어?"

똥이 미끄덩거렸다. 마치 그리스 마법이라도 걸린 듯 아폴로의 발바닥이 급격히 미끄러졌다. 어설픈 기사 아폴로는 갑작스러운 사태에 중심을 잡지 못했다. 한 발이 먼저 미끄러지자 몸의 무게중심이 통제 불능의 상태에 빠졌다.

그는 그대로 발라당 나자빠지며 비명을 질렀다.

"으악!"

호되게 바닥에 메다꽂힌 아폴로는 정신이 없었다. 그의 머리 위에서 용병이 걱정스러운 척하는 얼굴로 내려다보았다. 하지만 입가의 웃음기가 완전히 감춰지지 않았다.

"이런이런. 어느 놈이 여기다가 이런 괘씸한 짓을 했나. 그나저나 꽤 더러운 것을 깔고 누워버리셨네요, 기사님. 제 손을 잡고 일어서십시오."

하늘 방향에서 천신의 피가 아폴로의 머리를 향해 빠른 속도로 돌진했다. 그것은 목표 지점에 충돌하기 직전이었다.

용병이 아폴로를 부축하기 위해서 몸을 숙이고 손을 내밀었다.

그의 몸이 자빠진 아폴로의 머리 위쪽을 가렸다.

바로 그 순간, 아폴로의 머리를 향해 떨어지던 천신의 피가 용병의 등에 충돌했다.

천신은 자신의 피에 모든 장애물을 통과하는 기능을 부여하려고 했다. 하지만 모피어스가 말렸고, 결국 천신은 몇 가지 가능성있는 대상물에 대한 통과 기능만을 부여했다.

그는 설마 아폴로의 머리 위에 다른 사람이 올라가 있는 경우가 있으리라고는 짐작도 하지 못했다.

천신이 직접 설정한 신성한 의지에서 첫 번째 동작 오류가 일어났다.

이 용병도 인간이다. 그리고 이건 원래 인간에게 흡수되도록 설정되어 있는 신의 피다. 목표물과 같은 종류의 장애물을 만난 신의 피는 결국 인간인 용병의 몸을 통과하지 못했다. 그것은 잠시 꿈틀대다가 용병의 심장 주변에 모여들었다.

천신이 보낸 피는 한 주먹 분량이었다. 거기서 단 한 방울만이 용병의 심장에 모이지 않고 몸을 빠져나가는 데 성공했다.

한 방울의 피가 아래로 떨어졌다. 그 피는 원래 목적지였던 아폴로의 머리에 부딪치며 빠르게 스며들었다.

아폴로에게 전해진 것은 천신이 보낸 모든 피에서 단지 한 방울뿐이었다.

*　　　*　　　*

천신의 중앙신전에서 흘러나오던 신탁이 갑자기 멎었다. 신탁이 내려지던 중간에 멎는 경우에 대해서는 어느 신관도 들어본 적이 없다. 신관들은 이 상황에 당황했다.

고위신관들이 조심스럽게 말했다.

"천신이시여, 그 용사의 이름을 말씀해 주십시오."

"이름만 말씀해 주시면 세상을 다 뒤져서라도 찾아내겠습니다."

"그에게 천신의 영광이 함께 하기를……."

잠시의 침묵이 끝나고, 천신의 성스러운 목소리가 뻔뻔하게 흘러나왔다.

　"그 용사의 이름은 때가 되면 자연히 알게 될 것이다."

　이 세계의 신은 전지전능하지 못하다.

2

신의 피는 용병 케이의 몸속에 갇혔다.

필수적인 기능으로만 구성되어 있는 신성임무수행체는 이 돌발 상황을 당장 처리할 수는 없었다.

'심각한 오류 발생. 피의 흡수 금지. 대상물이 수면 상태가 될 때까지 대기 상태 돌입.'

모든 것이 일어난 시간은 찰나에 불과했다. 신의 피는 완전한 구체가 되어 심장을 감쌌다. 눈동자 모양의 신성임무수행체는 마치 감긴 듯 가는 선으로 변했다.

그리고 케이의 심장은 신의 피와 위치를 공존하며 그 속에서 평소처럼 뛰었다.

케이는 신의 피가 일으키는 기운에 장악되어 잠시 멍한 상태로 멈춰 있었다. 자빠진 아폴로는 케이가 내민 손을 매섭게 때리며 말했다.

"이놈아! 넘어진 건 난데 왜 네놈이 넋이 나가? 에이, 그나저나 어떤 새끼가 여기에 똥을 쌌어? 이것도 남작을 만나면 단단히 따지겠다. 잡아다가 목을 치라고 하겠어!"

그 충격에 케이는 정신이 번쩍 들었다.

케이는 몸속에서 뭔지 모를 기운을 잠시 느꼈었다. 그러나 평범한 인간인 그가 기운의 정체를 알 수는 없었다. 지금은 그나마도 느껴지지 않았다.

"죄송합니다. 어서 일어서시지요."

아폴로는 자신의 몸 상태를 확인했다. 똥칠을 했으니 당연히 꼴이 말이 아니었다.

원래부터 성질이 더러운 아폴로는 기분이 대단히 나빠졌다. 그는 화풀이 대상이 필요했다. 검이 빠르게 뽑혔다.

케이가 상황을 파악했을 때는 어느새 아폴로의 날카로운 검이 목에 닿은 후였다. 차가운 기운이 목젖을 타고 흐르자 등골이 오싹했다.

아폴로가 히죽 웃으며 시비를 걸었다.

"생각해 보니 정말 궁금하구나. 평민이 책을 읽어? 왜? 어디에 쓰려고? 네놈은 첩자가 틀림없어. 내 눈을 속일 수는 없다.”

케이가 침을 조심해서 삼킨 후 말했다.

“저는 그저 평범한 정규 삼급용병 케이입니다. 제 용병패를 보여 드릴 수 있습니다.”

“책은 비싸다. 삼급용병 주제에 그걸 어디서 구했냐는 말이다.”

“저는 글래시스 남작님의 일을 도와드리는 대가로 그분의 서재를 이용하고는 합니다.”

“일을 도와줘?”

“그렇습니다. 오늘 기사님을 모셔오는 일도 그런 일 중의 하나입니다. 제가 책을 좀 읽었기에 여러 가지에 상식이 있습니다. 그래서 남작님께서는 손님을 안내하는 길잡이 일 같은 것들을 저에게 자주 맡기고 계십니다.”

아폴로는 이야기를 듣고 나자 케이를 괴롭힐 명분이 부족하다고 생각했다. 하지만 그는 다른 사람도 아니고 아폴로다.

‘쳇! 역시 별것 아닌 놈이었군. 하지만 여기서 그냥 물러나면 내가 애버리스 자작 가문의 사람이 아니지.’

“평민 놈이 책은 왜 읽어? 대답이 만족스럽지 않으면 네놈을 가만두지 않겠다.”

케이는 내색하지 않으려 했지만 저도 모르게 말이 퉁명스러워졌다.

"저는 상단을 만들어 대상인이 되는 것이 꿈입니다. 칼만 가지고는 대상인이 될 수 없습니다. 머리에 든 것이 있어야 상단의 모든 것을 제대로 운영할 수 있습니다. 저는 제 꿈을 위해서 책을 읽습니다."

아폴로가 다시 비웃었다.

"으흐흐흐. 감히 내게 그따위 말투라니. 건방지고 또 건방진 놈이구나. 네깟 것이 상단을 만들어? 평민이 개나 소나 상단을 만들겠다고 하면 농사는 누가 짓고 소는 누가 키우며 사냥은 누가 하느냐? 상단 운영은 귀족이 하는 일이다."

"하지만 평민이 운영하는 상단이 더 많이 있습니다."

"오호라! 이 건방진 놈이 감히 귀족님이 말씀하시는데 말대꾸를 하는구나. 네 이놈! 혹시 그런 날이 오더라도 내 눈에 띄지 마라. 내가 네놈의 상단을 박살 낼 테니까."

아폴로의 말에는 진심이 묻어 있었다. 케이는 자신이 귀족의 성질을 건드렸음을 깨달았다.

몸속에 신의 힘 한 덩어리가 잠자고 있는 케이가 속으로 이를 갈았다.

'쳐 죽일 새끼. 내게 힘만 있다면 이걸 그냥……'

하마터면 용사가 될 뻔했던 아폴로는 이제 기분이 꽤 좋아졌다.

"어서 성으로 가는 길을 안내해라. 이 아폴로님께서 글래시스 남작을 만나면 네놈이 다시는 책을 읽지 못하도록 해주

마. 어떤 방법을 쓸지 기대해도 좋다. 으하하하!"

아폴로는 남을 괴롭히고 나니 기분이 조금 좋아졌다.

*　　　*　　　*

신계는 난리가 났다. 어느 신도 이런 사태가 벌어질 것이라
고 상상도 하지 못했다.

천신이 하위신들에게 호통을 쳤다.

"도대체 저놈은 누구냐? 내 피를 가로챈 저놈의 정체가 뭐
냔 말이다!"

하위신들도 당황했다. 하위신 하나가 급히 대답했다.

"미처 파악하지 못한 자입니다."

"당장 조사하라!"

하위신들이 난처한 얼굴이 됐다. 그들은 이제 조사 수단이
없었다.

다시 모피어스가 나섰다.

"천신이시여, 이미 보내신 힘이 인간계에서 강하게 행사되
었습니다. 더 이상 인간계에 힘을 쓸 수 없습니다. 우리는 일
이 잘되기를 바라며 구경이나 하는 수밖에 없습니다."

"어, 어떻게 이런 일이… 어떻게 내가 직접 한 일에 이런 일
이 일어날 수 있다는 말이냐. 이것은 나의 의지이거늘. 모피
어스, 이 일을 설명하여라."

인간계, 신계 사이의 법칙에 가장 정통한 하위신이 바로 꿈의 신 모피어스다.

"아무래도 마신이 생각보다 많은 양의 힘을 인간에게 보낸 것 같습니다. 그 후에 천신께서도 그토록 많은 힘을 보내셨습니다."

"그럼 이것은……."

"천신께서 인간계에 직접 힘을 보내신 것에 대한 부작용입니다."

천신이 질린 얼굴로 말했다.

"허어, 겨우 그 정도로 벌써 문제가 생기다니. 진정 인간계의 일에 개입하는 것은 무섭구나."

"인간계의 일에 우리가 직접 개입하지 못하는 것이 바로 세계의 규칙입니다."

천신이 손을 저었다.

"알았다, 알았어. 그럼 저자의 자질은 어떤지, 나와의 상성은 어떤지, 그리고 성품이나 그 배경 등은 어떤지 전혀 모른단 말이냐?"

"아무것도 알 수 없습니다. 유력 귀족에 대한 정보는 어느 정도 수집되어 있습니다. 하지만 저자는 평민으로 보입니다. 이름이 케이란 것조차 방금 알아냈습니다."

"그래도 자질이 나쁘지 않다면……."

"아폴로 애버리스는 우수한 마검사의 자질을 가진 자였습니다. 하지만 저자는 겨우 삼급용병이라 했습니다."

"나와의 상성은……."

"세 개의 제국에 사는 황족들을 다 뒤져서 천신과의 상성이 맞는 자를 겨우 찾아냈습니다. 저 삼급용병에게 그걸 기대할 수는 없습니다."

천신의 얼굴이 그 권위에 어울리지 않게 점점 울상이 됐다.

"그에게 혹시 강력한 배경이 있지 않을까?"

"아폴로 애버리스는 신성 홀리 제국 황제의 아들. 숨겨진 아들이라 홀리라는 성을 받지 못했지만 그래도 영웅이 되면 제국을 배경으로 삼을 수 있습니다. 그러나 저자는 삼급용병. 그런 자에게 무슨 배경이 있겠습니까?"

"허어, 큰일이구나. 하지만 모피어스, 나의 피에는 내 의지가 담겨 있다. 저자가 나의 의지를 받아 일을 한다면……."

하위신 모피어스가 난처한 얼굴로 말했다.

"그것이 가장 큰 문제입니다."

"문제라 함은?"

"인간은 그 정신이 머리에 담겨 있습니다. 천신께서 보내신 명령이 그에게 전달되려면 피가 머리에 흡수되었어야 합니다. 그래서 피에 그런 설정을 하셨잖습니까? 하지만 지켜본 바에 의하면 피는 저 인간의 몸통, 그것도 심장으로 들어갔습니다."

천신의 안색이 심각하게 나빠졌다.

"그럼 저자에게 나의 의지가 전해지지 않았다는 뜻이냐?"

"의지가 전해지지 않음은 물론이고……."

"그리고?"

"지금 당장 죽어버려도 이상하지 않습니다."

"내 피를 받은 자가 허무하게 죽을 수도 있다고?"

"상성이 맞지 않는 인간이 신력을 흡수하려고 하면 당연히 몸이 터져 죽습니다. 저자도 지금은 버티고 있지만 장차 어떻게 될지 아무도 알 수 없습니다."

신계의 지배자, 천신이 허탈하게 말했다.

"이럴 수가… 명색이 천신인 내가 이런 헛짓을 하다니. 모피어스, 차원의 틈을 다시 연다면 어떻게 되겠느냐?"

모피어스가 고개를 저었다.

"당분간 누구도 열 수 없음을 가장 잘 아시잖습니까?"

"다음에 차원의 틈을 열 수 있는 때는?"

"최소한 백 년 후입니다. 그것도 무리했을 때 가능한 기간입니다. 심지어 다음 신탁을 내리는 데도 최소한 몇 년은 필요합니다."

백 년의 시간은 신들 사이에서는 찰나나 다름없다. 하지만 인간계가 멸망하기에는 충분한 시간이다.

천신이 한숨을 쉬었다.

"휴우. 마신의 피를 받은 자는 그 의지와 힘을 온전히 받아들였을 텐데, 내 피를 받은 자는 어떻게 될지도 알 수 없다니.

저래서야 일이 아무리 잘 풀려도 마신의 피를 받은 자를 이기기는 어렵겠군.”

모피어스가 고개를 숙이며 말했다.

“저자가 상대해야 할 것은 마신의 피를 받은 자만이 아닙니다. 마신은 예전부터 마계의 마족들을 선동해 인간계를 멸망시키려고 하고 있습니다. 그들 역시 상대해야 합니다.”

천신이 간만에 뿌듯한 얼굴로 말했다.

“나 역시 마족에 대한 대비로 성녀의 수를 늘렸다. 지금 인간계에는 성녀의 자질을 가진 여자가 아주 많아.”

“천신께서는 성녀 한 명에게 가야 할 힘을 너무 여러 조각으로 나눠주셨습니다. 지금 성녀들은 숫자만 많았지 힘이 약합니다. 마족을 상대하기에 턱없이 부족합니다.”

“마족의 수가 너무 많았으니까. 성녀들은 보조 역할이니 차라리 숫자라도 많은 것이 낫다.”

“그나마도 성녀임이 밝혀지지 않은 경우가 더 많습니다.”

천신이 크게 헛기침을 했다.

“크흠. 나는 신계의 지배자, 천신이다. 큰 줄기를 내가 결정하면 세세한 일은 그대들이 알아서 해야지.”

모피어스가 따지듯이 말했다.

“모든 것은 천신의 의지로 결정된 일입니다.”

천신의 얼굴이 실룩거렸다. 모피어스의 말은 이번 일의 모든 책임이 천신에게 있다는 뜻이다. 천신이 주변을 둘러보니 하위신들의 얼굴에 불평하는 기색이 가득했다.

천신이 조금 미안한 마음에 말했다.

"아폴로에게 간 내 피 한 방울은 도움이 되지 않을까?"

모피어스가 즉시 대답했다.

"한 방울의 피로 강해져 봐야 얼마나 강해지겠습니까? 이제 인간계는 스스로의 힘으로 이 위기를 극복해야 합니다."

신은 덥다고 땀을 흘리지는 않는다. 하지만 식은땀은 예외다.

식은땀을 뻘뻘 흘리던 천신이 모피어스에게 말했다.

"좋은 쪽으로는 해석할 수 없는 건가?"

모피어스가 말했다.

"좋은 점이 딱 한 가지 있습니다. 적어도 인간은 아폴로 애버리스라고 하는 위험한 독재자를 만나지 않게 되었습니다. 그 외에는 아무것도 없습니다."

할 말이 없어 잠시 입을 다물었던 천신이 갑자기 안색을 바꾸고 근엄한 목소리로 배를 쨌다.

"용사 케이는 내 피를 받은 자. 이 모든 것은 나의 뜻이니, 아마 어떻게든 잘할 거다."

*　　　*　　　*

하마터면 용사가 될 뻔했던, 그리고 나중에는 세계 인구의

절반이 죽는 정복전쟁을 벌일 예정이었던 아폴로 애버리스는
평범한 기사가 되었다.

그는 자기가 오늘 무엇을 얻을 뻔하다 말았는지 전혀 모른
채 글래시스 남작의 저택을 찾았다.

아이즈 왕국의 글래시스 남작이 저택의 앞에 직접 나와서
그를 맞았다.

"어서 오십시오. 신성제국의 기사 아폴로 애버리스. 그대
의 방문을 환영합니다."

환영하던 글래시스 남작이 코를 킁킁거렸다. 그리고 그는
케이를 향해 호통을 쳤다.

"케이 네 이 녀석! 아폴로 기사님을 모셔오면 몸가짐을 정
갈히 했어야지. 혹시 볼일을 보고 뒤도 닦지 않은 것이냐?"

케이가 고개를 숙였다.

"넵. 이런 건 다 제 잘못이죠 뭐."

그러나 그의 손가락은 슬며시 아폴로를 가리키고 있었다.

글래시스 남작은 그 손가락을 따라 아폴로의 몸을 훑어보
았다. 마침내 아폴로의 몸에서 냄새의 원인이 되는 누런 물질
을 찾았다. 그는 자신의 실수를 깨달았다.

"허, 험. 괜찮다. 길이 험하니 뭔가 좀 묻을 수도 있지. 그
래도 잘생기신 분이라 그런지 그것마저도 참 잘 어울립니다.
허허, 내가 지금 무슨 소리를. 우선 들어오시지요. 여행의 노
고에 고단하실 텐데 일단 좀… 씻으시겠습니까?"

아폴로의 얼굴이 빨개졌다.

"크허험. 글래시스 남작님, 그럼 실례를 좀 하겠소이다. 커허허험!"

아폴로와 글래시스가 안으로 들어가고 나서 병사들이 웃음을 터뜨렸다.

"푸하하하! 기사가 똥을 묻히고 다니다니. 케이, 저거 혹시 네 솜씨냐?"

케이가 씩 웃었다.

"감히 기사 따위가 정규 삼급용병님의 따귀를 때리잖아요. 그래서 제가 똥칠을 좀 해줬어요."

병사 하나가 웃던 얼굴을 멈추고 걱정해 주었다.

"그러다가 보복을 당하면 어쩌려고? 귀족들은 속이 좁다."

"하하하! 걱정 말아요. 내가 누구예요? 케이라고요. 저놈은 평생토록 자기가 실수로 똥을 밟은 줄만 알고 살 거예요."

"역시 '책 좀 읽은 용병' 이라고 불리는 케이로구나. 잔대가리가 장난이 아니야."

"잔대가리라니요. 아론 아저씨도 책을 읽어보세요. 책은 잔대가리가 아니라 지식의 보고라고요."

"이 녀석아! 나는 글을 모른다."

"가르쳐 드릴게요. 공용어의 글은 별로 어렵지 않아요."

"글을 배워도 그렇지. 책이 얼마나 비싼데 그걸 구해서 읽어?”

“저처럼 영주님의 서재를 이용하면…….”

“영주님의 서재는 아무에게나 열리지 않아. 너니까 가능한 일이지. 더구나 나는 책이 싫다. 책 몰라도 병사 생활 하는 데 아무런 지장이 없었다.”

“책을 알게 되면 새로운 세상이 열리는데… 알았어요. 내가 나중에 대상인이 되고 나면 책을 싸게 공급해 줄게요.”

“하하하! 그런 날이 오면 나도 글을 배워서 책을 읽어보마. 그나저나 오늘은 일찍 돌아가는구나? 영주님의 심부름을 했으니 서재를 이용할 수 있을 텐데?”

케이가 얼굴을 살짝 찡그렸다.

“오늘은 저 건방진 귀족 놈 일도 있고요. 또 뭔지 모르게 가슴이 답답해서 일찍 자려고요.”

*   *   *

브레이커 제국의 광활한 영토 한곳에 여행자 몇 명이 서 있었다.

날도 춥지 않은데 그들은 덜덜 떨었다.

“우, 우리가 엉뚱한 곳으로 찾아온 것 아닐까?”

“여기에 분명히 도시가 하나 있었어. 아직도 저기 있잖아. 젠장. 적어도 저기에 몇만 명이 살고 있었다고.”

그들이 보고 있는 곳에는 도시가 있었다. 수많은 건물들이 그곳이 제법 큰 도시임을 증명했다.

하지만 살아 돌아다니는 사람은 없었다. 대신에 피가 강을 이루며 특이한 모양으로 흘렀다.

"도대체 누가 이런 일을 저지른 거지? 군대? 몬스터? 설마 마족은 아니겠지?"

"우리, 도망쳐야 하는 거 아닐까?"

그들의 뒤쪽에서 중얼거리는 소리가 들렸다.

"이런, 여행자들인가? 아직 흔적을 못 지웠는데. 보지 말아야 할 것을 봐버렸군."

낯선 목소리에 여행자들이 일제히 뒤로 돌아섰다.

"누구냐!"

그들의 눈이 커졌다. 그 눈을 깜빡이기도 전에 목이 일제히 잘려 나갔다. 워낙 순식간에 일어난 일이라 비명조차 지르지 못했다.

*　　　*　　　*

케이는 평소보다 훨씬 심한 피곤함을 느끼며 초저녁부터 잠에 빠져들었다.

시간이 조금 흘러 깊은 밤이 되자 신성임무수행체의 눈동자가 번쩍 떠졌다. 그것은 케이가 완전히 잠든 후에 활동을 시작했다.

신성임무수행체는 신이 만든 에고다. 오직 임무만을 수행하도록 만들어졌으며 감정회로 따위는 없다. 그것은 피를 흡수시키고 지식을 전달하고 난 후 소멸하도록 설정되어 있었다.

신이 내린 첫 번째 명령은 대상의 머리에 부딪쳐 피를 흡수시키라는 것이었다. 그리고 두 번째 명령은 신의 의지를 대상자의 정신에 각인시키는 것이다.

신성임무수행체는 자신이 받은 명령을 처리하려고 했다. 하지만 인간의 세상은 만만치 않았다.

'심각한 오류 발생. 이 인간은 대상물이 아님. 대상물을 찾아갈 수 있는 방법은 없음. 현 시점에서 이 인간을 대상물로 설정함.'

그것은 스스로 대상물을 변경해 버렸다.

'천신의 명령. 내가 머문 곳에서 피를 흡수케 하라. 흡수 작업 시작.'

신성임무수행체는 피의 흡수를 금지시킨 봉인을 해제했다. 케이가 자연스럽게 신의 피를 흡수하게 하기 위해서였다.

그 일은 단숨에 실패했다.

'심각한 오류 발생. 이곳은 신께서 설정하신 위치가 아님. 설정된 방식으로의 흡수 불가능.'

신의 피가 자리를 잡은 곳은 심장이다. 신은 피가 머리에 머무른 후 흡수되도록 지시했다. 조건 자체가 어긋났기 때문에 피의 흡수는 시작조차 되지 못했다.

신성임무수행체는 최소한의 처리 능력만을 가지고 있다. 그것은 단순한 방법을 쓰기로 했다.

'임무 변경. 대상물의 신체에 강제 흡수 가능성 조사.'

당연히 이번에도 실패했다.

'심각한 오류 발생. 강제 흡수 실패. 대상물과 천신의 상성은 최악으로 판단됨. 흡수 임무 잠정 중단.'

첫 번째 임무에 실패한 신성임무수행체는 두 번째로 받은 명령이라도 수행하기 위해서 움직였다. 지식과 의지의 전달이었다.

'천신의 명령, 내가 머문 곳에 정보를 전송하라. 전송 작업 시작.'

신의 피 중에서 일부가 심장에서 풀려 나오기 시작했다. 그것은 케이의 심장을 머리라고 가정한 후 서서히 감싸며 회전하기 시작했다.

하지만 심장은 생각을 할 수 없다.

'심각한 오류 발생. 대상물의 정신과 연결 시도 실패.'

그래도 그것은 천신의 의지를 전달하는 명령 수행을 반복해서 시도했다.

조건이 틀린 명령 수행은 당연히 모조리 실패했다.

실패가 이어질수록 신의 피가 회전하는 기세는 더 격렬해졌다.

　만약에 이 마을에 신관이라도 있었다면 즉시 뒤집어지면서 달려왔을 만한 강력한 신력이 분출되기 시작했다.

　신성임무수행체가 완전히 헛짓거리만 한 것은 아니었다.

　'연결 성공.'

　케이의 몸통을 감싸며 격렬히 회전하던 신의 피 중 끄트머리가 케이의 머리와 연결되었다. 그러나 몸통을 회전하는 신의 피와 머리 사이에 연결된 정보 통로는 가늘고 불안정했다.

　신성임무수행체는 이 기회를 놓치지 않았다.

　'접속이 원활하지 않음. 전송 시간 제한됨. 임무 변경. 전송 정보 우선순위 재분류.'

　천신이 설정한 자신에 대한 경배, 여러 신에 대한 인간의 숭배 의무, 기타 등등 신들을 위해 준비한 모든 것은 마족과의 전투에 필요없다는 이유로 하위 순위로 내려갔다.

　신성임무수행체가 가진 전투 지식은 모두 고대 인간의 것이다. 그것은 그중에서 마족과의 전투에 필요한 것들을 골라 최상위의 우선순위에 올려놓았다.

　신의 피는 케이의 뇌와 연결된 정보 통로를 통해서 그 지식들을 전송하기 시작했다. 케이의 뇌에는 신이 제공한 지식이 하나둘씩 각인됐다.

　정보 통로가 열리는 시간은 정말 짧았다. 가장 중요하게 분류된 몇 가지의 지식이 전달된 후, 그 통로는 순식간에 닫혀

버렸다.

신성임무수행체는 전송 작업을 반복해서 시도했다.

'재시도. 심각한 오류 발생. 연결 실패. 재시도. 심각한 오류 발생. 연결 실패. 재시도. 심각한 오류 발생. 연결 실패.'

반복되는 작업 실패가 신성임무수행체를 점차 손상시켰다.

'연결 시도 중단. 더 이상 오류가 증가하면 본 수행체가 소멸할 위험 있음. 전송 임무 중단. 주 임무 직접 수행 시도.'

신성임무수행체는 이번에는 자신에게 설정된 의무를 직접 처리하기로 결정했다.

몸 주위를 회전하던 신의 피가 본래 위치인 심장으로 서서히 모여들었다. 그와 함께 신성임무수행체가 케이의 육체를 제어하려고 시도했다.

갑자기 케이의 눈이 슬며시 떠졌다. 그의 눈에서 신광이 새어 나오고 있었다.

빛나는 것은 눈빛으로 끝이다. 케이의 육체는 제어되지 않았다.

케이는 눈은 떴지만 뇌파는 꿈꾸는 상태였다. 얼굴 가득 졸음이 흘러넘쳤다.

"아음, 아직 어둡네? 히히. 더 잘 수 있겠다. 음냐……."

케이가 멍한 상태로 중얼거리며 눈을 다시 감으려고 하자 신성임무수행체는 다급해졌다. 그것은 신속히 일을 추진했다.

'육체에 신의 힘 직접 전송 성공. 힘의 강제 흡수 불가능. 정신 제어 불가능. 몬스터에 대한 적대감 일시적 증가 성공.'

이번에는 효과가 조금이라도 있었다.

"어라? 왜 갑자기 몬스터가 잡고 싶지?"

케이는 검까지 챙겨 들고 어슬렁거리며 집 바깥으로 나갔다. 신성임무수행체 때문에 그는 여전히 꿈을 꾸는 듯한 상태였다.

"달밤에 오크나 잡으러 갈까나."

케이가 가볍게 움직였다. 그의 육체에 직접 투사된 신의 힘이 움직임을 도왔다. 한 걸음 한 걸음이 엄청난 넓이를 뛰어넘었다.

그는 산책하듯 움직였지만 그 속도는 질풍처럼 빨랐다.

아직도 꿈꾸는 상태인 케이는 자신이 내는 놀라운 속도를 보고도 조금도 놀라지 않았다.

"우히히히! 이거 꿈인가 보다."

마을 사람들 중에 예민한 몇 명은 무언가가 공기를 가르는 소리를 들었다. 하지만 잠을 깬 사람들은 투덜거리며 다시 이불 속으로 파고들었다.

"폭풍이라도 불려나."

케이는 산에 도착한 후에도 달리는 속도를 줄이지 않았다. 숲 속에서는 엘프보다 더 부드럽고 빨랐다.

떠돌이 오우거 한 마리가 최근에 이 지방에 들어섰다. 아직 숲 속에서만 움직이느라 그 정체가 사람들에게 밝혀지지는 않았다.

강력한 대형 몬스터 오우거가 일반 마을에 나타나면 그것이 바로 재앙이다.

오우거는 뭔가 이상한 기분이 들어 주변을 두리번거렸다. 고개를 갸웃거리던 오우거가 천천히 위를 올려다보았다.

오우거 바로 근처에는 커다란 나무가 서 있었다. 높이가 무려 이십 미르였다. 성인 남자 열 명의 키를 합친 것보다도 더 높은 나무였다.

그 나무 가장 꼭대기의 가느다랗고 뾰족한 가지 끄트머리에 케이가 서 있었다. 바람이 나무를 흔들었고 케이의 몸은 그 움직임에 따라 하늘거렸다.

케이의 표정은 멍했고 눈만 밝게 빛나고 있었다.

"음냐. 오우거 꿈이다. 내일 운 좋겠다."

오우거는 뭔지 모를 불길함을 느꼈다. 특히 케이의 눈은 쳐다보기만 해도 두려웠다. 오우거가 두려움을 떨치기 위해서 가슴을 두드리며 고함을 질렀다.

우거어어어!

지금이 꿈이라고만 믿고 있는 케이는 자신만만했다. 뭐든지 할 수 있을 것 같았다. 그는 나무 위에서 오우거를 보고 피식 웃었다.

"겨우 오우거 따위가 말이야. 남의 꿈에 나와서 말이야."

그가 조용히 왼손을 들었다. 시동어를 외우지 않았는데도 손에서 강력한 냉기가 미칠 듯이 뿜어져 나왔다. 그가 책에서 읽어 이론으로만 알고 있던 1서클 마법 아이스 핸드였다.

아이스 핸드는 손에 약간의 냉기를 만드는 마법이다. 공격 마법이 아니라 생활 마법이다. 그러나 지금 케이의 손에서 뿜어지고 있는 것은 강력한 냉기의 폭풍이었다.

케이가 손으로 가볍게 오우거를 가리켰다.

"시끄러우니까 이거나 먹고 닥쳐."

그의 손길을 따라 냉기가 아래쪽으로 폭포수처럼 쏟아졌다. 마나의 흐름은 아이스 핸드지만 그 위력은 틀림없이 블리자드였다.

냉기가 오우거를 덮쳤다. 그 즉시 칼도 제대로 들어가지 않는다는 질긴 오우거의 가죽이 쩍쩍 얼어붙기 시작했다.

오우거는 뜻밖의 충격에 고통스러운 비명을 질렀다.

우, 우거어어!

오우거의 몸이 서서히 얼어붙기 시작했다. 하지만 강력한 대형 몬스터는 그 정도로 죽지는 않았다.

케이는 꿈이 뜻대로 진행되지 않는 것이 마음에 들지 않았다.

"에이 씨! 더 강한 마법이 있어야지. 한 방에 다 날려 버리는 무진장 센 마법 나와라.”

　신성임무수행체가 그 말에 반응했다.

　‘대상물이 고 서클 공격 마법을 요구함. 정신에 각인시켜 놓은 공격 마법 각성 가능성 증가. 각성 시도.’

　신성임무수행체는 당연히 실패했다. 심장에서 신력을 직접 뽑아 케이의 육체에 흡수시키지 않고 힘만 주는 것은 겨우 성공했다. 하지만 그 정신 깊은 곳은 컨트롤할 수 없었다. 그저 지금은 케이에게 몬스터에 대한 적대감을 증가시키는 것이 고작이었다.

　신성임무수행체는 뭔가 도움이 되는 것을 각성시키려고 했다. 다시 동작 오류가 일어났다.

　‘심각한 오류 발생. 공격 마법 인지 실패. 고대인의 전투 정보 인지 실패. 모든 정보 인지 실패. 대상물에게 전송시킨 어떠한 정보도 직접 통제 불가능.’

　그것이 어찌해야 할지 모르는 상황에 빠져 오류만 일으키고 있을 때, 케이가 가볍게 손을 털고 말했다.

　“어차피 꿈인데 마법이 안 되면 토막을 치지 뭐.”

　케이가 검을 스르르 뽑았다.

　신성임무수행체의 눈동자가 빠르게 움직였다.

　‘신의 힘이 검을 통해 직접 분출되도록 임무 변경.’

　살짝 들어올린 검에서 신의 힘이 직접 흐르기 시작했다. 검을 따라 흐르는 하얀 빛이 오우거를 비추었다. 그것만으로도 오우거의 몸 바깥을 흐르던 미약한 마기는 순식간에 소멸되었다.

신의 힘을 직접 본 오우거는 파랗게 질렸다. 오우거는 난생처음으로 공포가 무엇인지 제대로 느끼고 있었다.

오우거는 감히 저항할 꿈도 꾸지 못했다. 하지만 이미 다리가 바닥에 얼어붙어 버린 후였다. 도망치고 싶어도 움직일 수가 없었다.

나무 꼭대기에서 케이가 검을 아래로 그으며 말했다.

"죽어라."

그의 칼날을 따라 신의 힘이 밝은 빛으로 변해 쭉 뻗어 나왔다.

오우거를 중심으로 백 미르에 달하는 땅에 가느다란 하얀 직선이 단번에 그어졌다.

그 선에 오우거가 걸렸다. 오우거는 그 즉시 재도 남기지 못하고 소멸했다. 비명을 지를 틈도 없었다.

오우거가 소멸한 직후, 땅 위에 그어진 흰 선을 중심으로 바닥이 쩍 갈라졌다.

신의 힘이 만들어낸 골짜기는 길이가 백 미르, 깊이 십 미르, 그리고 그 폭은 삼 미르에 달했다. 폭만 해도 성인 남자 키의 두 배에 가까웠다.

케이는 자신이 만든 결과물을 졸린 얼굴로 바라보았다. 그리고는 크게 하품을 했다.

“우아암. 아무리 꿈이라도 이건 좀 심한데?”

그가 뿌린 냉기에 당한 나무들이 지진의 충격으로 부러지기 시작했다.

케이는 그것을 피해 가볍게 바닥에 내려섰다. 그는 산책이라도 하듯이 넘어지는 나무들 사이를 느긋하게 움직였다.

“어디 마족이라도 한 마리 없나? 꿈에서나마 한 마리 잡아봐야 되는데.”

케이는 기분이 좋았다. 하지만 신성임무수행체는 정말 큰 문제에 봉착했다.

‘심각한 오류 발생. 신의 피 중 일부가 완전히 소모됨. 소모된 부분 회복 불가능.’

신의 피로 이루어진 힘의 결정체는 인간의 몸에 직접 흡수되어야 했다. 그 힘이 인간과 하나가 되면 위력은 많이 약해진다. 그 대신에 일단 인간의 것이 된 힘은 소모한 후에 다시 회복할 수 있다.

하지만 지금 경우, 케이의 동작을 따라 신의 힘이 직접 분출되어 땅을 갈랐다. 직접적인 힘의 분출은 인간에게 흡수된 경우보다 더 강력한 위력을 냈다. 대신에 초기에 가지고 있던 신의 피 중 소량이 완전히 소모되었다. 케이의 몸에 신의 힘을 직접 공급하여 움직이게 하는 것도 똑같은 소모성 문제를 일으켰다.

‘심각한 오류 발생. 현재의 방법으로는 예상되는 적을 모

두 제거할 수 없음. 신의 피가 부족함. 임무 수행 불가능.'

이제 신성임무수행체가 쓸 수 있는 방법은 모두 사라졌다.

'직접 제어 중단.'

더 이상 유효한 수단을 찾아내지 못한 그것은 다른 방법을 강구하기 시작했다.

케이는 갑자기 피곤함이 밀려들었다.

"졸려 죽겠네. 무슨 꿈이 이렇게 피곤해? 에라, 그냥 잠이나 계속 자자. 근데 우리 집이 어디였지?"

케이는 자기 오두막을 찾아 숲을 거닐었다. 몸속에 퍼진 신의 힘이 아직 약간 남아 있어 여전히 바람처럼 빠른 속도였다.

케이가 다시 잠에 빠져들고 나자 신성임무수행체는 임무 수행을 위한 새로운 방법을 찾았다. 그러나 이미 초기 설정과 어긋나는 오류가 너무 많이 발생해서 존재 자체가 위험해지고 있었다.

신성임무수행체는 케이의 몸을 다시 한 번 자세하게 분석했다.

'심각한 오류 발생. 천신과의 상성 최악. 피의 흡수 불가능.'

잠시 더 헛짓을 반복하던 신성임무수행체는 마침내 마지막 방법을 시도했다.

'대상물의 잠재 능력을 이용한 피의 흡수 체계 구축 시도.'

인간의 몸은 생명의 위협과 같은 극한상황에 도달하면 평소와는 다른 상태로 변한다. 신성임무수행체는 그 순간을 노리기로 결정했다.

그것은 스스로의 기능을 변화시켰다. 오류가 일어난 부분이 너무 많았다. 오류 부분을 모두 소멸시키고 나니 남은 기능이 거의 없었다.

그것은 케이의 몸이 신의 피를 흡수할 수 있는 상태가 될 때만 활동하기로 했다. 깨어날 때마다 몸이 받아들일 수 있는 만큼만 신의 피를 흡수시키도록 스스로를 변형시켰다.

그 작업을 끝으로 모든 것이 종결되었다. 케이에게 들어온 신의 피는 이제 완벽하게 안정된 상태로 변했다. 그것은 케이의 심장을 자신의 거처로 삼았다.

더 이상 케이에게 전달될 신의 의지는 남아 있지 않았다. 이제 천신이 신성임무수행체에 설정한 명령은 모두 취소되었다.

그것에게 남아 있는 것은 막대한 힘의 신력을 가능한 때에 가능한 만큼 흡수시키는 기능뿐이었다.

아직까지 단 한 방울의 피도 케이에게 흡수되지 못했다.

그 시간에 파티에서 술을 떡이 되도록 마신 아폴로 애버리스는 완전히 곯아떨어져 있었다.

아폴로 애버리스의 머리에 떨어진 단 한 방울의 피가 그의 몸에 흡수되었다.

그 피 한 방울이 잠자고 있던 아폴로의 자질을 깨웠다. 그의 근육이 더 단단해졌고 그의 감각이 더 예민해졌으며 그의 운동신경이 더 빨라졌다. 그리고 닫혀 있던 그의 마나 운용 능력마저 활짝 열리기 시작했다.

게으름에 묻혀 있던 아폴로의 자질이 완전히 깨어났다.

하지만 거기까지가 한 방울의 한계였다.

다음날 아침에 일어난 케이는 몸이 가뿐했다.

"으다다다. 어제 일찍 잤더니 몸이 아주 가볍네. 역시 아플 땐 푹 자야지. 젠장. 그런데 왜 머리가 아프지? 너무 잤나?"

케이는 지난밤에 무슨 일을 저질렀는지 전혀 기억하지 못했다. 그것은 하룻밤 꿈처럼 기억에서 사라졌다.

그의 두통은 신성임무수행체가 넘겨준 지식이 원인이다.

비정상적인 경로를 통해 급히 주입된 지식은 의식 아래 깊은 곳으로 가라앉았다. 각인된 정보는 지워지지는 않았지만 케이가 인지하지 못하는 동안은 기억의 전면으로 올라올 수 없었다.

케이가 시달리는 두통은 정보가 가라앉는 과정에서 일어나는 부작용이었다.

케이는 지금 아무것도 기억하지 못했다.

케이는 아침부터 글래시스 남작에게 불려갔다.

"남작님, 부르셨습니까?"

글래시스 남작이 안쓰러운 얼굴로 말했다.

"케이, 이 녀석아. 내가 항상 말하지 않더냐? 귀족을 상대할 때는 조심해야 한다고."

"그 기사가 뭐라고 했나요?"

"너를 쫓아내라고 나에게 강하게 요청했다."

케이는 어제 아폴로에게서 그럴 거라는 이야기를 들은 후다. 하지만 막상 대놓고 요구를 받자 얼굴이 저도 모르게 굳었다.

"남작님, 남작님은 귀족이시잖아요. 겨우 기사가 요구한 것 때문에 저를……."

"그는 그냥 기사가 아니다."

"예?"

글래시스 남작이 불쌍하다는 표정으로 케이를 바라보았다.

"그는 신성제국 애버리스 자작가의 사람이다. 애버리스 자작부인의 셋째 아들이지."

케이는 책을 읽은 덕분에 귀족들의 작위 세습 체계에 대해서 제법 잘 알고 있다.

"그렇다면 귀족 작위를 물려받지 못하는 자. 귀족의 피를 받았다고 하지만 겨우 기사 하나일 뿐이잖아요? 아무리 잘 쳐 줘도 자작의 동생인데 뭘 그러세요?"

"이 녀석아! 책 속에 모든 진리가 있는 것은 아니다. 세상은 좀 더 혹독하지. 애버리스 자작부인은 홀리 제국 사교계에서 입김이 상당히 강한 사람이다. 그녀의 아들을 우리 아이즈 왕국처럼 작은 곳에서 박대할 수는 없다. 적어도 일개 남작인 나보다는 훨씬 권력이 강한 사람이다."

"그런 억지가……."

"귀족 사회란 그런 것이다. 그는 너의 눈을 파내서 책을 읽지 못하게 한 후에 쫓아내겠다고 했다. 다행히 지난밤에 술을 진탕 마시더니 늦잠을 자고 있구나. 눈치를 보니 오후는 되어야 깨어나겠더라. 그러니 어서 짐을 챙겨서 떠나거라."

케이는 억울했다.

"저는 잘못한 것이 없어요."

"네가 이해해라."

케이는 남작에게 항의해 봤자 소용없음을 깨달았다. 이미 평민 하나의 처분은 결정되었다.

남작은 그래도 귀족치고는 꽤나 평민들과의 관계가 좋았다. 평민인 케이에게 자기 서재를 개방해 줄 정도였다.

케이가 주먹을 쥐고 부르르 떨었다.

'아폴로 애버리스. 지금은 그냥 넘어가지만 언젠가는 오늘 일을 후회하게 만들어주마. 나중에 내가 대상인이 돼서 보자고. 제국 자작 따위? 흥! 돈의 힘이 얼마나 무서운지 보여주겠어.'

주먹을 쥐는 것은 다른 귀족 앞이라면 감히 할 수 없는 무례한 짓이다. 하지만 귀족치고는 사람 좋은 편인 남작은 이해했다.

'이 녀석을 다음 대 집사로 고용하려고 했는데. 마나도 느낄 정도로 재주가 많은 놈이었는데 아쉽구나.'

그는 지난 일 년간 케이에게 이런저런 이유로 서재도 열어주고 개인적인 일도 잔뜩 시켰다. 그러다 보니 나름대로 정도 많이 들었다. 하지만 아폴로를 박대할 수도 없다. 왕국은 언제나 제국의 눈치를 봐야 하는 법이다.

남작은 작은 주머니를 하나 내밀었다.

"얼마 안 되지만 여비에 보태라."

케이는 소리만 듣고도 그것이 돈주머니임을 깨달았다. 화가 나는 건 나는 거고 돈은 돈이다. 대상인이 목표인 그가 돈을 마다할 리가 없다.

그는 돈주머니를 넙죽 받으며 말했다.

"감사합니다."

"그리고 나중에 아폴로가 이 일을 잊을 때가 되면 돌아오너라.”

어쨌든 남작이 주변에서 고용할 수 있는 평민 중에는 케이가 최고다. 잃고 싶지 않았다.

문제는 케이다. 케이는 누군가의 집사가 되고 싶은 생각이 눈곱만큼도 없다.

케이가 웃었다.

“대상인이 되면 들를게요.”

케이에게 이 영지에 붙어 있어야 할 이유는 없다. 여기서 일 년을 지냈기는 했지만 이곳이 그의 고향은 아니다.

이곳에는 남작의 서재가 있다. 그동안 그곳에서 독서를 열심히 했다. 그러나 그 서재는 자주 열어주는 것이 아니라 아직 못 읽은 책이 많다. 그것이 가장 아쉬웠다.

그는 마을을 터벅터벅 걸어가며 중얼거렸다.

“이 마을은 더 못 있겠구나. 이제 어쩌지?”

주머니에는 영주에게 받은 돈이 있다. 은화 몇 개와 동전 조금이라면 당분간 먹을 음식값은 된다. 그것 외에 그가 원래 가지고 있던 돈도 조금 있다. 케이가 자기 돈주머니를 흔들어 은화 짤랑거리는 소리를 즐겼다.

“어쩌기는 뭘 어째? 이제 그만 도시로 가야지. 도시에 가서 마법상점에라도 들러보자. 영주님의 서재에서 베낀 마법식을 연습해 보려면 시약이 필요하니까.”

그는 아직 마법사가 아니다. 마법사는 귀하다. 마나를 느끼는 자는 흔해도, 1서클 마법사는 인구 천 명 중에서 하나 나온다고 하는 것이 정설이다.

그는 마나를 느끼는 것이 고작이다. 하지만 영주의 서재에서 1서클 마법서를 발견하고부터 욕심이 생겼다.

"1서클 마법만 알아도 장사에 아주 큰 도움이 될 거야. 1서클은 필수, 2서클은 선택. 노력하다 보면 결국 되겠지."

케이는 감히 독학으로 마법을 공부할 꿈을 꾸었다. 그의 짐 속에는 마법서에서 베낀 종이 몇 장이 들어 있었다.

마법서의 내용은 각 계파마다 철저히 관리하는 비밀이다. 그래서 마법서를 대놓고 베끼지는 못했다. 베끼는 것이 발각되면 아무리 사람 좋은 남작이라고 해도 케이를 용서할 리가 없다. 성질 더러운 귀족이라면 당장에 목을 친다.

케이는 그 복잡한 마법서의 몇 가지를 잘 기억해서 종이에 베껴두었다. 베낀 종이를 다시 외운 후 원래 마법서와 비교하는 방법을 여러 차례 반복해서 1서클 마법 몇 가지를 완전히 옮길 수 있었다.

그걸 생각하니 케이는 기운이 났다.

"가자, 도시로."

결정은 했지만 도시로 가는 방법이 문제다. 여객마차는 부자들이나 이용하는 것이다. 하지만 혼자 간다면 곳곳에 위험이 너무 많다.

그에게는 운이 따랐다. 마침 조그마한 상단 하나가 막 출발하려는 상태였다. 상단을 따라간다면 여비를 아낄 수 있고 위험도 줄어든다.

"편하게 가면서 덤으로 돈까지 벌 기회네. 이런 걸 놓치면 대상인이 될 케이님이라고 할 수 없지."

그는 슬며시 상단에 다가갔다.

상단의 상인과 용병들이 한창 말싸움을 하고 있었다.

용병대장이 말했다.

"상단주님, 하지만 하루 동전 스무 개는 너무 적습니다."

"잭슨 대장, 자네들은 단지 삼급용병 네 명으로 구성된 보잘것없는 용병대 아닌가? 본래 계약이 그러했는데 이제 와서 왜 딴소린가?"

"하지만 계약 기간을 연장하자고 하셨잖습니까? 앞으로 가야 하는 길은 지금보다 좀 더 위험합니다. 같은 금액으로 연장하자고 하시면 곤란합니다."

상단주는 물러설 생각이 없었다.

"내가 아니면 이급용병 하나도 없는 삼류용병대를 그 돈으로라도 고용할 사람이 있어 보이나?"

그들의 협상은 조금 더 이어졌지만 곧 용병의 완패로 끝났다. 막 연장 계약을 체결하려는 순간 케이가 끼어들었다.

"저기요, 이 상단에 혹시 용병 필요없어요?"

상단주가 케이를 보고 말했다.

“이봐, 소년. 아니, 젊은이로군. 젊은이, 칼만 들면 무조건 용병인가? 나는 아무나 쓰지 않아.”

케이가 품에서 용병패를 꺼내 보여주었다.

“제 이름은 케이. 정규 삼급용병이네요.”

상단주가 그 패를 보더니 용병대장을 불렀다.

“잭슨 대장, 이 용병이 자기를 뽑아달라는군.”

워낙 소규모 상단이라 고용된 용병은 겨우 넷뿐이다. 더구나 삼급용병이 대장을 하고 있었다.

잭슨이 케이의 패를 확인하더니 말했다.

“겨우 스무 살이나 됐을까 싶은 녀석이 견습도 아니고 정규 삼급이군. 제법이구나.”

“저도 나름대로 꽤 험한 삶을 살았거든요.”

잭슨이 피식 웃었다.

“입만 보면 일급용병이구나.”

잭슨도 삼급용병이지만 그는 이급을 바라보고 있는 닳고 닳은 용병이다. 케이의 목적이 한눈에 보였다.

“어디까지 가고 싶은 거냐?”

케이가 씩 웃었다.

“제일 처음 만나는 도시까지요.”

“우리는 커뮨 시를 거친다. 아마 내일이면 도착할 거다.”

“커뮨 시 좋지요. 일 년 전에 거기를 거쳐서 이 마을에 왔거든요. 거기까지 저를 고용해 주세요. 상단은 전력이 강해져

서 좋고 저는 용돈 벌며 목적지까지 가서 좋고. 누이 좋고 매부 좋고, 꿩도 잡고 알도 먹고."

잭슨은 같은 용병끼리 조금 도와주자는 생각에 상단주를 돌아보았다.

"상단주님, 커뮨 시까지만 고용하는 것이 어떻겠습니까?"

상단주가 인상을 조금 썼다.

상단주는 용병이 늘어나는 것 자체가 싫지는 않다. 오히려 대환영이다. 하지만 돈이 추가로 드는 것이 문제다.

'커뮨 시에 가야 한다고? 눈치를 보니 공짜로도 부려먹을 수 있겠는데?'

그는 상인의 감각으로 자신의 손해 없이 안전을 확보하기 위해서 수작을 부렸다.

"하지만 잭슨 대장, 내가 당신들을 고용하는 데 지불하는 돈은 총액이 미리 결정되어 있다고. 돈을 더 쓸 수는 없으니까 용병을 추가하고 싶으면 자네들 몫에서 내주고 고용하라고."

잭슨이 난처해했다.

"우리는 가뜩이나 저렴한 임금을 받고 일을 하고 있는데 그런 말씀을 하시면 어떻게 합니까? 용병을 쓰면서 하루에 동전 이십 개면 헐값입니다."

다른 용병들은 별로 내켜하지 않는 분위기였다. 박봉이 더 줄어든다는데 반길 리가 없다.

케이가 사람들의 대화를 듣고 생각했다.

'어쭈. 이 상인 아저씨, 결국 나를 공짜로 부려먹겠다 그거 지? 어이쿠, 사람 잘못 보셨네요.'

"그런데 소문 들으셨는지 모르겠네요? 요새 여기서 커뮨 시 사이에 오크들이 나온다는 소문이 있어요. 이런 때는 임시 로 용병 하나 추가하는 것도 나쁘지 않을걸요?"

오크는 강력하다. 오크 하나가 삼급용병 하나와 맞먹는 전 투력을 가지고 있다.

상단주의 안색이 나빠졌다.

"여기서 오크가 나와?"

케이가 능글거렸다.

"이거 왜 이러시나? 그런 소문 들었으니 용병을 고용해서 호위를 받으시는 거잖아요?"

"하, 하지만 오크는 이쪽이 아니라 더 먼 곳에서 나온다고 들었다."

"술집에서 들으니까 그놈들이 이쪽으로 이동해 왔다는 거 같던데… 술주정이었나? 술주정이었을 거야. 하긴, 설마 여 기서 오크가 나오겠어요?"

"그, 그러다 진짜로 나오면?"

"할 수 없죠. 몸으로 때우시던가."

"삼급용병 네 명으로 때울 수 있을까?"

"잘 안 때워지면 잡아먹히시던가."

상단주는 겁이 조금 났다. 그러나 그는 케이가 커뮨 시까지 가야 한다는 이야기를 들은 후다. 그는 자기 이익을 포기하고 싶지 않아서 협상을 걸었다.

"하긴, 공짜로 안전을 더 확보한다면……."

케이가 즉시 그 말을 끊었다.

"여기서 커뮨 시까지 용병 하나 추가에 동전 오십 개면 싸게 먹히는 거지요. 물론 상단주님이 직접 지불해 주시는 동전으로요."

"뭐? 오십 개? 삼급용병에, 나이를 보니 경험도 많지 않아 보이는데 뭐 그리 비싸?"

"안전한 길을 갈 때는 삼십 개로도 돼요. 하지만 오크가 나오는 소문이 돈다면 당연히 더 쳐주셔야죠. 그 무서운 오크가 나온다는데 오십 개면 싼 거죠."

상단주는 잠시 고민했다. 하지만 목숨보다 소중한 것은 없다. 오크를 생각하니 두려웠다. 더구나 상단주에게 동전 오십 개는 푼돈이다.

상단주가 마침내 결심을 하고 물었다.

"자네 실력은 확실한가?"

케이는 협상에서 이겼다는 것을 깨달았다. 그는 가볍게 용병패를 흔들었다.

"정규 삼급용병을 우습게보지 마시라고요. 이거 따느라고 죽는 줄 알았어요."

“좋다. 그렇다면 너를 특별히 동전 오십 개에 고용하도록 하마.”

“당연히 숙식 제공이지요?”

“그, 그렇다.”

“계약된 거죠?”

“물론이다.”

거래가 성립되었다.

케이가 환하게 웃으며 말했다.

“좋은 판단이시네요.”

케이가 잭슨을 보고 눈을 찡긋했다. 케이는 잭슨 일행이 지나치게 박봉이라는 소리를 들었다. 그걸 듣고도 혼자만 배부르게 먹을 생각이 없었다.

용병계에서 오래 굴러먹은 잭슨이 그 눈짓에 문득 깨닫는 것이 있어 앞으로 나섰다.

“상단주님, 아까 계약 이야기를 마무리 지으시죠?”

“그래. 일인당 하루 동전 스무 개로 열흘간 더 연장하도록 하지.”

“이거 왜 이러십니까? 이자는 그 거리를 동전 오십 개에 고용하고, 우리는 일인당 이십 개에 고용하다니요? 같은 삼급용병인데 차이가 너무 심하지 않습니까?”

“하지만 이자는 임시로…….”

“우리도 커뮨 시까지는 동전 오십 개를 쳐주십시오. 일인당 삼십 개씩 추가입니다.”

상단주는 황당했다.

그러나 케이와의 계약은 이미 결정되었다. 용병과의 이런 계약은 서류 없이 약속으로 결정되는 경우가 많다. 상황에 따라 조정하는 경우는 많지만 이유없는 파기는 곤란하다. 적어도 케이와의 계약은 지금 당장 파기할 수 없다.

케이가 거들었다.

“오크가 나온다는데…….”

어쨌든 상단주는 오크가 무서웠다.

“알았다. 하지만 특별 임금은 커뮨 시까지만 적용하겠다.”

케이가 옆에서 지나가는 말처럼 중얼거렸다.

“오크가 나오는 근처에서 용병 새로 고용하려면 임금이 장난이 아닐 텐데. 커뮨 시에 가면 거기서 하루 일당 동전 삼십 개를 주고 구할 수 있는 용병이 있으려나…….”

상인이 인상을 썼다. 하지만 자기가 자초한 일이다.

“끄응! 잭슨 대장, 커뮨 시를 지난 이후에는 일인당 하루에 동전 삼십 개씩 쳐주지. 계약이나 다시 하세나.”

용병대장이 케이를 따로 불러 질문했다.

“케이, 정말로 여기서 커뮨 시 사이에 오크가 나오냐?”

케이가 씩 웃었다.

“술주정이라고 했잖아요. 오크가 진짜로 나올지 안 나올지는 신만이 아실 뿐."

신은 이제 그런 거 모른다.

"녀석, 그럴 줄 알았다. 그런데 이 근처에서는 잘 나오지도 않는 오크 때문에 동전 오십 개를 후려치다니. 너무한 것 아니냐?"

"에이, 이거 왜 이러세요? 저 상인 아저씨가 날 공짜로 부려먹으려고 한 거 봤잖아요? 먼저 치사하게 나오지만 않았으면 나도 조금만 먹고 떨어지려고 했다고요. 하지만 난 원래 받은 대로 돌려주거든요."

"하하하! 잘했다, 잘했어. 사실 우리가 삼급용병으로만 구성되어 있다고 해서 임금에 손해를 많이 봤거든. 덕분에 우리도 제값을 받게 됐구나."

상단은 작은 규모였다. 마차가 네 대, 상인이 네 명, 상단주가 한 명, 그리고 케이를 포함한 용병 다섯이 전부였다.

상단주는 케이에게 불만이 있었다. 케이 때문에 추가로 나가게 된 돈이 다 합치면 은화 몇 개였다.

그가 가진 것은 작다고 하지만 그래도 마차 몇 대짜리 상단이다. 은화 몇 개 정도는 푼돈이다. 하지만 상인은 최대한의 이익을 원했다. 예정에 없던 비용이 추가되는 것이 달갑지만은 않다.

상단주가 입이 아픈 줄도 모르고 투덜대는 동안에도 잘만 굴러가던 마차들이 숲 한가운데에서 정지했다.

길 한가운데가 쩍 갈라져 있었다. 길과 수직으로 갈라진 그 골짜기는 크고 깊었다.

케이가 지난밤에 신성임무수행체의 부추김에 말려들어 만들어놓은 골짜기다. 이 골짜기를 만드는 데 신의 힘이 조금 소모되었다. 그때 만난 오우거는 완전히 소멸해 버려 이제 흔적도 없었다.

어쨌든 도로가 그렇게 깨끗하게 파인 것은 흔히 볼 수 있는 광경은 아니다.

케이가 골짜기를 보면서 머리를 긁적거렸다.

"이거 어디서 본 적이 있는 것 같은데… 기억이 안 나네. 꿈에서라도 봤나?"

용병대장 잭슨이 그 골짜기를 간단히 조사했다. 그리고 걱정스러운 얼굴로 말했다.

"숲 안쪽으로 총 백 미르, 길을 중심으로 보면 한쪽이 오십 미르나 이어진 골짜기다. 그런데 땅이 왜 이렇게 갈라져 있지? 설마 초거대 몬스터라도 나타난 것은 아니겠지?"

케이가 옆에 서서 골짜기를 살펴보며 말했다.

"초거대 몬스터는 절대로 아니에요. 몬스터가 왜 땅을 이렇게 갈라요? 설사 사막에 산다는 샌드웜이라고 해도 구멍을 만들면 만들지, 이렇게는 안 한다고요. 무슨 할 일 없는 몬스터가 이런 짓을 하겠어요?"

구경하던 상단주가 끼어들었다.

"이거 말이야, 혹시 소드 마스터나 그런 사람이 쓱 그은 거 아닐까?"

케이가 웃었다.

"하하하! 상단주님, 농담도 잘하시네. 이건 길이가 백 미르라고요. 옛날이야기 속에 나오는 신의 용사라도 나타났다면 모를까, 소드 마스터 정도로는 어림도 없어요."

천신의 피를 통째로 꿀꺽한 케이가 꽤나 정답에 근접하다가 멀어졌다.

잭슨이 다시 질문했다.

"그럼 이게 어떻게 된 일인가?"

케이가 팔짱을 낀 채 턱을 괴며 생각에 잠겼다. 그가 직접 저지른 일이지만 전혀 기억에 없다.

'이거 내가 명색이 책 좀 읽었다는 용병인데, 아무 말도 못 하면 좀 그렇잖아?'

잠시 고민한 케이가 대충 결론을 내렸다.

"이거 일단 지진에 의한 것이 아닐까 하는데요? 하지만 지진이 났다는 소문은 듣지 못했단 말이에요. 아니면… 땅속에 있던 빈 공간이 무너졌을지도 모르죠."

잭슨이 놀라서 말했다.

"공간? 혹시 던전? 여기에 새로운 던전이 있다고?"

잭슨 일행이 군침을 삼켰다.

다른 용병들도 같이 떠들었다.

"던전을 새로 발견하면 돈이 꽤 되지?"

"돈이 되다 뿐인가? 당연히 발견자에게 돌아가는 몫이 장난이 아니야."

"직접 발굴할 재주만 있다면 단숨에 엄청난 부자가 될 수 있다고 하더라고. 우리 이제 부자 되는 건가?"

스스로가 마구잡이 추측을 한 것을 잘 아는 케이가 웃으며 손을 흔들었다.

"에이. 아니요. 던전 말고 동굴 같은 거요. 더구나 이렇게 쩍 갈라진다니. 말도 안 되죠. 그 가능성은 무시하세요. 그냥 특이한 지진일 거 같아요."

잭슨이 납득하고 말했다.

"흐음, 그렇군. 그럼 다른 원인은 없나? 우리는 호송을 위해 모든 위험을 대비해야 한단 말일세."

케이가 인상을 살짝 썼다.

"역사책에 보면 이런 일이 아주 없었던 건 아녜요. 하지만 그건……."

"어떤 일인데?"

"마계의 마족이 인간계로 넘어올 때 이런 흔적이 남는 경우가 있었다고 해요. 땅이 갈라지고 마족과 몬스터가 잔뜩 기어나오는 재앙이 벌어지는 거죠."

케이의 말에 사람들의 얼굴이 일제히 창백해졌다.

잭슨의 목소리가 떨렸다.

"마, 마족? 서, 설마 여기에 마족이 있다는 말이냐?"

케이가 웃으며 손을 흔들었다.

"하하. 용병이 무슨 겁이 그렇게 많아요? 마계의 문은 역사책에나 나오는 전설 같은 이야기예요. 더구나 마계의 문을 열기 위해서는 인간의 피가 강을 이룰 정도로 엄청나게 필요하다고 했어요. 최소한 몇만 명은 죽어야 할걸요?"

"다행이구나. 여기는 핏자국도 하나 없으니."

"그런 것보다는 작은 지진이 일어났다고 보는 것이 만 배는 더 그럴듯해요. 이런 깔끔한 직선의 지진은 좀 이상하지만……."

잭슨이 식은땀을 닦으며 말했다.

"하하, 그렇지? 역시 지진이겠지?"

"그럼요. 설마 마계의 대침공이라도 있다고 생각하는 건 아니죠?"

"그래도 마족이라고 하니까 가슴이 꿍덕꿍덕한다."

"에이, 전설이라니까요, 전설. 게다가 그 전설에 나오는 공간은 보통 아주 크고, 그 바닥이 보이지 않을 정도로 깊다고 했어요. 이건 길이가 백 미르로 끝이라면서요?"

케이의 말에 사람들은 안정을 찾았다.

원인이 대충이라도 나오자 뒤에서 골짜기를 보던 상단주는 마음이 급해졌다.

"이거 큰일이군. 마차가 있으니 숲으로 돌아갈 수도 없는데. 더구나 오십 미르나 숲을 개척하다니. 이 숲은 대단히 울창한데 우리 마차는 길이 아니면 가지 못한다고. 이보게, 잭슨 대장. 여기를 메우려면 얼마나 걸릴까? 아니면 새 길을 개척하는 게 나을까? 어떻게든 방법을 찾아내라고."

잭슨이 인상을 썼다.

"골짜기의 깊이가 장난이 아닙니다. 더구나 주변 숲에는 나무들이 많이 쓰러져 있어서 개척이 힘듭니다. 어떤 것을 고르더라도 시간깨나 잡아먹겠습니다."

"그럼 일단 메워 버리게. 내 직원들도 데려가서 쓰고."

"그래도 오래 걸립니다. 이거 제대로 메우고 출발하면 오늘 내에 숲을 빠져나가지 못하겠군요."

상단주의 얼굴이 핼쑥해졌다.

"이보라고. 이쪽에서 오크가 나온다는 소문이 있다며? 오크는 숲을 좋아하잖는가? 나는 여기 오래 있고 싶지 않다네."

잭슨은 그 소문이 케이의 입에서 나온 것임을 잘 알고 있다. 여유를 가진 그가 자신의 검을 툭 쳤다.

"제가 오크 둘 정도는 상대할 수 있고 부하들도 각자 오크 하나쯤은 감당할 수 있습니다. 오크 여섯 정도까지는 무난하게 막을 수 있으니 걱정하지 마십시오."

그 자신만만한 모습에도 상단주는 조금도 안심하지 못했다.

“오크는 몬스터네, 몬스터. 몬스터는 무섭지.”

“우리를 믿으십시오.”

일반 맹수를 몬스터라고 하지는 않는다. 그런 건 단지 짐승일 뿐이다.

몬스터가 되려면 몸속에 마기가 조금이라도 흐르고 있어야 한다. 그리고 그 마기의 힘이 짙을수록 몬스터도 강해진다. 오크도 마기의 영향을 받는 존재이므로 그만큼 강력하다.

상단주가 마침내 호통을 쳤다.

“나는 삼급용병 따위는 믿지 못하겠네! 당장 마차가 이곳을 빠져나갈 방법을 마련하게!”

“말씀은 그렇게 하셔도 현실적으로…….”

“방법은 알아서 마련하란 말일세! 에이, 이급용병이 포함된 용병대를 고용했어야 하는 건데. 돈을 아끼느라고 싸구려만 모아놨더니 영 도움이 안 되는군.”

용병들은 자존심이 상해 인상을 팍 썼다.

케이도 기분이 나빠졌다.

“정규 삼급용병이 되기 쉬운 줄 아세요?”

상단주가 심통을 부렸다.

“그래 봐야 싸구려지. 여하튼 당장 이곳을 빠져나갈 방법을 마련하게. 나는 이곳이 싫다.”

케이의 인상이 살짝 찌푸려졌다.

“후회 안 해요?”

"후회는 무슨 후회? 나는 여기서 빠져나갈 수만 있으면 되네."

케이는 위험을 감수하기로 했다.

'용병을 무시했겠다? 어차피 잘못돼도 내 손해도 아니니까. 원한다면 위험을 감수하게 해주지. 선택은 직접 하게 해줄 테니 실패해도 내 탓 하지 말라고요. 그 틈에 나도 몇 푼 벌고.'

"상단주님, 이 문제 해결할 방법이 있기는 한데요."

"응? 어서 말해보게. 어떤 방법인가?"

케이가 손가락 다섯 개를 쫙 편 채 내밀었다.

"동전 오십 개만 주시면 해결해 드릴게요."

동전 오십 개면 특별요금이 적용된 그의 일당과 같은 금액이다.

상단주의 얼굴이 일그러졌다.

"이, 이보게, 자네는 나에게 고용된 용병 아닌가?"

"정확히 말하면 외부의 공격으로부터 상단을 지키는 임무를 받았죠. 이런 쪽에 머리를 쓰는 건 계약 외 임무니까 조금만 더 쓰시죠? 싫음 마시고요. 저야 어차피 하루짜리 용병인데요 뭐."

케이는 이 상인에게서 돈을 쪽쪽 빨아내기로 결정했다.

상단주가 케이를 보다가 투덜거렸다.

"이거 돈맛을 아는 걸 보니 상단이라도 차리면 크게 될 친구로군. 알았네. 위험을 피해간다는데 까짓 동전 오십 개 정도야 내가 못 쓰겠나? 그래, 어떤 방법이 있는가?"

케이가 한쪽을 가리켰다. 그가 뿌린 냉기에 맞아 밑 부분이 얼었다가 부러진 나무들이다. 전부 케이가 만든 결과물이다. 물론 그는 그 사실을 기억하지 못했다.

"저 쓰러진 통나무들을 이용해서 간단한 다리를 만들면 돼요."

상단주가 인상을 썼다.

"어느 세월에 다리를 만들고 있으란 말인가? 그리고 누가 다리를 만들 줄 안다고?"

케이가 큰소리를 펑펑 쳤다.

"책이 스승이니 책 속에 곧 진리가 있는 법이지요. 제가 다리 만드는 법에 대한 책을 좀 읽었거든요. 튼튼한 건 어려워도 마차 몇 대 건널 정도로 간단한 건 금방 만들 수 있어요."

상단주가 의심스러운 얼굴로 말했다.

"정말 그게 가능한가? 골짜기를 메우는 것이 더 안전하지 않을까?"

"메우는 게 더 안전하기는 하죠. 하지만 오늘 중으로 숲을 빠져나가라고 소리칠 때는 언제고요?"

"그러니까 자네들이 죽도록 열심히 한다면……."

"죽도록 삽질을 하라고요? 흥! 그래도 불가능해요. 이 큰 골짜기를 메우려면 어디서 이만큼 땅을 파와야 한다고요. 더구나 메우고 나면요? 단단히 다지지 않으면 푹푹 빠질걸요? 제대로 하려면 날밤 꼴딱 새도 안 돼요. 결정은 직접 하세요."

"결정이라니?"

"남들을 위해서 오래 걸려도 안전하게 여길 메우고 지나가기. 시간이 좀 걸리지만 저 통나무들이 잔뜩 쌓여 있는 숲을 개척해서 지나가기. 그리고 조금 위험하지만 간단한 다리를 만들어서 건너가기."

상단주도 자기가 조금 전까지 용병들을 무시하던 말이 있으니 이제 와서 안전한 방법으로 가자는 말은 할 수 없었다. 결국 상단주가 두 손을 들었다.

"알았네, 알았어. 그럼 간단한 다리를 만들어서 건너는 것으로 하지. 오늘 중으로 숲을 빠져나가게만 해주게."

케이는 즉시 사람들과 함께 다리를 만들기 시작했다.

작업은 어렵지 않았다. 용병들이 도끼를 들었다. 이미 부러져 있는 통나무들을 넝쿨로 엮어 뗏목 같은 커다란 판을 만들었다. 말까지 동원되자 그 작업은 빠르게 끝났다. 그것을 삼 미르짜리 골짜기 위에 올려놓자 다리는 완성되었다.

일이 끝나자 케이가 자랑스럽게 말했다.

"하하하. 어때요? 다리가 나왔어요. 케이의 즉석 다리예요."

사람들의 얼굴이 좋지 않았다.

상단주가 조심스럽게 말했다.

"이보게, 케이. 정말 여기에 마차가 지나가도 될까?"

상인들이 걱정스러운 목소리로 중얼거렸다.

"아무리 봐도 부실해 보이는데……."

"그러게 말이야. 저건 다리라기보다는 함정에 가깝다고."

케이가 결과물을 보고 생각했다.

'내가 보기에도 이건 좀 위험하긴 하네. 그러게 누가 그따 위로 말하래? 그래도 만들었으니 건너가게는 해야지.'

그는 또 큰소리를 쳤다. 얼른 다리 위에 올라가서 상단주를 보고 말했다.

"걱정 말아요. 마차의 무게까지 계산해서 만든 거예요. 더 튼튼히 하면 좋지만 시간 절약해야 하니까 딱 마차를 버틸 정 도로 만든 거라고요. 그러니 안심하고 건너세요."

어느 상인도 마차를 끌고 그 함정 같은 다리 위를 건너고 싶어하지 않았다.

'이건 내가 주장한 일. 돈도 받았으니 당연히 제일 위험한 일도 내가 해야지.'

케이가 직접 선두의 마차에 올라갔다.

"내가 먼저 건너가서 증거를 보여줄게요. 이랴!"

그는 마차를 몰고 다리를 건너기 시작했다. 다리는 삐걱거 렸다. 케이는 등에서 식은땀이 배어 나왔지만 조금도 내색하 지 않았다. 어쨌든 다리는 마차의 무게를 너끈히 버텨냈다.

다리를 완전히 건너간 후 케이가 땀을 닦으며 소리쳤다.

'휴우. 제대로 만들었네. 안전하구나.'

"그것 봐요. 안전하잖아요."

그때서야 마음이 놓인 상인들이 하나씩 다리를 건너기 시작했다. 마지막 마차까지 무사히 다리를 건너고 나자 상인들이 감탄했다.

"허, 이렇게 부실해 보이는 것이 용케 버티는데?"

"그러게 말이야. 저 친구 정말 아는 것이 많은가 봐?"

케이는 그 소리를 자신만만한 표정으로 듣고 있었다. 하지만 잔뜩 흘렸던 식은땀이 마르기 시작하자 등이 싸늘했다.

이런 종류의 다리 만들기는 이론으로는 알고 있었다. 하지만 실제 적용해 본 것은 지금이 처음이다.

'단번에 성공하다니. 나의 천재성은 도대체 그 끝이 어디일까?'

그가 막 큰소리를 치려고 할 때 등 뒤에서 굉음이 터졌다. 넝쿨 끈이 순서대로 타다닥 끊어지기 시작하더니 다리가 와르르 무너져 버렸다.

상단주가 그 모습을 보고 입을 못 다물다가 말했다.

"케이, 다리는 안전하다며?"

케이도 놀랐다. 하지만 뻔뻔하게 말했다.

"딱 마차 네 대만 통과할 수 있도록 만들었거든요. 계산이 너무 정확했네요. 여유 분을 좀 두려고 했지만 시간을 절약하기 위해서 어쩔 수 없었어요."

어쨌든 마차는 모두 통과했다. 토목공사에 대해서 아는 것이 없는 상단주는 믿을 수밖에 없었다.

"대단하군, 대단해. 그토록 정확하게 만들다니. 삼급용병이라고 무시할 것이 아니었어."

약간의 사기가 섞이기는 했지만 여하튼 모두 안전하게 골짜기를 통과했다. 조금 전의 위험보다 앞으로의 안전이 더 기쁜 상단주가 환한 얼굴로 말했다.

"이보게, 케이. 모든 것이 자네 말대로 되었군. 어떻게 용병이 이런 기술을 가지고 있는가?"

"제가 이래 봬도 글래시스 남작님 영지에서 책 좀 읽은 용병이라고 불렸다고요."

잭슨이 뒤에서 손뼉을 딱 쳤다.

"아, 자네가 바로 그 용병이로군. 나도 소문은 들었네. 용병이 책을 좋아한다면서?"

"히히히. 다른 동네까지 소문났나 보네요."

케이의 얼굴은 웃고 있었지만 속으로는 깊이 반성하고 있었다.

'에휴. 정말 무너질 줄은 몰랐네. 역시 공부가 부족했어. 공부를 더 해야겠다.'

어쨌든 일은 잘 해결되었다. 웃으면서 마차 지붕에 올라타려던 케이는 뭔가 가슴 한구석에서 불쾌한 느낌을 받았다.

‘뭐지?

그는 주변을 둘러보았다. 딱히 이상한 것은 없었다.

신의 피는 흡수되지 않았지만 케이의 몸에 머물고 있다. 그 영향으로 몸속에 신성력이 생성되고 있었다. 그것은 케이의 육감에 영향을 주었다. 케이는 특히 마기에 관한 감각이 예민해져 있었다.

아무래도 찜찜한 마음에 주변을 자세히 살피던 케이의 눈에 이상한 것이 잡혔다. 녹색 수풀 속에 주변과 조금 다른 녹색이 언뜻 보였다.

케이는 긴장했다. 그는 삼급용병이다. 물론 정식 용병 중에서는 최하급이다. 그래도 정식 용병이다. 전쟁에 참가한 적은 없지만 대신에 주로 몬스터 토벌전에 참여해서 경력과 실력을 쌓고 정식 용병이 되었다. 때깔만 봐도 저게 뭔지 알 수 있었다.

케이가 잭슨에게 다가가 조용히 말했다.

“잭슨 대장님, 고개 돌리지 말고 들어요. 오른쪽 숲에 오크처럼 보이는 게 있어요.”

미리 경고를 했음에도 불구하고 잭슨의 고개가 자연스럽게 케이가 말한 방향으로 돌아갔다. 잭슨의 눈과 오크의 눈이 정확히 마주쳤다.

잭슨이 먼저 소리쳤다.

“오크다! 수비 태세!”

그의 명령이 떨어지기가 무섭게 용병들이 후다닥 잭슨 주
위로 모여들었다. 상인들은 재빨리 마차 위로 기어 올라갔다.

잭슨이 소리침과 동시에 오크들이 벌떡 일어섰다.

"크워어!"

오크들은 번들거리고 질긴 녹색 피부를 가졌다. 그리고 팔
뚝이 사람 다리와 맞먹을 정도로 근육질의 육체로 이루어졌
다. 신체 조건만 본다면 사람과의 싸움에서 압승이다.

그 오크들이 몽둥이를 들고 숲에서 걸어나왔다.

잭슨이 긴장한 채 말했다.

"하나, 둘, 셋… 열 마리나 되는군. 젠장! 쉽지 않다."

훈련받지 못한 인간은 오크의 상대가 되지 못한다. 상인들
이 모두 달려든다면 오크 한둘은 상대할지 몰라도 그 대가로
내놓아야 하는 것은 목숨이다.

그러나 인간은 오크와는 다른 재주가 있다. 오크가 본능에
의해서 싸운다면 인간은 훈련된 검술이라는 재주를 가지고
있다. 무기도 월등하다.

잭슨이 확인 삼아 케이에게 물었다.

"케이, 오크 몇 마리나 상대할 수 있지?"

케이도 긴장으로 딱딱하게 굳어 있었다. 언제나 웃고 다니
던 얼굴에 미소라고는 찾을 수 없다.

"저는 정규 삼급용병이라고요. 한 마리 정도는 어떻게 할
수 있어요."

"역시 그렇군. 내가 두 마리, 부하 녀석들이 각자 한 마리. 그러고도 네 마리가 남는군. 너무 불리하다. 이 지역은 꽤 안전한 지대인데 어디서 오크가 이렇게 많이 나온 거지?"

케이가 검을 단단히 고쳐 쥐었다.

"그래도 싸워봐야지요. 그냥 죽어줄 수는 없으니까. 원래 싸움은 끝까지 해봐야 아는 거라고요."

케이가 뒤를 보며 소리를 빽 질렀다.

"아저씨들도 몽둥이라도 들고 도와줘요! 안 그러면 다 죽는다고요!"

그러나 마차에서 내려오는 상인은 없었다. 오히려 상단주가 소리를 질렀다.

"무섭잖아! 그냥 자네들이 저 오크들을 죽이게! 상금으로 한 마리당 은화 한 개씩을 내놓겠다!"

"지금 돈이 문제예요? 몽둥이가 무서우면 돌이라도 던져요!"

"자네들만 믿겠네. 우리는 먼저 가서 기다릴 테니 이따가 보세. 모두 튀어!"

상단주의 명령에 상인들이 일제히 마차를 출발시켰다.

잭슨의 얼굴이 확 일그러졌다.

"크윽! 우리가 오크를 막는 사이에 도망치는군."

케이가 오크들을 노려보며 말했다.

"젠장. 그게 용병 팔자니까 할 수 없죠. 그러려고 돈 받은 거니까. 어쨌든 우리는 도망 못 쳐요. 숲에서는 오크가 더 빨라요.”

잭슨이 소리쳤다.

“좋아! 잠시만 막는다. 상단이 도망칠 시간만 조금 벌고, 그사이에 오크 몇 마리 죽이고 나서 우리도 튀는 거다. 다들 힘내라!”

마차들이 일제히 출발하고 나자 오크들이 덮쳐 왔다. 그들은 마차 같은 탐스러운 먹이를 놓치고 싶어하지 않았다. 그래서 길을 막고 있는 장애물인 용병들을 공격했다.

“크와아아아!”

용병과 오크들이 충돌했다. 오크들은 나무 몽둥이를 휘둘렀다. 몽둥이에서 들리는 바람 소리가 요란했다.

실전 경험 충분한 용병들은 그 몽둥이에 맞서 검을 휘둘렀다. 날카로운 금속이 정신없이 휘둘러지자 오크들도 쉽게 접근하지 못했다.

잠시의 시간 끌기는 가능할 것만 같았다. 문제는 케이에게서 발생했다.

케이의 검과 몽둥이가 부딪친 오크가 갑자기 흥분했다. 그 오크는 케이에게서 본능적인 두려움을 느꼈다. 그러나 그 두려움의 느낌이 평소처럼 정확하지 않았다. 마치 안개 같은 흐릿한 두려움이었다. 오크는 그것을 분노라고 오해했다. 일단 화가 난다고 생각하자 정말로 화가 치밀어 올랐다.

오크가 케이를 당장 쳐 죽일 듯이 날뛰었다.

케이가 검을 휘둘러 오크를 견제하며 욕을 했다.

"이 오크 새끼가 미쳤나?"

한 마리로 끝이 아니었다. 오크의 소란에 의아해하며 다가온 다른 놈들 역시 칼 한번 겨뤄보고 나면 발광하기 시작했다. 오크들은 눈까지 벌게지며 케이를 때려죽이지 못해 안달이 났다.

그런 오크가 순식간에 다섯 마리로 늘어났다. 자연히 압도적으로 밀린 케이는 점점 뒤로 물러났다.

케이와 다른 용병들 사이에 거리가 순식간에 벌어졌다. 케이는 자기만 노리고 달려드는 오크 다섯 마리를 보자 기가 완전히 죽었다.

"제기랄!"

그는 뒤로 돌아 뛰기 시작했다. 아무리 생각해도 자기 실력으로 상대할 규모가 아니었다.

케이는 정말 죽도록 뛰었다. 자기가 이렇게 잘 달렸는지 의심스러울 정도로 뛰었다. 하지만 얼마 뛰지도 못했는데 오크와의 거리가 순식간에 가까워졌다. 숲에서는 오크가 사람보다 월등히 빨랐다.

뒤를 힐끗 본 케이가 휙 돌아서며 검을 매섭게 찔렀다.

"꺼져!"

케이의 몸은 신의 피를 품고 있다. 그것이 비록 안정적인 상태로 눌러앉아 있다고는 하지만 그의 몸에 영향을 끼치고 있다. 그 결과 케이의 몸속에는 상당한 신성력이 생성되었다. 신성력은 평소에는 몸속에서 빠져나오지 않았다. 봉인에 가깝게 가둬져 있어 신관이 와도 구분할 수 없었다. 하지만 그가 휘두르는 무기에는 그것이 약간 깃들었다.

검을 타고 몸 바깥으로 나오는 신성력은 약했다. 대신에 신관의 것보다 몇 배는 더 순수했다.

바짝 따라온 오크 한 마리가 그 기운이 담긴 케이의 검에 걸려들었다. 검은 오크의 배를 그대로 직격했다.

오크의 가죽은 질기다. 마기에 의해 보호받기 때문이다.

케이의 검에 깃든 것은 신의 힘에 직접 영향을 받아서 만들어진 순도 높은 신성력이다. 어지간한 몬스터가 가진 마기 따위는 단숨에 파괴하고도 남는 힘이 있었다.

검에 맺힌 신성력이 오크의 배에 서린 마기를 가볍게 깨뜨렸다.

순식간에 마기가 깨진 오크의 가죽은 그저 조금 질긴 것 이상의 힘이 없었다. 그 뱃가죽마저도 케이의 검에 담긴 신성력에 당해 쩍 갈라졌다.

케이의 검이 오크의 배를 쑥 파고들었다. 뱃속으로 순도 높은 신성력이 직접 흘러들었다.

오크가 비명을 질렀다.

"꾸에에엑!"

케이는 검을 당기며 오크를 걷어찼다. 오크가 뒤로 풀쩍 쓰러졌다. 쓰러진 후에 잠시 부들거리다가 조용해졌다.

"이 오크는 왜 이렇게 약해? 배때기에 칼침 한 방 놨더니 완전히 갔네?"

보통의 오크는 전투에 들어가면 인간보다 고통을 훨씬 더 잘 참는다. 심한 부상이 아니면 전투력이 크게 떨어지지 않는다.

하지만 신성력은 몬스터에게 독약이나 다름없다. 부상 자체도 작지 않다.

오크는 칼질 한 방에 확실히 죽어버렸다.

케이는 자신의 행운을 의심하는 성격이 아니다.

"오우거 꿈 덕분인가 보다. 응? 오우거 꿈?"

기억이 잘 나지 않았다. 지난밤에 오우거 한 마리 잡는 꿈을 꾼 것 같은 기분이 들었다.

어쨌든 이제 겨우 한 마리를 해치웠을 뿐이다. 케이가 오크 하나를 처리하는 동안 다른 오크의 몽둥이가 그를 향해 날아왔다.

섬뜩한 바람 소리를 들으며 케이는 검을 크게 휘둘렀다. 그의 칼이 몽둥이와 충돌했다.

그의 검에 맺힌 신성력은 마기를 가진 존재에게 탁월한 효능을 발휘한다. 신성력은 평범한 몽둥이에도 타격력을 증가시키지만 몬스터를 상대할 때보다는 효과가 떨어졌다. 몽둥이에 칼자국이 크게 났다. 하지만 잘려 나가지는 않았다. 그리고 그 충격에 케이는 칼을 놓칠 뻔했다. 저도 모르게 한 걸음 물러섰다.

"큭!"

그는 다시 달아나야 한다는 것을 알고 있었다. 하지만 다른 오크의 몽둥이가 다시 날아왔다. 그는 급히 몸을 숙여 그것을 피했다. 또 다른 오크의 몽둥이는 몸을 뒤로 훌쩍 날림으로써 피했다. 그러나 마지막 오크의 몽둥이가 기다리고 있었다.

오크의 몽둥이가 공중에 살짝 떴던 그의 몸을 정통으로 후려쳤다. 그의 몸에서 북 치는 소리가 터졌다.

"커억!"

케이가 비명을 지르며 날아갔다. 몇 미르나 날아간 그의 몸이 바닥에 요란하게 굴렀다.

"크으윽! 제기랄, 갈비뼈가 나갔나?"

케이는 온몸이 아파 죽을 지경이었다. 특히 심장 어림이 아팠다. 심장이 미친 듯이 뛰었다. 케이가 자기 가슴을 움켜쥐었다.

"으아아악!"

그가 가슴을 쥐고 비명을 지르는 사이에 오크들은 달려들지 않았다.

오크들은 케이에게서 조금 전보다 좀 더 강한 두려움을 느꼈다. 케이의 심장이 미친 듯이 뛰는 동안에는 감히 다가갈 생각을 못했다.

신의 피를 통제하는 신성임무수행체가 신체 변화에 반응했다. 그것은 케이의 생명이 위험해지면서 몸의 상태가 변하자 깨어났다.

재빨리 케이의 몸 상태를 살핀 그것은 딱 한 방울의 피를 내보냈다. 신의 피 한 방울이 그의 전신에 빠르게 흡수되었다.

신의 힘은 기적을 일으킨다. 부러졌던 뼈들이 순식간에 제자리를 찾았다. 찢어진 살들은 강제로 회복되었다.

그러고도 힘이 남아돌았다. 피는 케이의 뼈를 강화시켰다. 뼈에 신기가 감돌더니 오크의 몽둥이 따위에는 부러지지 않을 정도로 단단해졌다.

아직도 남은 피는 그의 근육과 내장 기관을 강화시켰다. 근육은 질기고 단단해졌으며 내장 기관마저 외부의 충격에 쉽게 손상되지 않을 내구성을 얻었다. 동체 시력을 포함한 신경계도 보강되었다.

신의 피는 케이의 생명과 관계된 곳에 집중적으로 반응했다. 그의 내부는 어느새 상당히 강화되었다. 하지만 조금 다친다고 해서 생명이 위험해질 일이 없는 피부 쪽은 거의 강화되지 못했다. 오히려 약간 뽀얗고 부드럽게 변했다.

케이가 느끼지 못하는 사이에 모든 일이 빠르게 이루어졌다. 그의 눈에서 신광이 슬쩍 나타나다가 사라졌다.

케이의 비명이 사라졌다. 그는 심장에서 더 이상 통증을 느끼지 않았다. 대신에 피의 영향을 받아 지나치게 급격히 강화된 몸 전체가 고통을 호소했다.

"제기랄! 더럽게 아프네."

케이가 오크들을 노려보았다.

"니들이 날 쳤다 이거지?"

허풍이었다. 심장은 괜찮아졌지만 온몸이 쑤시는 건 여전했다. 몸이 순식간에 치료되는 과정에서 일어난 통증이지만 케이는 그것을 알지 못했다.

케이의 심장이 정상으로 돌아오자 오크들의 눈빛도 다시 흉포해졌다. 오크들이 괴성을 지르며 다가왔다.

"크와아!"

케이는 뒤를 힐끗 보았다. 방금 메웠던 골짜기의 다른 부분이 있었다. 저 정도 폭의 골짜기는 평소라면 못 뛰어넘을 건 없었다. 하지만 바로 뒤에서 오크들이 노리고 있는 사이에 한가하게 그런 짓을 할 여유는 없었다.

케이가 검을 힘껏 쥐었다.

"어쩐지 기운이 나는 것 같은데? 죽을 위기가 닥치면 없던 힘도 솟아난다더니 내가 지금 그 상황인가 보다. 좋다! 와라! 정규 삼급용병이 얼마나 무서운지 보여주마!"

천신이 뒷목을 잡고 쓰러질 일이지만 케이는 이것이 극한 상황에서 나온다는 힘으로만 생각했다.

오크들은 사양하지 않고 달려들었다. 다시 몽둥이가 날아왔다.

신체 능력이 약간 강화된 케이는 아까보다는 오크의 몽둥이가 더 잘 보였다. 어차피 오크의 몽둥이다. 평소 케이의 동체 시력으로도 얼마든지 볼 수 있는 속도다. 그리고 지금은 좀 더 쉽게 그것을 피할 수 있었다.

케이가 첫 번째 오크의 몽둥이를 피하기 위해 허리를 앞으로 휙 굽혔다. 그의 앞에 오크의 배가 보였다. 그는 즉시 검을 올려 쳤다. 아까라면 할 수 없던 연속 동작이었다.

"이야압!"

그의 검이 반원을 그리며 솟아올랐다. 화들짝 놀란 오크가 급히 물러섰지만 칼끝에 그 배가 걸렸다.

케이가 검을 힘껏 올려 쳤다.

"죽어!"

오크의 배가 즉시 쩍 갈라졌다.

케이가 욕을 했다.

"망할. 얕았어!"

오크의 상처는 생각보다 깊지 않았다. 인간이라면 당장 바닥에 뒹굴 상처지만 상대는 몬스터인 오크다.

오크는 그대로 바닥에 나뒹굴었다. 입에서 거품까지 뿜어대며 발작적으로 몸을 흔들었다. 마기가 깨지고 신성력에 당했으니 당연한 결과였다.

멋모르는 케이가 환성을 질렀다.

"아싸!"

곧바로 다른 오크들이 몽둥이를 휘둘렀다. 이제는 몽둥이의 움직이는 궤적이 케이의 눈에 똑똑히 잡혔다.

그는 즉시 뒤로 물러섰다. 그가 서 있던 곳에 몽둥이 두 개가 스쳐 지나갔다. 그리고 마지막 오크가 날카로운 송곳니를 드러내며 케이에게 달려들었다.

케이가 뒤쪽의 골짜기를 힐끗 보았다. 그는 급히 옆으로 물러서며 검을 아래로 내렸다. 그리고 힘껏 휘둘렀다.

"죽어랏!"

그의 검에 오크의 두꺼운 다리가 걸려들었다. 다리가 쩍 갈라지며 피를 뿌렸다.

"꽤에엑!"

오크가 비명을 지르며 앞으로 나뒹굴었다. 그 자리에는 아까의 골짜기가 있었다. 오크가 골짜기로 굴러 떨어졌다.

케이가 소리쳤다.

"이제 두 놈!"

오크는 이미 골짜기에 떨어지기 전에 다리를 베였다. 상처는 작았지만 신성력이 오크의 내부를 망가뜨렸다. 그 오크는 떨어지기 전부터 치명적인 부상을 입은 상태였다.

이제 오크는 두 마리만 남았다.

케이가 두 마리의 오크에게 검을 겨누며 말했다.

"세 마리나 죽였어. 난 이만큼이나 세다고. 그러니까 니들은 그만 좀 도망쳐라. 은화 두 개는 내가 포기할게. 나도 니들이 무섭다."

케이는 자기 본래 실력에 오크 한 마리가 고작이라고 알고 있었다. 예전의 경험에 의하면 그 판단은 틀림없었다. 지금 오크들이 운 좋게 죽어주고 있다고 믿은 그는 두 마리의 오크가 부담스러웠다.

평소의 오크라면 다섯 중에 셋이 단숨에 죽는 상황에서 싸움을 포기하고도 남는다. 오크도 제 목숨 소중한 줄은 안다. 도망치는 것이 정상이다.

그러나 몬스터인 오크들은 케이에게서 알 수 없는 두려움과 분노를 느끼고 있었다. 케이의 몸에 들어 있는 신의 피는 오크의 몬스터적인 본능을 자극했다. 그리고 두려움보다는 분노가 오크들을 지배했다.

오크들이 기운찬 괴성을 지르며 케이에게 달려들었다.

"크와아아!"

케이가 날아오는 몽둥이를 용병 검술로 흘려내며 말했다.

"제기랄!"

몬스터인 오크의 몸뚱이는 쩍쩍 잘도 갈라 버리는 그의 검이었지만 보통 몽둥이는 제대로 잘라내지 못했다. 하지만 몽둥이를 걷어내는 것이 별로 힘들지 않았다.

"이놈의 오크들은 며칠 굶었나? 왜 이렇게 힘이 없어? 몽둥이질이 왜 이따위야?"

몽둥이를 걷어내던 케이의 눈이 일순 반짝거렸다. 두 마리의 오크가 몽둥이를 휘두른 사이의 틈이 보였다.

"기회다!"

그는 즉시 오크들에게 달려들면서 검을 위로 휙 올렸다. 그의 검끝에 오른쪽에 있던 오크의 목이 있었다.

오크의 몽둥이가 더 빨랐다. 몽둥이가 케이의 검을 강하게 내려쳤다. 케이의 검이 몽둥이에 맞아 아래로 확 내려졌다. 칼끝이 땅바닥으로 날아갔다.

그 칼끝에 오크의 발등이 있었다. 케이는 그 급박한 상황에서도 공격을 변화시킬 여유가 있었다. 그는 기회를 놓치지 않고 칼을 아래로 콱 밀었다. 칼날은 오크의 발등을 정확히 찍었다.

오크가 처참한 비명을 질렀다.

"꾸웨에에엑!"

케이는 망설이고 있을 틈이 없었다. 그는 즉시 검을 뽑아 오크의 가슴을 찔렀다. 질긴 오크의 가슴에 검이 콱 박혔다.

오크는 피거품을 물며 뒤로 자빠졌다.

그런데 케이의 강화된 힘이 문제였다. 그의 검은 오크의 가슴에 생각보다 너무 깊이 박혔다. 힘 조절 실패였다. 케이는 급히 그것을 뽑았지만 그동안 움직임이 정지했다.

그사이에 그의 등으로 오크의 몽둥이가 날아왔다. 케이는 급히 몸을 돌려 오크의 몽둥이를 피하려고 했다.

그의 왼쪽 어깨가 몽둥이를 대신 받았다.

"크윽!"

케이는 어깨를 불에 지지는 것 같았다. 그 충격에 검을 놓친 그가 비틀거리며 물러섰다.

하지만 비명까지 질렀던 케이는 뭔가 이상함을 느꼈다.

"어? 이 오크 몽둥이 이거 꽤 맞을 만한데? 역시 이 오크들 뭔가 이상하잖아?"

맞는 순간에는 당연히 어깨가 부서질 줄 알았다. 하지만 맞아보니 화끈하기는 하지만 못 견딜 만큼은 아니었다. 이미 그의 골격과 근육, 내부 장기는 오크 몽둥이질 정도는 견딜 정도로 강화되어 있었다.

오크는 이미 공포에 잠식되어 제정신이 아니었다. 다시 오크의 몽둥이가 케이에게 날아왔다. 그 몽둥이의 동작이 무척 컸다. 케이의 눈에 모든 동작이 훤히 보였다. 오크의 가슴이 특히 크게 보였다.

케이는 더 생각할 것도 없었다. 그는 곧바로 오크의 가슴으로 뛰어들었다.

오크는 기겁을 했다. 그것의 몽둥이는 빗나갔다. 급히 몽둥이를 다시 휘둘러 달려든 케이의 등을 쳤다. 그러나 그런 자세로는 아무리 오크라도 힘이 제대로 받지 않는다.

"이까짓 거, 하나도 아프지 않아!"

케이는 급히 허리춤에서 작은 단검을 꺼냈다. 사냥감을 손질할 때나 쓰는 물건으로 어릴 때부터 갖고 있던 것이다.

오크는 몽둥이가 별 소용이 없자 그것을 던져 버렸다. 그리고 두 손을 들어 케이의 목을 잡았다. 단숨에 부러뜨려 죽이려는 생각이었다.

케이가 한발 빨랐다. 이미 그의 단검이 오크의 목을 깊게 파고들었다.

박아 넣은 단검을 비틀며 케이가 작게 말했다.

"몬스터 따위는 다 죽어버려."

목은 누구에게나 급소다. 오크라고 예외는 아니다. 더구나 명색이 신의 피를 가진 케이가 찌른 단검이다.

오크가 팔을 늘어뜨리며 부들부들 떨었다. 케이는 급히 그런 오크에게서 물러섰다.

오크가 힘없이 무릎을 꿇더니 앞으로 자빠졌다. 이미 시체로 변한 후였다.

케이가 단검을 던져 버리고는 자신의 어깨를 잡았다.

"으아! 이거 시간이 지나니까 제법 아프다. 어? 오크에게 맞았는데 제법이라고?"

그때 잭슨의 고함 소리가 들렸다.

"케이, 살아 있나?"

케이가 손을 흔들며 소리쳤다.

"여기예요, 여기!"

케이를 찾던 용병 네 명이 즉시 그가 있는 쪽으로 달려왔다.

하지만 그들은 곧바로 걸음을 멈추었다. 그들의 눈앞에는 죽어 자빠진 오크들과 그 사이에 당당히 서 있는 케이가 보였다. 다들 말문이 막혔다.

케이가 먼저 말했다.

"다른 오크들은 어떻게 됐어요?"

그래도 대장이라고 먼저 정신을 차린 잭슨이 대답했다.

"네가 다섯 마리가 끌고 가준 덕분에 겨우 처리했다. 그런데 이건… 이 다섯 마리를 전부 네가 죽인 거냐?"

케이가 자신이 이룬 결과를 돌아보았다.

"그러네요? 어쩌다 보니 그렇게 됐어요. 정말 운이 좋았죠? 내 평생의 운을 조금 전 싸움에서 다 써버린 것 같아요."

케이 생각에는 모든 것이 운일 뿐이다. 달리 설명할 수 없다. 하지만 그걸 곧이곧대로 믿을 순진한 사람은 여기에 없다.

잭슨이 감탄했다.

"케이, 삼급용병이 오크 다섯 마리를 운으로 죽일 수는 없다. 더구나 이놈들, 모두 단칼에 죽었군. 이건 최소한 이급용병의 솜씨다."

케이가 손을 흔들다가 어깨의 통증에 인상을 썼다.

"에에, 그게 아녜요. 이놈들 꽤 약했다고요. 아이고, 어깨야. 하여간 용케 찌른 부분들이 급소였나 봐요. 한 마리는 다리 조금 다치게 한 게 전부인데 골짜기에 빠져 죽었고요.”

케이는 진심으로 말했다. 적어도 그는 그렇게 믿었다.

잭슨이 고개를 끄덕였다.

“하긴, 이급용병이 보기에 오크는 약한 몬스터지. 더구나 용병패는 그의 최소 실력을 증명할 뿐. 케이 네가 이급용병이지만 삼급용병패를 가지고 다닌다고 해서 뭐라고 할 사람은 없다. 삼급용병이 이급용병패를 가지고 다니는 거라면 문제가 되지만.”

“아니라니까 그러시네.”

잭슨이 케이의 어깨를 탁탁 치며 크게 웃었다.

“하하하! 괜찮아, 이급용병 케이. 용병은 누구나 사정이 있기 마련이지. 여하튼 네 덕분에 살았으면 됐지.”

“으윽, 아파요. 오크의 몽둥이에 어깨를 맞았다고요.”

케이의 말에 잭슨의 얼굴이 굳었다. 그는 케이의 어깨를 살짝 잡으며 말했다.

“오크의 몽둥이에 맞으면 뼈가 부러진다. 이런 건 치료를 잘해야……”

하지만 잭슨은 다시 환히 웃었다.

“이야아! 역시 이급용병은 맷집도 수준급이구나. 뼈는 멀쩡한 것 같군. 나 같으면 어깨뼈가 나갔을 텐데.”

케이가 투덜댔다.

“이급은 무슨. 운이 좋았다니까 그러시네요. 지금 온몸이 안 아픈 곳이 없다고요. 몸통에도 정통으로 맞았다고요."

그는 상처를 살피기 위해서 자기 옷을 풀어헤쳤다. 몸통에는 오크 몽둥이 모양에 맞춰서 커다란 피멍이 들어 있었다.

그걸 본 잭슨이 놀라서 말했다.

"세상에! 피멍 좀 봐. 이 독한 녀석아, 오크에게 이렇게 정통으로 맞으면 갈비뼈가 통째로 박살난다. 어서 얼마나 다쳤는지 확인을 해보자."

그는 급히 케이의 몸통을 만져 갈비뼈들을 확인했다. 이번에도 감탄했다.

"역시 이급용병은 대단하군. 이급용병의 기술 중에는 적의 공격을 몸으로 흘려내 피해를 최소화하는 것이 있지. 네가 쓴 기술이 그거구나."

"무슨 말이에요?"

"피멍만 잔뜩 들었지 뼈가 상한 것은 없다. 설마 이것도 맷집일 리는 없잖아? 너는 정말 체술이 상당한 경지에 올랐구나."

케이는 답답했다.

"아, 정말 미치겠네. 난 오늘 내 평생 행운을 다 썼다니까요. 운이 좋았어요, 운이. 하마터면 죽을 뻔했다니까요."

"알았네, 알았어. 도망친 상단이나 찾으러 가자고. 상단주의 얼굴이 보고 싶군. 오크가 나오는 지역에서 이급용병을 겨우 동전 오십 개에 고용하다니. 하하하!"

상단은 쉽게 찾을 수 있었다. 그들의 마차 한 대가 자빠져 길을 막고 있었다. 상단주는 자기 전 재산을 포기할 수 없었다. 그들은 마차를 세우려고 버둥거리고 있었다. 하지만 사람이 모자라 쉽지 않았다.

그런 상황에서 다섯 명의 용병이 모두 멀쩡히 돌아오자 상단주는 크게 기뻐했다.

"대단하다. 모두 오크로부터 무사히 도망쳐 왔어. 나는 자네들이 모두 살아올 거라고 믿고 있었네."

잭슨 대장이 퉁명스럽게 말했다.

"무슨 말씀. 우리는 오크 열 마리를 모두 죽이고 오는 겁니다. 느긋하게 걸어오는 걸 보면 모르시겠습니까?"

그 말에 상단주가 놀랐다.

"당신들 다 합쳐도 오크 여섯이 한계라며?"

잭슨 대장이 옆쪽으로 고개를 까닥여 케이를 가리켰다.

"케이의 공식 인증은 삼급용병이지만 사실 그는 이급용병의 실력이 있더군요. 케이가 오크 다섯 마리를 처치했습니다."

"허어. 케이에게 그런 실력이? 대단하군, 대단해. 젊은 나이에 어떻게 벌써 이급용병이 됐을까?"

"하여간 그의 도움에 모두 무사할 수 있었습니다. 만약 우리가 당했다면 오크들의 추격을 받았을 여러분도 무사할 수 없었을 겁니다."

상인들은 모두 몸을 부르르 떨었다.

상단주가 안도의 한숨을 내쉬며 말했다.

"휴우, 다행이군. 여하튼 이 숲에서 정말 오크가 출현하다니. 사실 나는 케이 자네의 말을 처음부터 믿고 있었네."

여기서 오크가 나오는 건 케이도 예상하지 못한 일이다.

"그것 봐요. 제가 오크 나온다고 했잖아요. 절 고용한 게 얼마나 잘한 일인지 이제 아시겠지요? 동전 오십 개는 정말 싼 거였다고요."

상단주도 신이 나서 웃었다.

"하하하. 그럼, 그렇고말고. 정말 헐값이지. 이 위험한 숲을 지나기 전에 딱 맞춰 이급용병을 고용하다니. 내가 정말 크게 이익이 남는 장사를 했군. 동전 오십 개로 내 상단과 우리 모두의 목숨을 구한 것이나 다름없으니까."

케이가 즉시 상단주 앞으로 가며 손바닥을 내밀었다.

"농담도 잘하셔. 주세요."

"뭐, 뭘 말인가?"

"아까 도망치면서 오크 한 마리에 은화 한 개 주겠다고 했잖아요. 제가 잡은 놈이 다섯 마리거든요. 은화 다섯 개 주세요."

"아, 아니, 이 사람아. 그건 힘내라고 농담 삼아……."

"용병과의 계약은 말로 했다고 해도 지켜야죠. 어서 내놔요."

‘살려면 같이 살아야지. 돌이라도 던져 주지, 그냥 튀는 건 너무했단 말씀이지. 받을 건 다 받아내겠어.’

상단주는 할 말이 없어졌다. 더구나 오크가 더 나올지도 모른다. 앞으로도 케이의 도움이 간절하다.

“크, 크음! 자네 장사 한번 해보게. 그렇게 돈 벌면 아마 금방 부자가 될 거야.”

그는 은화 다섯 개를 세어 케이에게 내밀었다. 케이는 그걸 돈주머니에 넣고 흔들었다. 은화 부딪치는 소리가 기분 좋게 들렸다.

‘마법 공부하는 데 쓰는 시약 값은 비싸다고 들었지만 이 정도면 작은 돈이 아니지. 아마 충분히 연습할 수 있을 거야.’

상단주가 얼른 말했다.

“하하! 그래도 이급용병이라서 다르군. 사람이 계산이 확실하니 참 좋군. 그럼 이제 얼른 가세나. 이 숲은 위험해.”

케이는 다시 잭슨 일행을 가리켰다.

“그렇죠? 계산은 확실하게 해야죠? 그런데 이 아저씨들 몫의 은화는 왜 날로 먹으려고 하세요? 죽은 오크들이 벌떡 일어날 일이네. 사람이 그러면 안 되죠. 그런 건 알아서 챙겨줘야지 꼭 말을 해야 움직이시네.”

케이가 상단주의 돈을 쪽쪽 빨아냈다.

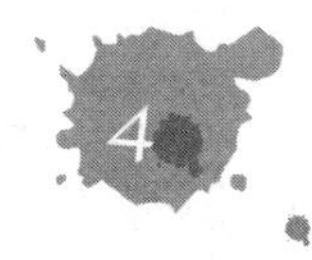

세상에는 각종 신의 신전이 깔려 있다. 그중에는 천신의 신전도 여러 개가 있다. 천신의 신전 중에서는 신성제국 수도에 있는 중앙신전이 총단이라고 할 수 있다.

중앙신전에서 최고위 신관들이 모여서 회의를 하고 있었다.

신관들의 수장인 대신관이 사람들에게 말했다.

"천신께서 신탁을 내리셨으나 모든 것은 오리무중. 더구나 용사가 누구인지에 대한 정보는 전혀 주지 않으셨으니 이것 참 난감하구려."

다른 고위신관들이 맞장구를 쳤다.

"원래 신탁이란 그런 것 아니겠습니까? 쉽게 알 만한 신탁
이 나온 예는 없습니다."

"그렇지요. 신탁을 잘 해석해서 천신의 진의를 알아내는
것이 우리의 임무. 신탁이 쉽다면 개나 소나 고위신관을 하지
않겠습니까?"

"어허, 감히 신전에서 그런 상소리를 하다니. 아무나라고
하시오."

"아무나 고위신관을 하지는 못하는 것이 바로 천신의 뜻입
니다. 그러니 이제 우리가 신탁을 잘 해석해야지요."

대신관이 고위신관들에게 질문했다.

"어쨌든 세상의 흐름이 심상치 않음은 우리도 느끼고 있던
것. 용사를 시급히 찾아야 할지도 모르오. 누구 좋은 의견 없
소?"

경전이나 읽으며 세상일에 무관심하게 지내던 사람들에게
참신한 의견이 있을 리 없다. 사람들은 모두 꿀 먹은 벙어리
가 되었다.

"허어, 고위신관이라는 사람들이 이렇게……."

고위신관 하나가 조심스럽게 말했다.

"제게 좋은 생각이 하나 있습니다."

"아, 루이스 신관. 내 평소에도 루이스 신관을 유심히 보고
있었지. 그래, 무슨 생각이오?"

"마족들의 활동을 조사하기 위해서 우리 신전에서는 세계

곳곳에 사람들을 파견했습니다.”

“내가 그걸 모를 리가 있나. 하지만 그건 언제나 해왔던 일. 그리고 우리 신전만이 아니라 다른 신들의 신전에서도 하는 일 아니오? 대마족대응군은 신전들이 연합해서 만든 것이니까.”

“그들에게 임무를 하나 더 주는 겁니다. 신의 용사도 찾아내라고.”

대신관이 얼굴을 조금 찡그렸다.

“지금 세상의 흐름이 이상하게 흘러 그들은 마족에 대한 조사를 하는 것만으로도 손이 모자라다고 들었는데? 업무가 너무 과중한 것 아니오?”

“모든 것은 천신의 뜻 아닙니까? 우리 종들이 더 열심히 해야지요.”

“하긴, 그럼 그럽시다. 하는 김에 다른 신전들에게 연락해서 조사를 하도록 하고.”

“하지만 이건 비밀을 유지해야 하는 일입니다. 혹시 소문이 나서 용사의 정체가 마족에게까지 흘러들어 가면 뒤통수를 맞을 수 있습니다.”

“믿을 만한 신전에만 이야기합시다. 기밀 유지를 주의하도록 시키고. 아예 임무를 맡을 사람들을 직접 소환해서 이야기합시다.”

“다른 신전들은 우리가 정보를 숨기고 있다고 생각할 겁니

다. 그래서 용사에 대한 정보를 주지 않는다고 생각할 겁니
다.”

“그렇다고 우리 사람들만으로 용사를 찾기는 어려우니 할
수 없잖소?”

“하지만……”

대신관이 결론을 내렸다.

“그럼 다른 신전에서 믿을 만한 이야기를 만들어봅시다. 자
고로 신의 용사라 하면 기본적인 특징 몇 가지가 있으니까.”

신관들이 즉시 찬성하며 의견을 말했다.

“신께서는 아름다움을 사랑하십니다. 신의 용사라 하면 잘
생기는 것은 기본입니다.”

“역사의 기록을 보면 용사는 가문이 괜찮지요.”

“그렇지요. 잘생기고 가문이 좋은 것. 그런 공통점들을 모
아서 용사의 특징이라고 알려주면 다른 신전들도 납득하겠지
요.”

한 신관이 걱정스러운 목소리로 말했다.

“하지만 만약 신의 전사가 그런 조건과 맞지 않다면 어쩌
시려고요?”

대신관이 푸근한 웃음을 지었다.

“괜찮소. 외모나 가문 같은 것은 용사를 찾고 나서 적당히
둘러대면 되오. 그러니 고귀한 혈통을 특히 강조합시다. 설마
신의 용사가 평민은 아니겠지.”

*   *   *

커뮨 시는 도시라고 하기에는 인구가 많이 적었다. 하지만 마을이라고 부르기에는 좀 큰 규모였다. 결정적으로 상인들이 곧잘 이용하는 교통 요충지였다.

결국 관리의 행정 편의적 일 처리에 의해서 커뮨 마을은 시로 명명되었다.

평민 케이는 커뮨 시에서 상단과 헤어졌다.

상단의 용병대장 잭슨은 케이의 손을 잡고 흔들며 이별을 아쉬워했다.

"아깝다. 케이 네가 우리 용병대에 들어와 주면 정말 큰 도움이 됐을 텐데."

"아저씨, 저는 용병이 생계 수단이기는 하지만 제 꿈은 따로 있다고요."

"그래그래. 대상인 케이. 그 이름이 유명해지면 내가 꼭 찾아가마. 그때 박대하지나 말아라."

"하하하! 걱정 마세요. 최고 대우로 고용해 줄게요."

일행과 헤어진 케이는 자기 돈주머니를 확인했다.

글래시스 남작의 영지에서 지낼 때는 무보수에 가까운 푼돈을 받고 일했기 때문에 저축의 대부분을 까먹었다. 몇 푼

남은 것에 남작에게 이별 선물로 받은 것을 더하고, 상단에서 악착같이 굴어 받아낸 것을 추가하니 은화 열 개 정도 돈이 나왔다.

허리띠 졸라매고 아껴 살면 은화 한 개로 한 가족이 한 달을 살 수 있다. 그러나 그건 자기 집이 있을 때의 이야기였다. 케이는 딸린 식구가 없는 대신 여관비가 나간다.

여관이 땅 파서 장사하는 곳은 아니다. 숙식까지 해결해 준다면 들어가는 돈이 만만치 않다. 비싼 여관은 하루에 은화 한 개를 우습게 잡아먹는다.

하지만 여관 값도 상태에 따라 천차만별이다. 그는 결국 돈을 아끼기 위해서 당장 무너져도 이상하지 않을 것 같은 허름한 여관을 찾았다.

제대로 청소도 되지 않은 여관방에 앉아서 케이는 자기 짐을 정리했다. 다른 지식들은 머릿속에 담아두기만 했지만 그가 가장 아끼는 몇 가지 지식은 종이에 정성스럽게 기록되어 있었다.

그 종이를 보며 케이의 얼굴에 웃음꽃이 피었다.

"히히히. 이거 베끼느라고 죽는 줄 알았네. 그래도 라이트 핸드 마법, 파이어 핸드 마법, 아이스 핸드 마법은 확실히 베꼈으니까 성공이지 뭐. 장사하는 데는 이 세 가지만 있어도 정말 도움이 되니까."

마법식은 대단히 복잡하다. 거기 들어가는 도형 역시 장난이 아니다. 그리고 철저하게 물려 돌아가는 마법의 특성상 한 글자만 틀려도 아무런 가치가 없다.

케이는 이 세 개의 마법식을 완전히 베끼기 위해서 마법서를 수십 번은 외웠다. 이제 이 세 개의 마법식은 그의 머릿속에 확실하게 각인되어 있었다.

이 셋은 1서클 마법 중에서도 가장 간단하고 쉬운 것들이다. 특히 라이트 마법은 기본 중의 기본으로 알려진 것이다. 케이는 자신이 이쯤은 쉽게 익힐 거라고 믿었다.

짐 정리가 끝난 케이는 돈 주머니를 챙기고 여관을 나섰다. 애초에 커뮨 시까지 온 목적인 마법상점을 찾아서였다.

귀엽게 장식된 문을 열고 들어가자 예쁜 목소리가 들렸다.

"어서 오세요. 데이지의 마법상점입니다."

문을 열고 들어가던 케이는 저도 모르게 침을 꿀꺽 삼켰다.

'우와아! 장난 아니게 예쁘다.'

마법상점에는 푸른 머리의 귀여운 아가씨가 있었다. 그 미모가 케이가 기존에 봐오던 사람들과 차원이 달랐다.

하지만 케이는 길거리에서 예쁜 여자 만났다고 침만 흘리고 쫓아다니는 사람이 아니다. 케이는 어느새 안색을 회복하고 말했다.

"마법 시약 좀 사려고 왔는데요? 주인 아저씨 계세요?"

데이지가 방긋 웃었다.

“제가 주인이에요.”

케이는 데이지의 얼굴을 봤을 때보다 더 놀랐다.

“에엑? 스무 살도 안 된 것처럼 보이는데요?”

마법상점은 보통 마법사가 되기 위해서 공부하다 그 꿈을 포기한 사람들이 운영한다. 당연히 나이가 많은 경우가 대부분이다.

데이지가 즉시 대답했다.

“그쪽도 스무 살을 넘어 보이지는 않네요?”

케이는 미심쩍었다.

‘마법사라고 하면 자고로 흰 수염도 멋들어지게 기르고 로브를 쓰고 다녀야지. 이런 어린 아가씨가 마법사라고? 그럴 리는 없지. 그냥 물건만 파나 보군.’

“에헴. 제가 사려고 하는 시약은 아침 이슬의 정화와 저녁 노을의 후회입니다.”

데이지가 방긋 웃었다.

“라이트 마법 연구해 보시게요?”

케이는 화들짝 놀랐다.

“헉! 그걸 어떻게? 혹시, 혹시 마법사이세요?”

“운이 좋아 1서클을 얻었어요.”

케이가 눈을 반짝거리며 데이지에게 다가갔다.

“우와아! 마법사다, 마법사. 이런 예쁜 아가씨가 마법사일 줄은 정말 몰랐어요.”

그 말에 데이지의 얼굴이 살짝 붉어졌다.

"그런 말을 하셔도 값은 깎아드릴 수 없습니다. 시약 값은 은화 한 개입니다."

케이는 이번에는 다른 의미로 놀랐다.

"커, 커억! 뭐가 그렇게 비싸요?"

"어머, 모르셨나요? 마법 시약은 원래 대단히, 아주 대단히 비싸답니다. 이런 거 처음 사보시나 보네요? 혹시 초보자?"

"초, 초보자라니요. 그게 아니라, 나는 단지 한 번 시험해 볼 분량이 필요할 뿐인데……."

"딱 그만큼이 은화 한 개입니다. 준비해 드릴까요?"

케이가 꿈을 이루기 위해서는 적어도 라이트 마법만이라도 알아야 한다. 그는 떨리는 손으로 은화 하나를 내밀었다.

"크윽! 여, 여기 있어요."

데이지는 시약 두 개를 작은 종이 봉투에 따로 담아 내밀며 말했다.

"시약 조합을 원하시면 은화 한 개 추가입니다."

케이는 그 엄청난 금액에 놀랐다. 하지만 예쁜 여자 앞이라고 큰소리를 펑펑 쳤다.

"에헴, 내가 이래 봬도 마나를 느끼는 경지에 도달했다 이 말씀이죠. 조합은 필요없어요."

데이지가 작게 웃었다. 케이에게는 어쩐지 그 웃음이 피식거림으로 느껴졌다.

그녀가 영업용 미소를 지었다.

"감사합니다. 안녕히 가세요. 또 오시겠네요."

마법을 쓰려면 마나가 어떻게 흐르는지 알아야 한다. 시약만 가지고도 간단한 라이트 마법은 발현할 수 있다. 따라서 스승이 없으면 해당 마법을 시약 조합으로 성공하고 그 흐름을 느껴야 한다.

간단한 마법에 국한된 이야기지만, 시약 조합에 의한 마법 발현은 캐스팅을 하는 것보다 최소한 열 배 이상 쉽다. 그래서 케이는 단번에 성공할 것을 자신했다.

그는 돈을 아끼기 위해서 구할 수 있는 다른 약초는 직접 산에서 캐왔다. 그것들을 찧고 거기에 아침 이슬의 정화와 저녁노을의 후회를 섞은 그는 똑바로 앉아 정신을 집중했다. 두 손은 시약을 감싸는 자세를 하고 있었다.

"마나의 흐름을 느껴야 해."

마나를 느끼는 사람은 통상 일반인 열 명 중에 하나라고 알려져 있다. 하지만 그들 대부분은 자신이 마나를 느낀다는 사실을 알지 못하고 평생을 보낸다.

그래서 실제로 마나를 느끼고 그것을 활용하려고 시도하는 사람은 일반인 백 명당 하나 정도 나온다. 케이가 바로 그 경우다.

그는 예전에 마나를 움직여 보려고 여러 번 시도했지만 모두 실패했다. 사람이 기어다니지도 못하면서 뛸 수는 없다. 어떻게 움직이는지 느껴보기라도 해야 따라 하기 쉽다. 그는 정석을 밟아나가기 위해서 은화를 아낌없이 사용했다.

마법이 조금만 고급으로 가면 시약 조합조차 마나를 사용해야 한다. 더 고급 마법은 시약 자체가 소용없다.

하지만 모든 마법 중에서 가장 쉽다고 알려진 1서클 라이트 마법은 시약을 섞는 것만으로 그 효과를 볼 수 있다.

그가 조합한 시약들 사이에서 흐릿한 빛이 새어 나오기 시작했다. 케이의 눈이 반짝였다.

"마나 흐름이 변하기 시작했다. 느껴진다, 느껴져."

그는 침을 꿀꺽 삼켰다. 시약을 감싸고 있는 손에 간질간질한 느낌이 전해졌다.

"비싸게 주고 하는 실험이니까 단번에 성공해야지. 나는 천재니까 한 번에 흐름을 파악하고야 말겠어."

간질거리는 느낌이 조금 더 강해졌다.

케이의 손바닥이 마나에 의해 자극을 받자 그의 몸이 반응했다. 그의 몸속에는 신의 피의 영향으로 만들어진 신성력이 깃들어 있었다. 그러나 그것은 봉인에 가깝게 몸속에 가둬져 평소에는 드러나지 않았다.

케이의 손에서 아주 미약한 신성력이 흘러나와 손에 머물렀다.

그것이면 충분했다. 그의 손은 마나를 더 잘 느끼기 위해서 시약 바로 옆에 있었다. 손바닥에 머문 것은 극도로 순수한 신성력이다. 반면에 직접 약초를 캐다가 만든 싸구려 시약은 정제되지 않은 상태라 조잡한 마나를 품고 있었다.

지나치게 순수한 신성력이 조잡한 마나와 반응했다. 신성력은 마나에 스며들어 그 위력을 증가시키려고 했다. 하지만 순도 높은 신성력을 품기에는 케이가 직접 준비한 시약의 마나가 너무 조잡했다.

빛이 번쩍였다.

퍼엉!

시약이 검은 연기를 뿜으며 폭발했다.

"콜록! 콜록!"

케이가 심하게 기침을 했다. 여관방에서 하던 실험은 완벽하게 실패했고 그는 숯검정이라도 뒤집어쓴 것처럼 검게 변했다.

케이가 머리를 긁적거렸다.

"뭐가 잘못된 거지? 책에서 베낀 그대로 조합했는데? 내가 뭘 실수했나?"

그가 실수한 것은 없다. 애초에 실수는 신이 했다.

그가 고민하는 사이에 여관방 문이 벌컥 열렸다. 여관 주인이 뛰어들어 오며 소리쳤다.

"무슨 일입니까?"

케이가 여관 주인을 보고 눈을 껌뻑였다.

케이는 커뮨 시에서 가장 싼 여관에서 쫓겨났다.

　케이가 귀엽게 장식된 문을 열고 들어가자 데이지가 반갑게 맞았다.
　"어서 오세요. 데이지의 마법상점입니다. 또 오셨네요?"
　그 방긋 웃는 웃음을 보는 케이는 조금도 즐겁지가 않았다. 그는 은화 한 개를 내밀었다. 그가 가진 마지막 은화였다.
　"저기 이거……."
　"아침 이슬의 정화와 저녁노을의 후회 여기 있어요."
　그녀는 아예 일 회 분량을 포장까지 해놓고 있었다.
　케이는 몇 번을 들르며 같은 것을 사갔다. 그 말은 가장 쉬운 마법 조합마저 계속 실패하고 있다는 뜻이다.
　케이는 창피해서 죽을 지경이었다. 그런 케이에게 데이지가 머뭇거리다가 말했다.
　"저기요, 오해하지 말고 들어주셨으면 하는데요."
　혹시나 하는 기대감을 가진 케이가 조금 밝아진 얼굴로 말했다.
　"말씀하세요."
　'혹시 나한테 관심있나? 차라도 한 잔 하자는 건가?
　데이지가 방긋 웃으며 말했다.
　"제가 이 가게 운영하면서 손님처럼 라이트 마법 조합을 이렇게 연달아 실패하는 사람은 처음 봤거든요? 아무래도 다른 길을 알아보시는 건 어때요?"

케이가 발끈했다.

"나는 마나를 느끼는 사람이라고요! 백 명 중에서 한 명 난다는 사람이에요!"

"알아요. 하지만 1서클에 도달하는 건 마나를 느끼는 사람 열 명 중에서 겨우 하나뿐이에요. 마법 조합마저도 실패하시면서 어떻게 1서클을……."

"흥! 나는 어떻게든 마법을 배울 거예요. 적어도 라이트 마법만이라도 반드시 익힐 거예요."

"1서클 마법은 사실 큰 쓸모가 없어요. 다 다른 것으로 대체가 가능한 거잖아요. 라이트 마법만 해도 그래요. 어두우면 촛불을 켜면 그만이잖아요."

케이가 손가락을 하나 들어 흔들었다.

"아니요. 나는 꿈이 있어요. 대상인이 되는 꿈."

"대상인이 되려면 상업 쪽으로 공부하셔야지, 왜 마법을……."

"2서클 윌 오브 위스프를 익힐 수 있으면 고급 음식점을 차릴 수 있어요. 공중에 마법의 빛을 띄워놓고 요리를 팔면 얼마나 분위기가 좋겠어요?"

데이지가 안쓰러운 얼굴로 말했다.

"1서클에 도달하는 사람은 인구 대비 천 명에 하나. 그리고

그들 두 명 중에 하나만이 2서클로 올라가요. 결국 2서클 마
법사는 인구 이천 명 중에 하나예요.”

“아아, 나도 당장 2서클은 조금 무리라고 생각해요. 하지만
1서클 중에도 라이트 마법이 있잖아요. 손에서 빛이 나는 정
도만 되더라도 꽤 근사하거든요. 고급 음식점은 몰라도 장사
잘되는 가게는 차릴 수 있어요. 파이어 핸드와 아이스 핸드까
지 익히면 특별한 음식도 제공할 수 있고요.”

“차림새를 보면 용병이신데 음식점은 왜 차리시려고요?”

케이는 초롱초롱한 눈으로 말했다.

“대상인이 꿈이라고 했잖아요. 음식점은 시작이지요. 자본
도 얻고 장사 방법도 배우고. 난 애초에 자본이 부족한데 남
들과 같은 방법으로 시작하면 어떻게 대상인이 되겠어요? 시
작부터 남달라야 한다고요. 그래서 나는 반드시 라이트 마법
을 배울 거예요.”

그 모습에 데이지가 살짝 웃었다. 이번에는 우습게보는 것
이 아니라 정말 순수한 웃음이었다. 그걸 보는 케이도 기분이
좋아졌다.

“그 꿈, 꼭 성공하시기를 빌게요.”

케이가 환히 웃으며 말했다.

“그런 의미에서 시약 값 좀 깎아주시면 안 될까요?”

“당연히 안 돼요.”

데이지도 돈 문제에는 단호했다.

케이가 머리를 긁었다.

"저, 그러면 요새 돈이 될 만한 일이 뭐가 있을까요? 시약 값이 워낙에 만만치 않아서요."

데이지가 고개를 잠시 갸웃거렸다.

"음, 자세한 건 용병 길드 가보시면 아시겠지만요. 요새는 던전들이 많이 발견되고 있어요. 그런 일감은 워낙에 위험하지만 그만큼 보수가 세요. 그리고 몬스터들도 점점 늘어나는 추세니까 그놈들 사냥하는 임무도 좀 있고요. 그러니까 실력만 있으면 시약 값은 얼마든지 벌 수 있거든요?"

케이가 가슴을 탕탕 쳤다.

"하하하! 이래 봬도 제가 오크 다섯 마리쯤은 단숨에 처치할 수 있는 실력자입니다."

"네. 그러실 거라고 생각했어요."

"저, 정말입니다."

"믿는다니까요."

케이가 무안해서 웃었다.

"하하, 사실은 전 삼급용병이에요. 그래도 정규 삼급용병이라고요. 오크 다섯 마리는 좀 무리네요."

데이지가 고개를 갸웃거렸다.

"응? 정말 삼급이에요? 하지만 제가 보기에는……."

"그래도 운 좋게 다섯 마리를 잡은 적이 정말도 있다고요. 진짜예요."

데이지가 환히 웃었다.

"믿어요."

케이는 덩달아 기분이 좋아졌다.

"그런데 요새 용병들 일거리를 어떻게 알고 계세요?"

데이지의 대답에는 거침이 없었다.

"손님 중에 용병 분이 많거든요."

"아, 네."

케이가 납득해서 고개를 끄덕였다. 그때 가게문이 벌컥 열렸다. 데이지가 반사적으로 인사를 했다.

"어서 오세요. 데이지의 마……."

그녀가 입을 다물었다.

들어온 사람은 건장한 남자였다. 등에 칼도 한 자루 차고, 몸에는 가죽갑옷을 둘렀다. 얼굴에는 칼자국까지 있어 한마디로 '나 싸움 좀 한다' 라는 냄새를 잔뜩 풍겼다.

남자가 술 냄새를 풍기며 말했다.

"이봐, 데이지. 준비는 됐나?"

데이지가 고운 눈썹을 살짝 찡그리며 말했다.

"말로 할 때 좀 꺼져라."

남자가 인상을 쓰며 주먹을 들었다.

"이게 좋게 나가려고 했더니 어디서 자꾸 삐딱하게 나와? 고집 부려봐야 소용없다고. 포기해라."

데이지가 가느다란 허리에 두 손을 턱 걸치고 말했다.

“너, 피똥 싸기 전에 내 가게에서 나가.”

남자가 한 걸음 나섰다.

“이년이!”

그 앞을 케이가 슥 막아섰다. 남자의 인상이 일그러졌다.

“이 새끼는 또 뭐야?”

케이가 남자를 쳐다보며 데이지에게 질문했다.

“이 건방진 똥 덩어리는 누구예요?”

“보시다시피 저를 무지하게 귀찮게 하는 쓰레기요.”

케이는 상황을 단숨에 이해했다.

‘데이지가 워낙 예쁘니까 이런 놈팡이가 꼬이는구나.’

그는 자신의 칼을 한번 철컥 소리나게 흔들어주며 말했다.

“아가씨가 가라고 하시잖아. 보내줄 때 가라.”

남자는 분노로 부들부들 떨었다. 그러나 그는 케이의 자세를 보고 그가 칼 좀 쓴다는 것을 알 수 있었다.

남자가 꼬리를 말았다.

“흥. 어디서 경호원을 구했나? 그래 봤자 소용없다. 지금은 이 가게를 때려 부술 입장이 못 되니 일단 물러나겠다. 하지만 나는 다시 돌아온다. 잘 결정하는 것이 너에게도 좋을 거야.”

남자가 가게문을 거칠게 열고 나갔다.

데이지가 케이에게 고개를 살짝 숙였다.

“고마워요.”

케이가 씩 웃었다.

"그런 의미에서 시약 값은……."

"은화 한 개."

케이는 마법상점을 나와서 실험 장소를 찾아 걸어갔다. 여관에서 쫓겨난 이후로 그는 외딴 공터를 찾아서 실험을 했다. 물론 과도한 신성력이 스며든 결과 언제나 실패했다.

"이번에는 기필코 성공해야지. 이제 돈도 없는데……."

굳게 다짐하며 걸어가던 그의 눈에 조금 전 남자가 보였다.

남자는 이번에는 빵집에서 싸움을 걸고 있었다.

"이거 이렇게 나올 거야? 장사를 하려면 돈을 내야 할 거 아냐?"

남자의 행패에도 덩치 좋게 생긴 빵집 주인은 제대로 대응하지 못하고 있었다. 그저 연신 사과만 할 뿐이었다.

케이가 그 모습을 보고 반색을 했다.

"전형적인 건달 놈이군. 잘 걸렸다. 니가 감히 데이지에게 찝쩍대?"

그는 자신의 실력을 믿었다. 정규 삼급용병과 동네 건달의 싸움은 보통 일방적으로 끝난다.

"야, 덩어리. 너 뭐 하는 짓이냐?"

남자가 케이를 돌아보았다.

"너는 아까 그놈이구나. 어린 놈아, 상관하지 말고 꺼져라."

"나는 아까 그분이시다. 젊은 분이시고. 그리고 네가 사람들을 괴롭히는데 내가 어떻게 상관하지 않을 수 있냐?"

남자가 케이에게 돌아서서 비웃었다.

"오호라, 용사 납시었구나. 죽고 싶냐?"

"네까짓 놈의 실력으로?"

남자가 케이를 잠시 깔보더니 자신의 검을 스윽 뽑았다.

"칼침 맛을 봐야 눈물을 흘릴 놈이군."

케이는 남자가 칼을 뽑을 줄은 몰랐다.

"건달 주제에 감히 용병 앞에서 칼을 뽑아?"

케이는 용병이다. 목숨 걸고 몬스터와 싸우던 그에게 건달이 칼로 위협을 할 수는 없다.

케이도 자신의 검을 뽑았다.

"각오는 돼 있냐?"

남자가 피식 웃더니 케이에게 몸을 날렸다.

"죽여주마!"

그에게서는 정말로 살기가 피어나고 있었다.

케이는 조금 놀랐다. 그는 이자가 정말로 자신을 죽이려고 할 줄은 몰랐다. 그저 부상이나 조금 입히는 선에서 끝낼 줄 알았다.

하지만 남자는 분명히 살기를 뿌리고 있었다.

"이런 미친놈. 목격자가 이렇게 많은데!"

귀족이라면 살인을 해도 무마할 방법이 무수히 많다. 하지만 남자가 귀족으로 보이지는 않는다.

"미련해서 뒷일은 생각도 안 하는구나!"

케이는 차분하게 움직였다. 그도 어려서부터 실전 경험은 충분히 쌓았다. 조금도 방심하지 않고 남자의 검을 맞받아쳤다.

검과 검이 충돌했다.

케이는 멀쩡히 서 있었지만 남자가 한 걸음 물러섰다. 덩치는 더 좋지만 힘에 밀렸다. 그 남자는 얼굴이 붉어지더니 괴성을 지르며 검을 미친 듯이 휘둘렀다.

"죽어!"

오크들과 싸울 때 동체 시력이 향상된 케이의 눈에 남자의 검 움직임이 비교적 자세히 보였다. 자신의 능력 향상치를 아직 모르는 케이는 남자의 실력이 약하다고 판단했다.

"어디서 검은 조금 배운 것 같지만 역시 별것도 아닌 건달 맞구나."

케이는 자신의 검을 들어 남자의 칼을 차근차근 쳐냈다. 별로 어렵지도 않았다. 남자는 연달아 충격을 받자 얼굴이 더 붉어졌다. 그렇게 칼을 십여 번 쳐내자 남자의 가슴이 훤히 드러났다.

케이가 그 품으로 와락 달려들며 검을 내리그었다.

"인생 똑바로 살앗!"

그의 검이 남자의 어깨를 깨끗이 베었다. 남자의 어깨에서 피가 튀었다.

"으아악!"

남자는 비명과 함께 자기 검을 놓쳤다. 어깨를 잡으며 몇 걸음이나 물러섰다. 어깨의 상처는 깊었다.

케이가 검을 들어 남자를 겨누며 당당하게 말했다.

"목숨만은 살려줄 테니까 앞으로 내 눈에 띄지 마라."

목숨을 위협당했으니 반격해서 죽일 수도 있었다. 하지만 목격자가 워낙에 많은 이런 곳에서 사람을 죽이면 귀찮은 문제가 생길 여지가 많았다. 그것이 남자를 살렸다.

남자는 이를 부드득 갈았다.

"두고 보자."

짧은 한마디를 남긴 남자가 후다닥 도망쳤다.

케이가 검을 집어넣고 손을 털며 말했다.

"건달 놈이 어디 감히."

사람들이 긴장한 얼굴로 케이를 쳐다보고 있었다. 케이는 환히 웃으며 빵집 주인에게 말했다.

"아저씨, 이제 저놈은 더 이상 여기 못 올 거예요. 칼 잡는 어깨가 망가졌거든요. 날 죽이려던 놈이니 목숨 값으로는 싼 거죠."

빵집 주인이 얼떨떨한 얼굴로 말했다.

"당신 대단하군요. 올리버를 이기다니."

"저 건달요? 별 놈 아니던데요? 저런 놈은 원래 큰소리만 펑펑 치는 놈이라고요. 실력은 별로 없어요.”

“하지만 그는 삼급용병인데…….”

케이가 입을 닫았다. 잠시 후 웃으며 말했다.

“하하, 삼급요? 견습 삼급요?”

“정규 삼급이라고 하더군요.”

케이는 조금 전의 싸움을 다시 생각해 봤다. 상대의 움직임은 명확하게 느낄 수 있었다. 그리고 그는 손쉽게 올리버를 이겼다.

‘혹시 내가 오크 다섯 마리를 상대하면서 실력이 늘어난 건 아닐까? 아무리 운이 작용했다고 해도 그건 정말 중요한 경험이니까.’

생명의 위기를 겪으며 싸운 후 실력이 올라간 이야기는 몇 번 들어본 적이 있다. 하지만 그는 자신이 오크들과 싸운 것을 다시 생각해 보더니 간단히 결론을 내렸다.

‘설마.’

“에이, 제가 정규 삼급인데요. 그놈 허풍이에요, 허풍.”

그로서는 가장 논리적인 결론이었다.

빵집 주인이 걱정스러운 얼굴로 말했다.

“올리버 놈의 실력은 허풍일지도 모르지만 젊은 용병은 이제 큰일 났습니다.”

“왜요?”

“저놈의 배후가 보통이 아니거든요.”

케이가 큰소리를 팡팡 쳤다.

"배후요? 내 배후는 용병 길드예요. 건달 몇 놈 몰려온다고 해도 걱정없어요. 그것보다 아저씨."

케이가 빵집 주인에게 바짝 다가갔다. 빵집 주인이 놀라서 한 걸음 물러서며 말했다.

"마, 말씀하시지요."

"제가 도와줬는데 빵 좀 싸게 주시면 안 돼요?"

빵집 주인이 케이를 보다가 너털웃음을 터뜨렸다.

"하하하, 공짜로 드리지요. 지금 원하는 만큼 가져가요."

"아니요. 멀쩡한 걸 그냥 공짜로 받기는 뭐하고요……."

"앞으로는 특별히 반값에 해드리지요."

"그게 아니라, 그러니까 여기 안 팔리고 남는 빵 같은 거 있잖아요?"

빵집 주인은 케이의 말이 무슨 뜻인지 이해했다.

'나를 위해 목숨 걸고 싸워준 사람인데 그 정도야 뭐.'

"빵 만들다가 보면 조각들이 좀 나오기는 하는데… 잘 안 팔려서 버리는 것도 있기는 하고……."

"그거요. 바로 그거예요. 당분간 제가 그거 좀 얻어갈 수 있을까요?"

'대상인이 되는 그날을 위해서 지금은 허리띠 졸라매야지.'

케이는 식비 문제를 해결했다. 모든 것은 데이지의 시약이 너무 비싸서였다.

케이의 볼일은 그것으로 끝나지 않았다. 그는 박수를 쳐주는 다른 가게 사람들에게 빌붙어서 일거리를 얻어냈다.

사람들은 골칫거리를 물리쳐 준 케이에게 고마움을 느끼고 있었다.

처음 그를 고용한 사람은 과일 가게 주인이었다. 굳이 필요해서는 아니었다. 하지만 빵집 다음은 자기 차례였기 때문에 그걸 미리 차단해 준 케이에 대한 감사의 표시였다.

"케이 씨, 내 가게의 과일들을 정리해 준다면 동전 다섯 개를 주지요."

일의 양에 비해서 파격적인 금액이었다.

"좋아요!"

케이는 즉시 움직였다. 진열된 과일들의 위치를 옮기면서 떠들어댔다.

"이런, 이 과일이 이것과 같이 있으면 손님들이 사고 싶겠어요? 이걸 먼저 이쪽에 놓고, 이걸 저쪽에 놔야지요."

"왜 그렇지요?"

"그래야 이 작은 과일들을 산 다음에 저것도 먹고 싶어지지요. 저 과일들은 향이 너무 강해서 저게 앞에 있으면 곤란하다고요."

"그, 그럴까?"

"더구나 이것들과 이것들은 이렇게 쌓아놓으면 손님들이

제대로 보지 못하잖아요."

"하지만 내 가게는 그걸 다 늘어놓을 만큼 공간이 넓지 않습니다."

케이가 가게를 둘러보며 말했다.

"선반을 만들어놓으면 되지요."

"선반이라… 과일 무게가 있으니 튼튼해야 할 텐데……."

케이가 손가락을 내밀었다.

"선반 하나에 동전 하나. 나무는 내가 알아서 구해올게요. 어때요?"

정말 선반을 만들어준다면 케이가 제시한 돈은 헐값이나 다름없다. 가게 주인이 반색을 했다.

"좋습니다. 아예 선반 스무 개를 달아주시오."

"멋지게 해드리겠습니다. 히히히."

계약은 성립되었다.

케이는 버려진 통나무들을 주워왔다. 톱 대신 검을 들어 통나무들을 잘랐다. 마치 도끼처럼 매섭게 휘둘렀다.

명색이 몬스터와 싸우는 검사의 검이다. 케이의 기합 소리가 시끄럽게 한참을 울리고 나자 나무판자라고 하긴 조금 곤란한 투박하고 두꺼운 둥근 판들이 잔뜩 만들어졌다.

"이야, 어째 요새는 나무도 더 잘 잘리네."

그는 두꺼운 나뭇가지들도 잔뜩 잘라 각목으로 만들었다.

구경하던 과일 가게 주인이 감탄했다.

"와, 손이 빠르네요. 케이 당신은 목수 출신입니까?"

"험한 세상에 먹고살려면 칼질만 해서 되겠어요?"

그는 만들어진 판자와 각목들을 서로 끼워 벽에 세웠다. 마치 의자와 같은 모양이었다. 그리고 그 위에 다시 새로운 판자와 각목들을 끼워 높이를 만들었다.

다 만들어놓고 보니 모양이 심하게 투박한 선반들이 잔뜩 생겼다.

과일 가게 주인은 조금 떨떠름한 얼굴이었다.

"빠르기는 한데, 이거 모양이 영……."

목수가 공구를 제대로 써서 만든 것과 비교할 수는 없다. 하지만 케이는 큰소리를 쳤다.

"생각을 해보세요. 이게 더 자연미가 나잖아요. 엘프들 아시죠? 엘프들은 숲에서 살며 나무 위에 집을 짓는다고 하지요. 그 집에서 과일을 먹고 살고요."

"나도 그런다는 이야기는 들었지만 그게 이거랑 무슨 상관입니까?"

"이 집도 과일을 파니까 엘프들처럼 가능한 한 자연미를 살려야지요. 보세요. 나무의 결이나 껍질이 그대로 살아 있잖아요. 기둥도 나뭇가지로 만든 거고. 여기에 과일 상자들을 쌓으면 얼마나 신선해 보이겠어요? 마치 나무에서 과일을 직접 따서 파는 것 같지 않겠어요?"

"그, 그런가요? 하지만 어째……."

과일 가게 주인이 대충 넘어올 것 같은 분위기가 보이자 케이는 서둘러서 과일 상자들을 선반 위에 쌓았다.

"보세요. 그럴싸하지요?"

이미 과일 가게 주인은 케이의 말발에 넘어갔다.

"이야기를 듣고 보니 그런 것도 같습니다."

케이가 손을 내밀었다.

"그런 의미에서 동전 스물다섯 개입니다. 선반이 스물, 과일 정리가 다섯."

과일 가게는 시작이었다. 그는 다른 가게 세 군데에서 더 일을 해주고 모두 합쳐 은화 한 개를 벌었다.

그가 일을 벌이는 것을 사람들은 구경하며 감탄했다. 심지어 물건을 사러 온 사람들도 박수를 치며 신기해했다.

"젊은 사람이 제법이네."

"아주 상인들을 후려치는데?"

"나중에 좋은 장사꾼이 되겠어."

구경하는 사람들 중에는 마법상점의 데이지도 있었다. 그녀가 케이를 보며 살짝 웃었다.

"제법이네. 정말 좋은 상인이 될지도 모르겠어."

조금 호감이 생겼다. 그녀가 혼잣말로 중얼거렸다.

"하지만 저질러 놓은 일은 어떻게 해결하려나? 나는 그냥 구경이나 할까?"

케이가 버는 돈은 고스란히 데이지에게 빨려 들어갔다. 이제 이 도시 여러 곳에서 케이에게 잡다한 도움을 요청했다. 그렇게 벌어들이는 돈은 모조리 시약 값으로 사라졌다.

머칠이 더 지나자 케이는 마침내 지치는 것을 느꼈다. 식사는 빵집이나 다른 가게에서 남는 것을 얻어먹고 잠은 노숙을 했다. 그렇게 허리띠 졸라매고 돈을 벌었지만 마법은 조금의 진전도 없었다.

라이트 마법의 원리는 모두 외우고 있었다. 하지만 마나의 흐름을 알지 못하면 소용이 없었다. 마법서를 베낀 종이는 완벽했다. 그러나 마법에 대한 경험이 전혀 없는 케이는 글을 읽는 것만으로는 감조차 잡을 수 없었다.

"데이지에게 조합해 달라고 해야겠다. 쳇! 은화 한 개나 더 줘야 하다니."

그 돈이 아까워서 직접 하려다가 날려먹은 돈이 은화 열 개를 넘어서고 있었다.

"이럴 줄 알았으면 처음부터 조합해 달라고 할 것을. 내가 이렇게 바보인 줄 알았어야지."

그는 바보가 아니다. 직접 조제한 시약에 들어 있는 마나의 순도와 신성력 사이의 호환성이 문제다.

케이가 오늘 예약된 일거리를 향해 걸어갔다.

"그럼 오늘은 은화가 두 개는 필요하니 열심히 벌어야겠다."

걸어가던 케이가 걸음을 멈추었다. 그의 눈에 연기가 피어오르는 것이 보였다.

"불?"

그의 얼굴이 일그러졌다. 그는 연기가 나는 곳을 향해 달렸다.

그가 도착했을 때는 이미 집이 불에 타고 있었다. 집 앞에는 사람들이 넋 나간 얼굴로 앉아 있었다.

케이는 그 사람들이 누구인지 한눈에 알아볼 수 있었다.

'가난한 사람들.'

그는 여기가 이 도시의 빈민가임을 알아챘다.

'가뜩이나 힘든 사람들인데 불까지 나다니.'

그때, 중년 여인 한 명이 소리를 질렀다.

"아악! 에이미가 안 보여요!"

케이가 여인에게 달려가서 물었다.

"무슨 소리예요?"

"도와줘요! 제 조카 에이미가 없어요! 집, 집 안에 있나 봐요! 집 안에!"

다른 사람이 옆에서 걱정스러운 목소리로 말했다.

"하지만 저 문은 잠겨 있었다고. 도저히 열리지 않아."

케이가 불타는 집을 돌아보았다. 집은 이미 불길이 한참 치솟고 있었다.

"으흐흑! 에이미!"

케이는 불이 얼마나 무서운 놈인지 안다. 어렸을 때 처절할 정도로 경험해 봤기 때문에 너무 잘 안다.

그러기에 오래 생각할 것도 없이 몸을 날렸다. 그의 몸이 공중을 날고 두 발이 건물 문짝을 힘껏 걷어찼다.

잠긴 문짝 따위는 단숨에 박살이 났다. 집 안에 뛰어든 케이는 재빨리 주변을 살폈다.

사방에 불길이다. 하지만 사람은 아무도 보이지 않았다.

"빈집?"

시뻘건 불길이 그의 눈에 비추어졌다. 그걸 보자 어린 시절의 기억이 살아나며 공포가 일어났다. 저도 모르게 정신이 멍해지며 패닉에 빠져들었다.

그의 심장이 심하게 쿵쿵 뛰었다. 신의 피가 반응했다.

갑자기 케이는 정신이 번쩍 들었다. 사람의 인기척을 느낄 수 있었다. 이유는 알지 못했다.

그는 급히 인기척이 나는 곳으로 달렸다.

커다란 궤짝이 있었다. 뚜껑을 잡고 힘을 썼다.

"이야아아압!"

못까지 박혀 있던 궤짝 뚜껑이 으드득 소리와 함께 뜯겨 나갔다.

궤짝 안에는 십대 중반의 소녀가 갇혀 있었다. 그는 더 생각할 것도 없이 소녀를 잡아 왼쪽 옆구리에 끼었다.

사람을 구했으니 목적은 완수했다. 아직도 심장은 쿵쿵 뛰고 있었다. 그는 자신이 들어온 출입구로 달렸다.

뭔가 오싹한 기운이 느껴졌다. 케이가 급히 몸을 정지했다.

바로 그의 앞으로 지붕의 일부가 불덩어리가 된 채 무너졌다. 전투로 단련된 케이는 급히 몸을 뒤로 빼서 그 위험을 피했다. 바닥에서 불똥이 요란하게 튀었다.

"제기랄! 출구가 막혔다!"

출구로 나가는 곳에는 불타는 나무들이 쌓여 있었다. 지붕을 이루던 나무들이었다. 거길 뚫고 지나가면 아이를 보호할 수 없다.

케이는 위를 힐끗 보았다. 나머지 천장도 무너지려 하고 있었다.

그는 고개를 재빨리 돌려 사방을 확인했다. 나무로 된 창문이 보였다.

더 생각할 것도 없었다. 그는 에이미를 품에 꼭 안은 채 나무 창문으로 몸을 날렸다. 그의 등이 나무 창문과 충돌했다.

나무 창문은 두 사람의 몸무게를 버티지 못하고 단숨에 부서졌다. 그러나 창문의 크기가 작았다. 케이는 자기 몸이 빠져나가기는 불가능하다는 것을 깨달았다.

생각은 짧고 결론은 훌륭했다. 그는 창밖으로 에이미를 던졌다. 사람들을 향해서였다.

"받아요!"

남자 몇 명이 날아오는 에이미를 급히 받다가 힘을 이기지 못하고 와당탕 뒹굴었다.

케이가 다시 천장을 보았다. 화염에 감싸인 천장이 서서히 무너지기 시작했다.

어차피 출구는 들어온 곳 하나밖에 없었다.

케이가 검을 뽑았다.

"나는 케이. 대상인이 될 사람이다. 여기서 죽을 수는 없어. 이야압!"

케이가 검을 강하게 휘둘렀다. 그의 검에 입구를 막고 있던 나무 무더기들이 퍽퍽 잘려 나갔다. 잘려 나간 만큼 불이 더 거칠게 솟아올랐다. 하지만 잠깐이나마 길이 열렸다.

곧바로 불타는 천장이 무너졌다.

케이는 즉시 앞으로 달렸다. 천장의 파편이 등을 때렸다. 무시하고 두 손으로 얼굴 앞을 막으며 불길을 뚫고 달렸다. 온몸이 뜨거웠다.

마지막 한 발자국을 힘껏 내디뎠다.

불타는 집 바깥으로 케이의 몸이 나뒹굴었다. 바로 뒤따라 건물이 무너졌다.

케이가 땅을 데굴데굴 구르며 소리 질렀다.

"앗 뜨거!"

그런 그의 몸으로 물이 쏟아졌다. 불은 순식간에 꺼졌다. 하지만 그의 마음속을 채우는 뜨거움은 조금도 가시지 않았다.

심장은 더 이상 쿵쿵 뛰지 않았다. 대신에 오랜 기억 속의 공포가 그를 지배했다.

"앗 뜨거뜨거!"

얼음처럼 차가운 것이 케이의 몸에 닿았다. 그 차가움에 케이는 정신이 번쩍 들었다.

부드러운 목소리가 그의 귀에 들렸다.

"불은 모두 꺼졌어요."

케이가 눈을 떴다. 눈앞에서 데이지의 맑은 파란 머리카락

이 흔들렸다.

"데이지?"

데이지가 방긋 웃었다.

"수고했어요, 케이."

케이가 고개를 휘휘 저었다.

"아이는요?"

한쪽에서 울고 있는 소녀가 보였다.

"휴, 무사하네."

케이는 차가움을 즐기며 말했다. 그러다 깜짝 놀랐다.

데이지가 자신의 몸에 오른손을 대고 있었다. 그 손이 얼음처럼 차가웠다.

케이가 놀란 목소리로 말했다.

"아이스 핸드?"

"내가 1서클 마법사라고 말했잖아요."

케이가 데이지의 손을 덥석 잡았다.

"이것이 아이스 핸드? 마나의 흐름은? 아아, 이런 거였구나. 마나를 조정한다는 것이 이런 말이었구나."

케이는 감을 잡지 못하던 의문이 상당 부분 풀리는 것을 느꼈다.

손을 잡힌 데이지가 얼굴을 살짝 붉혔다.

"맞아요. 하지만 그 흐름을 느끼고 나서 1서클 마법을 쓸 수 있게 되는 사람은 열에 하나라니까요."

케이가 큰소리를 쳤다.

"하하하. 걱정 말아요. 이제 실마리가 풀렸으니 앞으로 내 앞을 막을 것은 없어요. 나는 꼭 1서클 라이트 마법을 성공시키고야 말겠어요."

"케, 케이, 그전에 우선 손 좀……."

"아!"

케이는 화들짝 놀라면서 데이지의 손을 놓았다. 케이의 얼굴도 붉어졌다.

"이, 이거 실수를… 하하하. 아, 급한 건 이게 아니지."

케이는 데이지의 얼굴을 쳐다보지 못하고 에이미에게 다가갔다.

"괜찮니?"

에이미는 케이를 보더니 눈물을 닦으며 고개를 꾸벅 숙였다.

"오빠, 구해주서서 감사해요."

"뭘 그 정도 가지고. 그나저나 내가 묻고 싶은 게 있는데 괜찮겠니?"

"네."

"왜 네가 궤짝에 갇혀 있었지? 그 궤짝은 분명히 못질이 되어 있었거든?"

에이미의 얼굴이 창백해졌다.

"흐, 흐윽. 으아아앙!"

케이는 당황했다. 데이지가 급히 다가와서 말했다.

"애가 겁먹었어요."

케이는 물러설 수 없었다.

"하지만 이건 계획적인 방화에 살인미수라고요. 범인을 찾아서 잡아야지요."

데이지가 고개를 저었다.

"범인은 뻔해요."

케이가 자기 검을 콱 잡았다.

"그렇다면 잡으러 가야죠. 어떤 놈이에요? 감히 이런 짓을 하다니. 용서할 수 없어요. 제가 몽땅 잡아다가 경비병에게 넘기겠어요."

"그럴 수가 없어요."

"범인이 강해서요? 나도 강해요."

"그게 아니에요. 남작의 사람을 경비병에게 넘겨봤자 소용없다는 말이에요."

"네?"

데이지가 한숨을 쉬며 말했다.

"남작은 이곳을 싫어해요. 이들은 가난해서 세금을 제대로 낼 수 없거든요. 그래서 여기 사람들을 쫓아내고 외부의 부자들에게 이 땅을 팔고 싶어해요."

"에엑? 그럼 이게?"

"남작은 이 도시의 영주잖아요. 가장 강한 권력을 가진 사

람이지요. 범인은 어차피 남작의 부하, 그걸 남작의 다른 부
하들에게 넘겨봤자 소용없어요."

케이가 화를 버럭 냈다.

"뭐 그런 개새끼가 다 있어요?"

데이지가 손가락으로 자기 입을 가렸다.

"쉿! 귀족에게 그런 욕을 하면 처벌받을 수 있어요."

"흥! 나는 겁나지 않아요. 문제가 될 때는 다른 도시로 떠
나면 그만이에요."

데이지가 한숨을 쉬었다.

"휴우, 이제 와서 조심해도 소용없기는 해요. 당신은 이미
남작에게 찍혔을 테니까."

"그건 또 뭔 소리래요? 내가 저 애를 구해서요?"

"그것도 있지만, 저번에 올리버라는 자를 물리쳤잖아요?"

"그랬죠. 다시는 안 나타나죠?"

"그자도 남작의 부하예요."

케이의 얼굴이 핼쑥해졌다.

루디는 기사다. 보병대장이 아님에도 불구하고 휘하에 병
사 열 명을 거느리고 있다. 하지만 그들은 정식 병사가 아니
다. 건달과 구분이 잘 가지 않는 수준의 용병들을 고용해 병
사 옷을 입혀놓은 자들이다.

루디가 말했다.

"일 처리는?"

부하 하나가 대답했다.

"그년의 집은 확실하게 탔는데 말입니다."

"잘했다. 거기서 제일 예쁘다고 유명한 애로 골라 태웠으니 그 동네 놈들 확실히 겁을 먹었겠지?"

"그게 그렇지가 않습니다. 요새 도시에 케이라는 놈이 나타났습니다."

"케이? 뭐 하는 놈인데?"

"잡일을 하는 놈입니다. 이 집 저 집 일을 도와주면서 돈을 번다고 하더군요."

"그놈이 왜?"

"그놈이 그 애를 구해냈습니다. 결국 집만 태우고 끝났습니다."

루디가 인상을 일그러뜨렸다.

"실패했다는 소리잖아. 내가 겨우 이딴 일로 남작님에게 욕을 들어먹어야 하겠냐?"

기사 루디의 옆으로 올리버가 다가갔다.

"기사님, 그놈이 바로 제 어깨를 칼로 벤 그놈입니다."

루디가 인상을 썼다.

"너를 다치게 한 놈은 이급용병이라며?"

"삼급용병인 저를 그렇게 쉽게 이긴다면 당연히 이급용병 아니겠습니까?"

"이급용병이 뭐가 아쉬워서 남의 잡일이나 도와주면서 돈을 벌어?"

"정신 나간 놈인가 봅니다."

루디가 잠시 생각을 하다가 말했다.

"겨우 이급용병의 실력을 가지고 두 번이나 내 일을 방해하다니. 기사가 왜 무서운지 보여줘야겠군. 가자, 가서 그놈의 목을 쳐서 일벌백계로 삼아야겠다."

옆에서 어깨에 붕대를 감은 올리버가 반색을 했다.

"대승을 거두십시오. 헤헤헤."

*   *   *

인간계에는 수많은 왕국이 있고 단 세 개의 제국이 있다.

세 제국 중에서 신성제국이라고 불리는 홀리 제국의 수도 한쪽에서 고위신관들이 쑥떡거리고 있었다.

대신관이 말했다.

"그래서 요새 마족들의 짓으로 추정되는 일이 점점 더 많아지고 있다고?"

"그렇습니다. 마물들의 급격한 증가나 그 외의 다른 일들은 오래전 역사 속에서 일어났던 것들입니다. 아무래도 마족들의 행동과 관계가 깊어 보입니다."

대신관이 성스러운 오오라를 뿜으며 말했다.

"마신을 따르는 마족 놈들. 마계에나 처박혀 있지 왜 기어 나와서 우리 인간계를 더럽히는지. 잡히는 족족 처단하시오."

"대마족대응군이 전력을 다해서 그들의 흔적을 조사하고 있습니다. 성과도 제법 나와서 벌써 마족 몇 마리를 죽였습니다. 다른 신을 모시는 신전들도 대마족대응군에 협조하고 있으니 언젠가는 모든 마족을 죽일 수 있을 겁니다."

대신관은 초조했다.

"시간이 문제요, 시간이. 그런 의미에서 신의 용사를 찾는 일은 어떻게 됐소?"

"쉽지 않은 일입니다. 워낙 마족 조사에 인원이 많이 빠져 있습니다. 진득하게 기다리시는 수밖에 없습니다."

"그건 알지만 마음이 워낙 급하니 그러오. 서둘러 보시오."

"설사 마족 조사 인원 전부를 용사 찾는 데 돌려도 답이 나오지 않습니다. 우리 인간계에는 인구수가 워낙에 많습니다. 세상을 다 뒤지려면 사실 백 년이 걸려도 모자랍니다. 지금은 그저 용사가 일을 터뜨리기만 기다릴 수밖에 없습니다."

대신관이 고위신관들을 꾸짖었다.

"허어, 이 답답한 사람들 보게. 생각을 해보시오. 천신께서 왜 하필 우리에게 신탁을 내리셨겠나? 바로 그 대상자가 우리 신성제국 사람이기 때문 아니겠소?"

그 말에 고위신관 하나가 무릎을 탁 쳤다.

"그거 그럴듯한 말씀입니다. 경전에 의하면 신께서는 언제나 신탁에 힌트를 포함시키셨다고 하지요."

다른 고위신관도 얼른 맞장구를 쳤다.

"사실 천신의 용사가 우리 신성제국에서 나오는 것이 당연하지요. 설마 천신의 용사가 브레이커 제국이나 피스 제국에서 나오겠습니까? 그것도 아니면 자잘한 왕국에서 나오겠습니까?"

대신관이 의젓하게 말했다.

"그것만이 아니지. 전에 우리들이 한 이야기가 있잖소. 신의 용사는 그 피가 고결할 것임은 당연하오. 최소한 귀족, 어쩌면 황족 중에서 나올 것이오."

"그렇지요. 그렇고말고요."

"또한 신의 용사는 천신의 은혜를 입었음이 틀림없소. 천신께서는 아름다운 것을 사랑하시니 그 외모가 뛰어남은 기정사실. 그 점은 성녀들의 미모를 보면 명확하지."

"그 또한 옳습니다."

대신관이 턱을 올린 채 당당하게 말했다.

"이런 조건에 맞는 사람들 중에서 최근에 그 실력이 비약적으로 증가하는 자들. 찾아보면 많지 않을 것이오. 그들을 찾아보면 답은 쉽게 나오는 것. 어찌 그리 미련들 하시오?"

고위신관들이 일제히 머리를 숙였다.

"역시 대신관이십니다. 훌륭하십니다."

"내가 훌륭한 것이 아니라 당신들이 답답한 것이오. 이 이
야기는 이미 한 번 언급한 것. 그것을 다른 신전을 속이는 데
쓰려고만 할 것이 아니라 응용을 해야 할 것 아니오, 응용
을?"

"죄송합니다."

"그럼 속히 사람들을 풀어 조사를 하시오. 마족들의 움직
임이 심상치 않소. 우리에게는 신의 용사가 필요하오."

신이 실수를 하는 세상이다. 당연히 신관이 헛다리 짚을 수
도 있다. 사실 그런 경우가 어제오늘의 일이 아니다.

차원 너머 신계에서 천신은 그 꼴을 보고 답답한 마음에 가
슴만 쾅쾅 치고 있었다.

*　　　*　　　*

케이는 데이지의 가게에서 구체적인 이야기를 들었다.

데이지가 상황을 설명했다.

"이 도시에는 돈이 많이 흘러요. 여러 상단이 거쳐 가는 곳
이라 꽤 부유하지요. 그런데 이 도시의 영주인 윌리엄 남작은
혹독한 사람이에요. 그는 자신의 재산을 불리기 위해서는 수
단과 방법을 가리지 않아요. 많은 돈이 흐르지만 그는 더 많

은 돈을 원해요."

케이가 맞장구를 쳤다.

"그런 귀족은 한둘이 아니에요. 상당수의 귀족은 평민의 목숨을 중요하게 생각하지 않아요. 다만 대놓고 그걸 밝히지 않을 뿐이지요."

"윌리엄 남작은 좀 더 심해요. 그는 돈이 된다면 무슨 짓이든지 해요. 봤잖아요. 에이미를 궤짝에 가둬서 태워 죽이려는 걸. 그 사람들을 쫓아내기 위한 수단이었다고요. 사람들은 이미 공포에 질려 있어요."

"내가 그래서 신을 싫어해요. 신은 뭐 하느라고 그런 꼴을 구경만 해요?"

데이지가 얼굴을 굳히고 말했다.

"신관 분들은 신성력을 수단으로 해서 세상에 도움을 주고 계세요. 그 신성력은 신으로부터 나와요."

"신관의 신성력이라는 거 결국 마나와 비슷한 다른 힘이라는 이론도 많아요. 신과는 상관없이."

"어디서 이상한 책을 읽었나 본데요, 신께서는 명확히 존재하세요. 그것도 아주 많은 분이 계시죠."

"신 따위 있던가 말던가."

"어쨌든 윌리엄 남작은 이번 일을 그냥 넘어가지 않을 거예요."

"그래서 나보고 어쩌라고요?"

데이지가 냉정하게 말했다.

"이 도시를 떠나세요."

케이는 황당함에 어이가 없었다.

"뭐라고요? 나보고 도망치라고요?"

"도시에 남아 있으면 케이가 위험해요."

"위험? 내가 위험하다고요? 흥! 올리버 같은 놈, 몇 명이 몰려와도 나는 두렵지 않아요."

"그 정도 선에서 끝나지 않을 거예요. 남작은 집요해요. 그리고 그에게는 더러운 일을 전문적으로 처리하는 사람들이 있어요. 병사와 기사의 탈을 쓰고 있지요."

"흥! 나는 겁쟁이가 아니에요."

케이는 당당했다. 그 모습을 보던 데이지가 한숨을 쉬었다.

"휴우. 알았어요. 그럼 다르게 해봐요."

"어떻게요?"

"이 도시에는 남작에 반대하는 사람들이 있어요."

용병인 케이는 무슨 소리인지 단번에 알아들었다. 어차피 희귀한 경우도 아니다.

"저항군?"

"법에 의하면 귀족에 대항해 반란을 일으킨 자, 잡히면 즉시 사형이지요. 그들을 만나보겠어요?"

케이가 대답을 망설였다. 저항군이라고 하는 것은 그만큼 위험하다.

데이지가 다시 말했다.

"그들과 만나는 순간 당신은 반란 혐의자가 되는 거예요. 잡히면 죽는다는 뜻이지요. 만나보겠어요?"

케이는 대답하지 못했다. 그런 그를 보고 데이지가 말했다.

"당신은 이 도시에 아무런 의무가 없어요. 그러니 그들과 함께 목숨을 걸 이유도 없지요. 그러니 떠나세요."

케이가 데이지의 눈을 쳐다보았다.

"데이지, 당신은 그들을 어떻게 알아요?"

데이지가 그 눈길을 피하지도 않고 방긋 웃었다.

"이 도시의 반란 세력은 크고 넓어요. 아마 당신이 여기서 만난 사람들 중에서도 몇 명은 저항군과 어떻게든 끈이 닿아 있을 거예요. 저도 그냥 그런 끈을 하나 알고 있어요."

케이는 계속 망설였다. 확실히 그는 책임이 없다. 오히려 그가 이 도시에서 받은 것보다 해준 것이 더 많다.

하지만 그는 도망치는 것이 싫었다. 더구나 죽을 뻔한 에이미의 얼굴이 눈앞에 어른거렸다. 자기가 도망치면 에이미는 언젠가는 죽을 것만 같았다.

그리고 눈앞의 데이지도 그를 망설이게 하는 원인 중 하나였다. 그녀는 너무 예뻤다.

케이가 힘겹게 말했다.

"생각을, 생각을 좀 해보고요."

"그래요. 하지만 빨리 결정해 주세요. 아마 시간이 없을 거예요."

케이는 힘없이 마법상점을 나섰다. 노숙하던 장소로 터벅터벅 걸어가는 그의 어깨는 축 늘어져 있었다.

그런 그를 부르는 목소리가 있었다.

"어이, 용병. 오랜만이구나."

케이가 고개를 돌려보았다. 그에게 어깨를 다친 올리버였다.

"건방진 똥 덩어리구나."

우습게 생각하던 케이가 바짝 긴장하며 자세를 잡았다. 올리버의 근처에는 병사 아홉 명이 서 있었다. 그 뒤에는 기사까지 하나 있었다.

병사들에게는 군복이라고 하는 것이 존재한다. 적어도 왕국 제식 군복은 분명히 존재한다. 하지만 이 병사들은 그런 것을 제대로 챙겨 입지 않고 있었다. 가죽갑옷 정도만 군용 물품이었고 나머지는 되는대로 걸치고 있었다.

용병인 케이는 그들의 정체를 눈치 챘다.

'정상적인 병사들은 아니다. 남작의 더러운 일을 처리하는 놈들인가?

그는 올리버를 다시 확인했다. 올리버도 병사용 가죽갑옷을 입고 있었다.

'삼급용병이라고 한 놈이 병사용 갑옷을 입어? 결국 쓰레기 용병을 고용해 병사로 임명하고 더러운 일을 시키는 거군. 어쨌든 올리버 놈의 실력은 별 볼일 없었지. 그럼 다른 놈들도 마찬가지겠군. 별것 아닌 놈들이다. 하지만 올리버까지 열 놈. 적의 수가 너무 많다.'

케이는 침을 꿀꺽 삼켰다. 하지만 그의 겉모습은 당당했다.

"어깨는 나았냐?"

올리버가 이를 갈았다.

"마법사님이 도와주지 않았다면 병신이 될 뻔했다. 그 빚을 갚으러 왔다."

케이가 씩 웃었다.

"일 대 일로 해야지?"

일 대 일이라면 올리버 수준의 열 명과 한번씩 싸워 모두 이길 자신이 있었다.

올리버가 크게 웃었다.

"크하하하! 일 대 일? 나는 그런 건 모른다. 너에게 집단의 무서움을 보여주마."

케이는 혀를 찼다.

'쳇! 어쩔 수 없군.'

케이가 손을 병사들 뒤쪽으로 뻗었다.

“저 사람이 너네 남작이냐?”

병사들이 깜짝 놀라 즉시 뒤로 돌아섰다.

케이는 그 즉시 튀었다.

그가 달리는 소리를 듣고 나서야 병사들은 자기네가 속았음을 깨달았다.

올리버가 앞장서서 달리며 소리쳤다.

“쫓아!”

케이는 골목 사이사이로 도망을 쳤다. 하지만 케이가 하도 빨리 도망치니 병사들은 몇 그룹으로 나뉘고 말았다.

그래도 케이가 불리했다. 그는 이 도시에 온 지 얼마 되지 않았고 적들은 여기가 본거지다. 길을 조금만 더 잘 알았어도 도망칠 수 있었겠지만 그러지 못했다.

얼마 도망치지 못해서 케이는 막다른 골목에 갇히고 말았다. 그리고 그의 뒤에 세 명의 병사가 길을 막았다. 가장 선두는 올리버였다.

“크하하하! 죽어라!”

올리버가 왼손으로 검을 들고 소리치며 다가왔다.

케이가 재빨리 판단했다.

‘올리버 수준으로 셋!’

케이는 즉시 골목의 막힌 쪽으로 달렸다. 올리버가 깜짝 놀라서 소리쳤다.

“무슨 개수작이냐!”

올리버는 곧바로 케이의 뒤를 쫓아 달렸다.

케이는 벽과 충돌하기 직전 위로 훌쩍 뛰었다.

뒤에서 올리버의 비웃음 소리가 들렸다.

"크하하하! 네가 기사라도 되는 줄 아느냐?"

올리버의 검이 바짝 쫓아왔다.

케이의 뛰어오른 높이는 얼마 되지 않았다. 벽을 넘기에는 턱도 없었다. 하지만 처음부터 그게 목적이 아니었다.

케이는 공중에서 몸을 뒤집으며 벽을 힘껏 걷어찼다. 그의 몸이 수평으로 허공을 날았다. 그와 함께 검을 뽑아 앞으로 쭉 뻗었다.

올리버의 눈이 커졌다. 그러나 케이의 동작이 훨씬 빨랐다. 그의 검이 올리버가 반응하기 전에 그의 가슴을 뚫었다.

"커윽!"

올리버가 피거품을 물며 쓰러졌다. 삼급용병 출신으로 온갖 더러운 짓을 하던 자의 최후였다.

케이는 올리버의 몸통을 밟고 검을 재빨리 뽑았다. 검이 뽑힌 자리에서 피가 튀었다.

다른 두 병사는 깜짝 놀랐다.

"이런 건방진 새끼가!"

"그따위 얕은 수로 기습을 해?"

그들은 자기들의 실력을 믿었다. 뭣보다도 숫자가 이 대 일이었다. 그리고 잠시만 붙잡아두면 동료들이 달려온다는 것

도 알고 있었다. 두 병사가 검을 뽑고 케이가 빠져나가지 못
하도록 길을 막았다.

그건 케이도 알고 있었다. 케이는 즉시 오른쪽 병사에게 달
려들었다.

병사는 다가오는 케이를 향해 똑바로 검을 휘둘렀다. 단 일
격에 베어버리겠다는 듯한 기세였다.

그 검의 움직임이 케이의 눈에 명확히 들어왔다.

'역시 이놈들은 견습 삼급용병이 틀림없어. 어디서 감히
구라를 쳐?'

자신감이 붙은 케이가 몸을 비틀며 그 검을 힘껏 때렸다.

병사가 충격에 한 걸음 물러섰다. 몬스터들과의 실전 경험
이 충분한 케이는 조금도 망설이지 않고 병사에게 달려들며
검을 휘둘렀다. 그의 검이 커다란 반원을 그리면서 병사의 몸
을 베었다.

"크아악!"

단 일격에 병사가 피를 뿌리며 쓰러졌다.

갑자기 케이는 옆구리가 불에 지진 것처럼 뜨거워짐을 느
꼈다.

그는 급히 몸을 반대쪽으로 튕겼다.

"큭!"

그의 옆구리에서 피가 흘렀다. 다른 한 명의 병사는 케이가
동료를 처리하는 사이에 옆구리에 기습을 했다. 그 공격을 깨

끗이 허용한 케이가 옆구리를 손으로 움켜쥐었다.

"큭, 진짜 아프다. 허리에 구멍이 났네."

하나 남은 병사도 당황하고 있었다.

"제기랄. 제대로 푹 찔렀다고 생각했는데 멀쩡히 서 있는 걸 보니 칼이 들어간 깊이가 얕았나 보군. 운 좋은 새끼."

케이의 몸에는 신의 피가 있다. 신체 내부는 강해져 있고 거기에 신성력까지 깃들어 있다. 그 힘의 영향으로 병사의 칼 날은 케이의 몸에 제대로 파고들지 못했다.

케이는 시간이 없었다. 옆구리가 무척 아팠지만 움직임에 지장은 전혀 없었다. 사실 칼에 찔린 것은 겉뿐으로 속은 멀 쩡했다.

케이가 다시 달려들었다. 병사의 얼굴에 공포가 서렸다.

"오지 마!"

병사는 검을 엑스 자 모양으로 정신없이 휘둘렀다.

그 움직임이 훤히 보였다. 케이는 자신의 검을 들어 그 움 직임의 한가운데를 콱 찔렀다.

덜컥거리며 병사의 검과 케이의 검이 얽혔다. 케이가 병사 를 바짝 밀어붙이며 말했다.

"나를 죽이려고 한 건 너희들이 먼저니까 원망하지 마라!"

"이 새끼! 죽어!"

케이가 한 손으로 병사와 검을 겨루며 다른 손으로 허리춤 의 사냥용 단검을 잡았다. 오크의 목을 찔러 죽였던 그 단검이었다.

케이는 망설임없이 단검을 뽑아 병사의 가슴을 콱 찔렀다.

"커억!"

병사가 억눌린 비명 소리를 지르다가 무너졌다.

케이는 아직 피가 흐르는 옆구리를 잡고 다시 달렸다.

"젠장! 잘못한 건 내가 아니잖아!"

달려가는 그의 옆구리에서 피가 한 방울씩 뚝뚝 떨어졌다.

그렇게 흔적을 남기면서 달리는데 도망치는 것이 가능할 리가 없다. 그는 다시 세 명의 병사를 만났다.

"케이라는 놈이 저기 있다!"

세 명의 병사가 고함을 지르며 케이에게 달려들었다. 케이는 도망치기는 글렀음을 깨달았다.

그는 검을 똑바로 들고 소리쳤다.

"와라! 내가 바로 케이다!"

병사 셋이 요란하게 검을 휘두르며 달려들었다. 케이의 눈이 번쩍거렸다. 그는 세 명의 검을 놓치지 않기 위해서 정신을 집중하고 움직였다.

병사 셋의 검이 케이의 몸에 날아들었다. 그러나 케이는 몸을 비틀고 자세를 바꿔가며 그 검들을 하나하나 피했다. 피하기 곤란한 공격은 자신의 검으로 확실하게 견제했다.

그렇게 십여 회의 공격이 순식간에 지나갔다.

세 병사는 공격이 연달아 실패하자 겁이 와락 났다. 그들은 일방적으로 공격했지만 도저히 케이를 맞출 수가 없었다.

비로소 그들은 올리버가 했던 이급용병 이야기가 헛소리가 아님을 깨달았다.

"이급용병 중에서도 강한 놈이다!"

세 병사의 공격이 자연히 약해졌다.

케이가 그 기회를 잡았다.

"이야압!"

기합 소리와 함께 그의 검이 위로 솟구쳤다. 날카로운 칼날이 병사의 갑옷을 찢으며 몸을 쩍 베었다.

"으아악!"

바로 다음 순간에, 케이는 등을 인두로 지지는 것만 같은 충격을 받았다.

"커억!"

케이는 급히 몸을 앞으로 튕겨냈다. 그의 등에는 기다란 검상 두 개가 새로 생겨 피를 뿜었다.

"이 새끼들이!"

케이가 한 병사를 공격하는 사이에 뒤를 쳤던 두 명의 병사는 오히려 황당하다는 얼굴이었다.

"저, 정통으로 맞춘 줄 알았는데……."

"왜 칼이 들어가지 않는 거야?"

케이는 살기 위해 싸우고 있었다. 그리고 그는 두 병사가 당황하는 순간을 놓칠 만큼 미련하지도 않았다.

충격을 받으니 심장이 크게 두근거렸다. 한 방울의 피가 떨어져 나와 몸에 흡수되었다. 신의 힘은 인간의 몸에 흡수되어 그 신체를 강하게 만든다. 한 방울의 피는 케이의 근력과 반사 신경, 심지어 기억력과 마법 능력까지 강화시켰다.

케이의 눈에 신기가 감돌다가 사라졌다.

케이는 힘이 솟는 느낌이 들었다. 그는 즉시 병사들에게 몸을 날렸다.

"닥쳐!"

그가 검을 쭉 뻗었다. 병사 하나가 그 검을 막기 위해서 자세를 바꿨다. 하지만 케이의 검은 병사의 방어를 수월하게 뚫고 심장 위에 박혔다.

"아아악!"

병사가 단말마의 비명을 지르며 나자빠졌다.

케이의 얼굴이 순간 나빠졌다.

'검이 빠지지 않는다!'

신체의 힘이 너무 갑자기 늘어난 것이 문제였다. 검이 원래 의도보다 너무 깊이 들어갔다. 검은 병사의 몸에 박혀서 당장 빠지지 않았다. 그는 급히 힘을 써서 검을 뽑으려고 했다.

남은 한 명의 병사가 그런 케이의 목을 노리고 검을 날렸다. 병사의 검이 커다란 원을 그렸다.

케이는 검을 놓고 뒤로 벌렁 나자빠졌다. 바로 그의 코앞으로 병사의 검이 스쳐 지나갔다.

케이는 벌떡 일어서며 병사에게 달려들었다. 칼을 뽑고 자시고 할 시간도 없었다. 그의 주먹이 병사의 턱을 올려 쳤다.

두 손으로 검을 꼭 쥐고 있던 병사는 그 공격에 대응할 틈이 없었다. 턱에 케이의 주먹이 정통으로 들어갔다.

"컥!"

병사의 고개가 크게 젖혀지며 뒤로 나자빠졌다. 그 한 번의 공격에 병사는 큰대 자로 뻗어버렸다.

케이는 숨을 헐떡이며 자신의 검을 뽑았다.

기절한 병사는 무척이나 큰 행운을 얻었다. 그는 적어도 앞의 병사 다섯처럼 죽지는 않았다.

케이는 검을 들고 즉시 도망치려고 했다. 하지만 그럴 수가 없었다.

"기사?"

상반신에 사슬갑옷을 입은 기사 한 명이 병사 네 명을 이끌고 길을 막았다.

윌리엄 남작의 심복 부하 중 하나인 기사 루디가 박수를 쳤다.

"대단하군. 이급용병이라고 했나? 내 부하들은 모두 삼급용병인데 그들 다섯을 죽이다니. 하나는 뻗게 만들고. 확실히 이급이 틀림없군."

케이가 검을 든 채 이죽거렸다.

“니 부하들이 약한 거야. 난 정규 삼급용병이라고.”

“아아, 그래. 기사 앞에서 용병이 몇 급인지가 뭐 중요하겠어? 그따위 건 용병 일을 계약할 때 받는 돈에나 영향을 끼치는 거지. 그래서 말인데, 너 내 밑에서 일해보지 않겠냐?”

케이가 뜻밖의 말에 어리둥절한 얼굴이 되었다.

“무슨 헛소리야? 난 네 부하를 다섯이나 죽였다고.”

루디가 히죽 웃었다.

“알아. 그래서 내 수족이 되는 놈 다섯이 부족해졌지. 그리고 넌 그 다섯보다 강하니 네가 그 자리를 채워주면 나는 손해 볼 것 없잖아. 오히려 이익이지.”

케이는 어이가 없었다.

“진심이냐?”

루디가 고개를 끄덕였다.

“물론이지. 기사는 거짓말을 하지 않는… 건 아니지만 그래도 지금은 진실이야.”

“나를 살려준다고?”

“당연하지. 내 부하를 내가 왜 죽이겠어? 남작님께도 잘 말씀드릴 테니 걱정하지 마.”

케이는 살고 싶었다. 하지만 그것도 어지간한 놈 부하가 되는 때의 이야기다.

케이가 피식 웃었다. 그리고는 검을 곧게 세우며 루디를 노려보았다.

"지랄하고 자빠졌네. 나는 케이야. 너 같은 쓰레기의 부하가 될 생각은 눈곱만큼도 없어."

루디가 비웃는 표정으로 말했다.

"거절하면 너는 죽는다."

"나는 안 죽어. 오크 다섯 마리도 이겼고 니 부하 여섯 놈도 이겼어."

루디가 피식 웃으며 검을 뽑았다.

"이급용병 정도로 기사를 상대할 수 있다고 생각하나? 저승에 가서 실컷 후회해라."

건들거리던 루디지만 일단 검을 들자 그 기도가 완전히 달라졌다. 얼굴은 여전히 비웃음 가득했지만 그 검에서 풍기는 기운은 극도로 날카로웠다.

케이는 바짝 긴장했다.

'역시 기사가 세기는 세구나.'

삼급용병인 그가 기사와 싸워본 적은 당연히 없다. 몇 년 전에 기사가 이끄는 몬스터 토벌에 참여한 적은 있다. 그 당시 십대 중반이던 견습 삼급용병 케이는 고블린이나 겨우 상대하는 수준이었다.

'그때 봤던 기사는 정말 강했지. 이자는 그만큼은 아닌 것 같군.'

루디가 위압감이 그의 기억 속의 그 모습만큼은 아니었다. 하지만 온몸이 서늘해질 정도의 기세는 웃어넘길 수 있는 것이 아니다.

갑자기 옆구리와 등에 칼을 맞았다는 사실이 생각났다. 신의 힘에 의해 어느 정도 보호받는 몸속은 아직 멀쩡했다. 하지만 겉에 입은 부상은 큼지막했다. 적어도 겉보기에는 중상이었다.

잊고 있던 상처가 아팠다.

저도 모르게 짧은 신음 소리가 새어 나왔다.

"크윽!"

루디가 웃었다.

"으하하하! 이급용병 주제에. 그것도 중상을 입은 놈이 나루디를 상대하겠다고? 이놈, 잘게 썰어주마."

루디가 땅을 박차고 케이에게 달려들었다. 병사들의 움직임과는 비교도 되지 않는 속도였다.

루디가 검을 빠르게 휘둘렀다. 그의 검이 고속으로 움직이며 깔끔한 반원을 그렸다.

케이의 향상된 동체 시력으로도 그 움직임을 제대로 잡기 힘들었다. 그의 가슴에서 피가 튀었다.

"큭!"

케이가 뒤로 빠르게 물러섰다.

루디는 느긋했다.

"움직임이 아직 살아 있구나. 검이 생각보다 조금 얕게 들어갔나 보군. 하지만 그 운은 한 번뿐이다."

케이는 방어만 해서는 승산이 전혀 없다는 것을 깨달았다.

기사의 검을 막으려고 하다가는 결국 여기저기가 잘게 썰리
게 될 것임을 깨달았다.

"하압!"

그는 기합과 함께 루디에게 달려들었다. 검은 예전보다 확
실히 가볍게 느껴졌다. 그의 검이 위압적인 바람 소리를 내며
루디에게 똑바로 날아갔다.

루디가 콧방귀를 뀌었다.

"흥!"

그의 칼이 날아오는 케이의 검에 부딪쳤다. 그와 함께 칼이
회전했다. 기사의 검술이었다. 케이의 검은 루디의 칼의 움직
임에 말려들어 바깥쪽으로 휙 밀려났다.

케이의 얼굴에 낭패한 기색이 역력했다.

루디의 검이 케이의 오른쪽 가슴을 향해 똑바로 날아왔다.

"쓰러져!"

루디는 이 한 번의 검으로 케이를 죽일 생각은 없었다. 아
직 장난감에게 질리지 않았다. 단지 치명상을 입혀 전투력을
빼앗으려는 목적이었다.

날아오는 검을 보며 케이의 눈이 커졌다.

'빠르다.'

그러나 순순히 죽어줄 수도 없다. 그는 있는 힘껏 허리를
뒤로 젖혔다.

생명의 위기가 닥치자 그의 심장이 빠르고 강하게 한 번 쿵

뛰었다. 신성임무수행체가 눈을 떴다. 피가 또 한 방울 떨어져 나왔다. 본체에서 떨어져 나온 피는 그 즉시 케이의 몸에 흡수되었다.

케이의 허리를 젖히는 속도가 평소보다 더 빨라졌다.

루디의 칼이 케이의 가슴을 스치고 지나갔다. 가슴에 다시 기다란 상처가 생기며 피가 뿜어져 나왔다.

케이는 간발의 차이로 치명상을 면했다.

케이는 그 상태에서 뒤로 몇 걸음이나 빠르게 물러선 후에 겨우 몸을 세웠다.

케이는 온몸이 아파서 미칠 지경이었다. 하지만 그는 아직 살아 있었고 몸은 오히려 싸우기 전보다 좀 더 가볍게 느껴졌다. 여유가 약간 생긴 그는 루디를 노려보며 말했다.

"크윽! 아프다. 진짜 아프다. 허리가 아프다. 아이고 허리야. 내가 허리만 멀쩡했어도 넌 죽었어."

케이의 놀리는 말에 루디의 눈이 날카로워졌다.

정식 기사가 이급용병을 상대로 두 번이나 칼을 날려서 치명상을 입히지 못했다고 하면 그것은 상당한 수치가 된다.

루디가 이를 갈았다.

"쥐새끼 같은 놈. 도망치는 재주는 일급이구나."

케이가 검으로 루디를 겨눴다.

"기사랑 싸워보니까 생각보다 별것 아니네. 진짜 기사가 그럴 리는 없고. 너, 가짜지? 사슬갑옷만 입으면 다 기사냐?"

루디의 얼굴이 수치로 붉어졌다.

"장난은 끝이다. 당장 죽여주마!"

루디가 검을 들고 케이를 향해 한 걸음씩 다가왔다. 그가 다가올수록 점점 살기가 강해졌다.

케이는 바짝 긴장했다. 말은 청산유수였지만 그는 루디가 진짜 기사임을 알고 있었다.

'당연히 난 상대가 안 된다. 하지만 해볼 만할 것 같은 이 기분은 뭐지?'

그의 자신감은 조금 전의 싸움에서 나온 것이다. 루디와 겨뤄보니 그의 검은 확실히 빨랐다. 하지만 처음의 검은 그 움직임을 전혀 알 수 없었는 데 반해 두 번째 것은 대충이라도 볼 수 있었다.

'이놈만 물리치면 남작을 위해 더러운 일을 할 놈이 없겠지? 그럼 그 꼬맹이도 조금 더 안심하고 살 수 있을까?'

엉뚱한 욕심까지 들었다.

케이가 목숨을 걸었다. 그러자 케이의 심장이 서서히, 그러나 강렬하게 뛰기 시작했다.

뛰는 것은 그의 심장이지만 강렬하게 뛰게 하는 것은 심장을 감싸고 있는 신의 피다.

신성임무수행체는 케이의 몸이 신의 피를 한계에 가깝게 받아들였다고 판단했다. 아무리 극한상황에 몰아쳐진 상태라도 신의 피를 무한정 받아들일 수는 없다. 여기서 추가로 흡수시키는 것은 별로 좋지 않다. 그것은 피의 추가 흡수를 금지시켰다.

그러나 케이는 지금 목숨을 걸었다. 그 의지에 의해서 단단히 뭉쳐진 신의 피가 강제로 분리되었다. 단 한 방울이었다. 그것은 그의 몸에 빠르게 흡수되었다.

루디는 케이에게 다가가며 내심 당황하고 있었다. 케이는 자신의 접근을 조금도 두려워하지 않는 것처럼 보였다.

"건방진 용병 새끼. 죽엇!"

루디의 검이 날카로운 반원을 그렸다. 빠르고 강력한 일격이 위에서 아래로 사선을 그리며 케이에게 날아갔다.

그 검의 움직임이 케이의 눈에 잡혔다.

'빠르다. 하지만 보인다.'

케이는 그 즉시 있는 힘껏 몸을 비틀었다. 어려서부터 몬스터 사냥으로 단련된 케이의 몸이 사선으로 기울어졌다. 루디의 검과 정확히 수평을 이루는 자세였다. 루디의 검이 케이의 몸을 스치듯 타고 지나갔다.

'기회다!'

케이는 바로 지금 반격해야 한다고 느끼고 있었다. 하지만 그가 가진 용병검술로는 지금 이 자세에서 기사에게 효과적인 타격을 입히기에는 무리가 있었다.

'방법을 찾아야 해. 안 그럼 죽는다!'

케이의 머릿속에 각인된 고대 인간의 전쟁 지식은 모두 깊은 무의식의 공간 속에 가라앉아 있었다. 케이가 그 사실을 인식하지 못하는 동안은 지식도 꺼내어지지 않았다.

그러나 케이가 루디를 죽일 방법을 찾기 위해서 머리를 미친 듯이 돌리자 그 지식의 아주 작은 끄트머리 하나가 살짝 풀려 나왔다.

케이의 손이 스윽 올라갔다. 큰 힘은 들어 있지 않은 동작이었지만 그 손에는 검이 들려 있었다. 날카로운 검끝이 부드럽게 올라가며 루디의 목으로 날아갔다.

루디는 자신의 공격이 실패했다는 사실에 기겁을 했다. 그는 틀림없이 승리를 자신했다. 그래서 수비는 전혀 신경 쓰지 않았다. 그러나 공격이 실패하자 반격에 대한 두려움으로 몸이 굳었다.

그리고 그의 시야 바깥 아래쪽에서 검이 올라왔다. 공격에 집중했기에 그 검을 발견하는 것이 조금 늦었다.

하지만 루디는 그 공격을 크게 위험하게 느끼지는 못했다.

루디가 콧방귀를 뀌며 목을 젖혔다. 한 걸음 물러나기까지 했다.

"훙!"

그는 간단한 동작으로 케이의 검의 공격권에서 벗어났다.

가볍게 날린 케이의 검이 조금 흔들렸다. 칼날의 끝이 지금까지와는 다른 궤도로 꺾였다. 빗나갈 것만 같던 칼날이 그의 목을 살짝 베고 지나갔다.

루디가 목을 잡고 비명을 질렀다.

"으아아아!"

곧바로 그의 손가락 틈 사이로 피가 뿜어졌다. 베어진 곳은 치명적인 급소였다. 경동맥이 잘려 나간 루디는 정신이 멍해지며 무릎을 꿇었다.

기사라는 존재는 인간의 한계를 넘어서는 신체 능력을 가진 사람이다. 루디는 자신이 수련한 기운을 조절하여 목의 출혈을 막으려고 했다. 지금 응급조치만 취할 수 있다면 회복 포션이나 마법사의 힐링 마법으로 살 수 있었다.

케이의 발이 그런 루디의 머리를 걷어찼다.

"컥!"

루디가 짧은 신음 소리와 함께 자빠졌다. 루디가 기운의 조절에 실패하고 죽음의 나락에 떨어졌다.

케이는 루디를 살려줄 생각이 전혀 없었다. 용병의 세계에서 자기를 죽이려는 자를 죽이는 것은 죄가 되지 않았다. 자신을 거의 죽일 뻔했다면 더 말할 것도 없다. 용병만이 아니라 누구라도 정당방위는 본능이다. 상대가 귀족만 아니면 괜찮았다.

하지만 루디는 귀족이 데리고 있는 기사다. 이 일이 좋게 넘어갈 리가 없다.

'후환은 무슨. 어차피 나를 죽이려던 놈이다. 살려두면 다시 죽이러 오겠지.'

케이는 회복 포션이나 힐링 마법의 위력을 잘 안다. 이 정도 부상은 평소라면 생명을 위협하는 중상이다. 하지만 여기에 회복 포션이나 힐링 마법 한 방이 떨어지면 단숨에 치료되는 부상이기도 하다. 칼에 맞은 상처에는 마법이나 신관의 치료만한 것이 없다.

병사 다섯과 기사 하나가 케이의 손에 죽었다. 병사 하나는 완전히 뻗어 있다.

다른 병사 넷은 그 모습을 보고 겁에 질렸다.

"으… 으으, 보통 놈이 아니다."

"다, 달아나자."

병사들은 전의를 완전히 상실하고 도망쳤다. 하지만 케이는 그들을 쫓지 않았다.

오히려 그는 자리에 털썩 주저앉았다.

"아프다. 젠장."

옆구리에 한 대, 등에 두 대, 가슴에 두 대. 그는 칼에 총 다섯 번이나 맞았다. 예전 같았으면 그중 하나만 맞아도 생사를 오갈 수 있었다.

케이는 자신의 상처를 점검해 보았다.

"다행히 깊은 상처는 없네. 다 겉만 다쳤나 보다."

그는 한숨을 쉬었다.

"휴우. 내가 뭘 해야 할지는 결국 결정된 건가? 하지만 이 상태로 데이지를 찾아갈 수는 없으니 참 곤란하네."

케이는 검으로 땅을 짚어 일어서고는 터벅터벅 걸었다.

"이 사람들을 어디서 찾아야 하려나."

그의 고민은 오래가지 않았다. 그가 기거하는 오두막으로 걸어가자 곧바로 한 남자가 따라붙었다.

미행이라고 할 수도 없었다. 남자는 대놓고 따라왔다. 인적이 드문 곳에 도착한 후, 케이가 획 돌아서며 말했다.

"이봐요. 나 좀 봐요."

남자는 케이 쪽으로 성큼성큼 다가왔다.

"당신이 케이?"

"누가 보냈어요?"

“꽃.”

케이가 씩 웃었다.

“저항군?”

남자가 고개를 끄덕였다.

“싸움은 잘 보았습니다.”

“구경만 했다고요?”

“도와줄 필요를 전혀 못 느꼈습니다. 실력이 보통이 아니더군요.”

“그래 봐야 정규 삼급용병이에요.”

남자가 헛웃음을 터뜨렸다.

“허허. 남작이 특별히 아끼는 병사 열 명과 싸워 다섯을 죽이고, 그거로도 모자라서 성질 포악한 기사 루디를 검으로 싸워 죽인 사람이 삼급용병? 언제부터 용병 등급이 그렇게 어려워졌습니까? 그러면 인간계 용병의 대부분은 견습 삼급이겠군요. 아니지, 일급용병만 되면 마족도 상대하겠군요. 만세. 마계는 곧 용병들이 점령하겠습니다.”

케이가 인상을 썼다.

“단지 요새 운이 좀 좋아서 그런 것뿐이에요. 하여간 나 지금 많이 아프거든요? 일단 쉴 곳이랑 약 좀 마련해 줘요.”

남자는 케이의 몸을 훑어보더니 품에서 붉은 작은 병 하나를 꺼내 넘겨주었다.

“상처가 심한 것 같으니 이걸 마십시오.”

케이는 그 병이 무엇인지 안다. 케이가 병을 받아 들며 침을 꿀꺽 삼켰다.

"이거 설마 그거 아니죠?"

"회복 포션입니다."

"컥! 상처 회복에 즉효라는 그 회복 포션? 이거 하나에 금화 몇 개나 하지 않아요?"

"보통 금화 다섯 개. 아무리 싸게 사도 세 개는 줘야 하는 물건이지요."

케이가 병을 슬그머니 품속에 넣으며 말했다.

"안 마시고 그냥 가지면 안 될까요? 팔려는 게 아니라 기념으로 하려고요. 진짜예요."

남자가 고개를 저었다.

"당신의 부상은 즉시 회복되어야 합니다. 그렇게 피를 뚝뚝 떨어뜨리는 상태로는 남작의 눈을 피해 도망칠 수 없어요."

케이는 아까워 죽겠다는 표정으로 병의 마개를 열었다. 그리고 혀끝으로 포션을 살짝 핥았다.

"씁쓰레하고 야리꾸리하면서도 제법 시원하네. 아, 회복 포션이란 것이 이런 맛이었구나. 내 팔자에 회복 포션을 다 마셔보다니."

"계속 핥고 있으려면 도로 내놓으십시오."

망설이던 케이는 할 수 없이 회복 포션을 꿀꺽 들이켰다. 마지막 남은 한 방울까지 마시기 위해서 혀 위에 포션 병을 탁탁 치기까지 했다.

회복 포션의 능력은 정말로 탁월했다. 그의 몸에 있는 상처들에서 서서히 빛이 나며 아물기 시작했다. 빛은 잠시 뿜어지더니 어느새 사라졌다.

케이가 상처 부위를 만져 보며 말했다.

"우와아! 역시 비싼 게 좋기는 좋네요. 벌써 멀쩡해졌어요. 대단한데요?"

케이보다 남자가 더 당황했다.

"포, 포션의 치료력이 대단하기는 하지만, 그 정도로 빠르지는 않은데……."

케이가 옷의 찢어진 부분을 열어 보이며 말했다.

"보세요. 완전히 나았다고요."

남자가 나름대로 납득하고 말했다.

"상처가 생각보다 훨씬 더 얕았군요. 정말 피부만 살짝 다친 모양입니다. 단지 피만 많이 났었군요. 저는 꽤 큰 부상인 줄 알고 포션을 준 겁니다."

"피부만 살짝은 아니고 조금 더 깊게 다치기는 했거든요?"

"아아, 알겠습니다. 원래 칼에 맞은 사람은 곁에서 보는 것보다 더 아픈 법이지요. 하지만 결과가 엄살임을 증명합니다."

"우이씨. 좀 더 다친 것 같았는데……."

"상처가 다 나았으면 이제 우리 아지트로 갑시다. 시간을 너무 지체했습니다."

포션에는 원래 신성력이 들어간다. 케이의 몸속에 가득 차 있는 것이 신성력이다. 더구나 심장에 있는 것은 신의 힘 자체였다.

윌리엄 남작이 자리에서 벌떡 일어섰다.

"뭐야? 루디가 당해? 어떤 놈에게? 기사냐?"

도망쳐 온 병사가 급히 말했다.

"아닙니다. 용병입니다."

"용병? 최소한 일급용병이구나. 일급용병은 비싸다. 누가 감히 일급용병을 고용해? 저항군이냐?"

"그, 그게… 본인은 삼급용병이라고 주장하고 기사 루디는 이급용병이라고 판단하던 놈이었습니다."

"말 같은 소리를 해라. 그런 놈이 어떻게 삼급이나 이급용병이냐? 아니지. 그놈이 먼저 루디를 습격했느냐? 기습에 당했어?"

"그게 아닙니다. 그놈은 이번 빈민가 소각 작전을 방해하고 있었습니다. 그래서 기사 루디가 직접 그놈을 처단하러 갔습니다만……."

"그랬는데 거꾸로 당했다고? 이 병신 새끼들. 루디가 당할 때까지 너희들은 뭐 하고 있었느냐?"

"저희들도 죽도록 싸웠습니다만 그자가 너무 강했습니다.

저희 열 명 중에 다섯이 그 싸움으로 죽었습니다.”

병사가 남작의 눈치를 보다가 재빨리 한마디 덧붙였다.

“물론 그놈도 중상을 입었습니다. 지금쯤 생명이 경각에 달했을 겁니다.”

윌리엄 남작이 부들부들 떨었다.

“루디가 죽어? 감히 루디를 죽여?”

남작의 옆에 서 있던 기사가 앞으로 투덜거렸다.

“남작님, 루디 하나 죽은 것 가지고 뭘 그렇게 놀라십니까? 저에 비하면 루디 정도는 아무것도 아니었습니다.”

“텔레칩, 루디가 죽은 것 때문에 귀족인 내가 흥분하는 것이 아니야. 저항군 놈들이 내 기사를 죽였다. 그놈들이 죽으려고 환장한 것임에 틀림없다. 겨우 거기다 불 좀 질렀다고 그런 짓을 해? 감히… 감히!”

텔레칩은 여유만만했다.

“남작님, 이 일은 저에게 맡겨주십시오. 그 용병 놈, 제가 처리하겠습니다.”

남작의 얼굴이 환해졌다.

“기사 텔레칩, 자네가 이 일을 맡아주겠는가?”

“가볍게 잡아 죽이겠습니다.”

“하하, 그렇지. 자네라면 그가 설사 일급용병이라고 해도 죽일 수 있지. 그러나 그놈은 벌써 도망치지 않았을까?”

“중상을 입었다면 도망치지 못합니다. 만에 하나 회복 포선을 마셨다고 하더라도 완전히 낫는 데 시간이 걸립니다. 기껏해야 치료약 정도나 발랐을 테니 아마 멀리 가지는 못하고 도시에 숨어 있을 겁니다.”

“하긴 저항군 놈들의 일당이 틀림없으니 도시에 숨어 있겠지. 찾을 수 있겠는가?”

텔레칩이 히죽거렸다.

“아시잖습니까? 그리고 제까짓 놈이 아무리 숨어봤자 도시 안입니다. 쉽게 찾을 수 있습니다.”

윌리엄 남작이 크게 웃었다.

“으하하하! 그래, 그래. 그럼 기사 텔레칩, 자네가 그놈을 확실히 처치해 주게. 이 기회에 감히 나에게 반항한 저항군 놈들도 좀 조져 놓도록.”

“확실히 조지겠습니다.”

케이가 어두운 골목길을 걸어가며 물었다.

“난 케이. 아저씨 이름은 뭐예요?”

“로이드입니다.”

“데이… 아니, 꽃이랑은 무슨 관계예요?”

“부탁을 받았습니다.”

케이가 고개를 끄덕였다.

“하긴, 꽃이 어디 보통 예뻐야 말이죠. 로이드 아저씨라고 해도 부탁을 거절하기는 힘들었을 거예요.”

로이드가 피식 웃었다.

"그런 관계는 아닙니다."

"그럼요. 관계가 생기기에는 아저씨 나이가 좀 많아 보이네요. 역시 꽃에게는 저처럼 젊은 사람이 어울리지요."

그들은 어느새 빈민가에 도착했다. 로이드가 한 문 앞으로 가서 간단한 노크로 수신호를 했다.

이윽고 문이 열렸다. 로이드를 따라 들어가는 케이는 정신을 집중했다.

'함정인지도 모른다.'

경계하며 안쪽으로 어느 정도 들어가자 갑자기 환한 공간이 나왔다.

작은 사람이 후다닥 달려들었다.

"오빠!"

케이는 진짜로 깜짝 놀랐다.

"에, 에이미?"

케이가 불길 속에서 구한 에이미가 그에게 안겼다.

"네. 저예요, 에이미."

에이미는 케이에게서 떨어지더니 치맛자락까지 잡고 정식으로 인사했다.

"목숨을 구해주서서 감사합니다, 오빠."

여동생이 없는 케이는 오빠 소리를 듣자 저도 모르게 기분이 좋아졌다.

하지만 지금은 마냥 좋아하고 있을 수만은 없는 상황이었다. 그는 에이미의 머리를 쓰다듬으며 로이드를 돌아보았다.

"저기요, 내가 이 도시에 저항군이 많다는 소리는 들었지만요. 하필 저항군 꼬마 아가씨가 사는 집에 불이 질러진 것이 우연 같지는 않거든요?"

로이드가 고개를 끄덕였다.

"아마 우리를 견제하기 위한 수단이었겠지요. 그리고 여기는 우리 저항군의 비밀 장소 중 하나일 뿐입니다. 에이미의 비중은 그렇게 높지 않아요."

"하긴, 이런 꼬맹이가 중책을 맡는다면 저항군의 꼴은 안 봐도 뻔하지요."

에이미가 입을 쭉 내밀었다.

"오빠, 나 꼬맹이 아니거든요?"

케이는 꼬맹이의 말을 싹 무시하고 로이드를 돌아보았다.

"자, 로이드 씨. 내가 만나볼 사람이 있을 것 같은데요?"

로이드가 웃었다.

"듣던 대로 머리 돌아가는 속도가 장난이 아니시군요? 정말 용병 맞습니까?"

"누구나 책을 많이 읽으면 머리가 잘 돌아가요."

"책 좀 읽은 용병이라. 재미있군요. 뭐, 상관없습니다. 개인의 취미 생활에 대해서 왈가왈부할 만큼 우리 저항군이 엄격한 것은 아니니까요. 일단 여기서 며칠 휴식을 취하신 후

다음 장소로 이동하시지요. 수일 내로 우리 저항군의 대장님을 만날 수 있도록 해드리겠습니다. 대장님이 케이 씨에게 관심이 많습니다."

케이가 적당한 자리를 찾아 털썩 주저앉으며 배를 쓰다듬었다.

"힘을 많이 썼더니 배가 고파요. 밥부터 좀 주세요."

케이의 몸에 입은 외상은 흉터조차 제대로 남아 있지 않았다. 그것은 이미 포션을 마신 직후 모두 치료되었다.

그런데 회복 포션은 외상 전문이다. 전투 중에 입은 내상이나 신체 피로에도 효과는 있지만 완전히 치료하기는 어렵다.

케이가 어느 정도의 내상을 입었는지는 그곳에 있던 저항군 사람들은 전혀 알아내지 못했다. 입은 내상이 없으니 당연했다. 그래서 다들 케이가 쉬도록 배려했다.

어쨌든 케이는 며칠 푹 쉬고 나니 온몸이 날아갈 것만 같았다.

"으다다다! 이제 지겨운데 대장이라는 사람은 언제 만나는 거야? 나도 여기서 평생 숨어 지낼 수는 없다고."

저항군도 모두 자기 일이 있다. 할 일 없는 소녀 에이미가 자청해서 케이를 돌봐주는 임무를 맡고 있었다.

"그렇지 않아도 대장 아저씨가 오늘쯤 오빠 만나려고 한대요. 로이드 아저씨가 그러더라고요."

케이가 반색을 하며 일어섰다.

"그래? 그럼 어서 가자."

에이미가 깜찍한 얼굴로 어른스러운 표정을 지어 보이며 말했다.

"안 돼요. 지금 바깥에서는 텔레칩이라는 기사가 오빠 찾느라고 다 들쑤시고 다닌다고요."

"텔레칩? 사기꾼 같은 이름이네. 남작의 부하냐?"

에이미가 어이없다는 듯이 말했다.

"어떻게 텔레칩을 몰라요? 그래도 그놈이 사기꾼인 건 아네요?"

"이름만 들어도 사기꾼 같잖아."

"텔레칩은 사실 남작의 부하들 중에서도 아주 센 놈이에요. 우리 도시의 무투대회에서 우승했었거든요. 그리고 아주 나쁜 놈이에요. 그놈 손에 죽은 아저씨, 아줌마들이 얼마나 많은데요."

케이는 깜짝 놀랐다.

"헛! 무투대회 우승자? 아무리 작은 도시라지만 우승자라니. 규모가 어느 정도였는데?"

"그 대회에 수십 명이 참가했어요. 거기서 우승했다고요."

"기사가 무투대회 참가라니, 미친놈 아냐? 하여간 진짜 기사 맞나 보다. 나 같은 건 상대도 안 되겠네."

에이미가 고개를 갸웃거렸다.

"로이드 아저씨 말로는 오빠도 꽤 세다던데요?"

케이가 웃으며 손을 흔들었다.

"하하하! 꼬맹아, 이 오빠는 말이다. 세기는 센데 그래도 정규 삼급용병이거든? 기사한테는 상대가 되지 않아."

"그래도 루디라는 기사를 죽였잖아요."

케이는 자신이 얼마 전까지 삼급용병이었음을 확실하게 알고 있었다. 용병 길드에서 정식으로 측정한 것이니 의심할 여지가 없다.

그리고 지난 일 년간은 글래시스 남작의 일을 도와주느라 수련도 제대로 하지 못했다.

'책을 읽는다고 해서 검술 실력이 늘었을 리가 없지. 만약 책을 읽어서 수련이 된다면 현자는 전부 소드 마스터가 되게?'

"운이 좋아서였을 거야. 요새 내 싸움 운이 아주 끝내주거든. 그리고 그놈은 아무래도 가짜 기사 같았어. 기사치고는 영 수준이 떨어지더라고. 아마 남작의 위세를 등에 업고 몰려다니니 다른 사람들이 건드리지 못했던 거겠지."

케이로서는 꽤나 논리적인 결론이었다. 에이미는 케이가 그렇다고 하자 조금 실망한 얼굴로 말했다.

"하긴, 루디는 약한 사람들만 괴롭히고 다녔어요. 무투대회에도 나오지 않았다고요."

"거봐. 그놈은 원래 약했어. 그걸 숨기고 기사인 척한 거야. 하지만 텔레칩이라는 놈은 진짜 기사일 거야. 잘못 붙으면 끝장이다."

에이미는 잔뜩 실망한 얼굴이 되었다.

"에에, 오빠 약하구나."

"이 녀석이. 정규 삼급용병이라고 하면 어디 가서 맞고 다니지는 않아. 오크 한 마리쯤은 얼마든지 찜 쪄 먹……."

케이가 갑자기 입을 다물고 고개를 갸웃거렸다.

'가만있자, 내가 오크 다섯 마리를 죽인 것은 틀림없잖아. 다시 생각해 봐도 그때 운이 좋았기는 했지만… 생명을 건 그 싸움에서 내 실력이 좀 올라간 걸까? 나 어쩌면 위기를 겪으면 더 강해지는 그런 체질 아닐까? 에이… 설마… 그래도 혹시 모르지.'

"나중에 용병 길드에 들러서 승급 시험이라도 한번 봐야겠다. 그거 돈이 워낙 많이 드는 거라 안 하려고 했는데 이제 궁금해서 안 되겠네."

케이가 은거지에서 나와 움직이기 시작한 것은 깊은 밤이 되어서다. 안내역은 에이미가 맡았다.

에이미가 하품을 하며 걸어갔다.

"아앙, 졸려요."

"어느 책에서 읽었는데 미인은 잠꾸러기라더라."

"헤에, 그래서 내가 잠이 많았구나."

"꼬맹이 너는 앞으로 잠 아주 많이 자야겠다. 미인 되려면."

"이잇!"

투탁거리며 길을 걷던 케이가 걸음을 멈추고 에이미의 팔을 잡았다.

"꼬맹아."

"꼬맹이 아니라니까요. 저는 숙녀예요."

"이 길이 틀림없니?"

"그럼요. 얼마 안 남았어요. 어서 가요."

케이의 눈이 날카로워졌다.

"우리가 거기 가는 걸 누가 알고 있지?"

에이미가 그 눈빛에 질려 떨기 시작했다.

"오빠, 무서워요."

케이의 눈은 이제 주변을 훑었다.

"에이미, 확실히 대답해라. 누가 알고 있니?"

"그걸 내가 어떻게 알아요? 난 그냥 오빠를 거기로 데려오라는 말만 들었어요."

케이가 끄덕였다.

"하긴, 너 같은 꼬맹이한테 많은 것을 가르쳐 줄 리가 없지. 나라도 그런 일은 안 해."

"날 믿지 못해서요?"

"아니, 위험하니까."

케이가 에이미를 끌어안으며 말했다.

"어떤 놈들이 도둑고양이처럼 몰래 쳐다보고 있는 거냐? 기어나와라."

어둠 속에서 박수 소리가 들렸다. 박수를 치는 남자 한 명이 천천히 걸어나왔다.

"대단해. 우리의 매복을 눈치 채기는 쉽지 않았을 텐데. 역시 보통 놈이 아니구나."

남자의 뒤에는 십여 명의 사람들이 따라붙어 있었다. 모두 평복을 입고 있었다.

케이가 남자를 보고 피식 웃었다.

"매복한다는 놈들이 그렇게 부스럭거리면 보통 놈이라도 다 알아."

남자도 웃었다.

"하하하! 그래, 귀가 좀 밝다 그거지? 역시 검에 자신이 있다는 건가? 그 알량한 재주를 믿고 까부는 거냐?"

케이가 즉시 맞받아쳤다.

"나는 정규 삼급용병. 내 귀에 소리가 들릴 정도면 니들 실력이 부족한 거지."

"웃기는군. 실력을 숨겨보겠다? 하지만 이미 너의 전투력에 대해서는 조사가 끝났다. 단순히 운이 좋은 이급용병. 너는 내 상대가 안 돼."

케이가 검을 잡으며 적들을 훑어보았다. 쉬운 상황은 아니었다.

'하지만 요새 내 전투 운이 기차게 좋으니까.'

케이가 에이미를 뒤로 밀며 말했다.

"꼬맹아, 도망쳐라. 여긴 내가 맡으마."

에이미가 눈물을 글썽거렸다.

"오빠, 같이 도망쳐요. 저놈들이랑 싸우면 오빠는 죽어요."

"내가 이래 봬도 정규 삼급용병이다. 저런 건달 패거리는 내 상대가 되지 않아."

에이미가 울먹이는 소리로 말했다.

"저 사람이 바로 텔레칩이라고요. 우리 도시의 무투대회 우승자예요."

케이의 얼굴이 핼쑥해졌다. 그는 텔레칩을 보고 말했다.

"네가 정말 텔레칩이냐?"

텔레칩이 가슴을 내밀며 말했다.

"애송이가 내 명성을 들어보았구나."

케이가 재빨리 머리를 굴렸다.

'요새 이놈이 나를 찾느라고 들쑤시고 다닌다더니. 젠장. 좀 더 조심했어야 했는데.'

마음속은 걱정이 가득하지만 얼굴은 당당했다.

"흥! 기사가 보통 사람들의 무투대회에 참가해서 분위기 망쳤다는 소리는 들었다. 너 사기꾼이지? 도대체 왜 거기에는 참가한 거냐?"

대도시의 무투대회라면 기사가 아니라 더 잘나가는 사람들도 무수히 참가한다. 하지만 이런 작은 곳에서의 무투대회는 축제의 성격이 더 강하다.

거기에 인간의 한계를 넘는 전투력을 가진 존재인 기사가 참가한다는 것은 축제를 망치는 짓이다. 승자가 이미 결정되어 있기 때문이다.

텔레칩이 당연하다는 듯이 말했다.

"돈이 되니까. 이 도시는 제법 돈이 도는 곳이다. 상금이 만만치 않았어."

케이는 등골이 서늘해졌다.

'상금이 많다면 최소한 이급, 어쩌면 일급용병도 참가했을지 모른다. 그들을 이겼다면 이놈은 루디와는 달리 진짜 기사겠지. 내 실력으로 기사를 상대하면?

아무리 생각해도 승산이 없었다. 그가 소리를 빽 질렀다.

"꼬맹아, 일단 뛰어!"

"나, 나 혼자요?"

"니가 도망쳐야 나도 도망가지!"

에이미는 그 말을 듣자 후다닥 달아났다.

"오빠, 내가 사람들 불러올 테니까 꼭 살아 있어야 돼!"

텔레칩은 에이미에게는 신경도 쓰지 않았다. 꼬맹이 하나 정도는 그의 관심 사항이 아니었다. 하지만 그는 에이미의 얼굴을 알았다.

"저 꼬맹이는 원래 불에 타 죽었어야 하는데. 너 때문에 아직도 살아 있군. 루디 놈, 일 처리해 놓은 꼴하고는."

케이가 검을 고쳐 쥐었다.

"역시 네놈들의 짓이 맞구나. 독한 놈들. 어린애한테 무슨 잘못이 있다고 그런 짓을 해?"

텔레칩이 자신의 검을 뽑았다.

"어른보다는 애를 죽여야 적을 더 자극할 수 있지. 유명한 애라면 더 좋고. 그래서 저항군 놈들이 눈 돌아가서 설쳐 줘야 내가 그것들을 잡아 죽이기 더 쉽지."

케이가 말로 선수를 쳤다.

"일 대 일이지?"

텔레칩이 웃었다.

"크흐흐흐, 너 따위를 상대하는 데 설마 남의 도움이 필요하겠느냐? 당연히 일 대 일이니 안심하고 덤벼라."

텔레칩이 한 손을 뒤로 흔들었다. 그의 부하 열 명이 큰 원을 그리며 두 사람을 포위했다.

텔레칩이 케이를 향해 여유있는 표정으로 검을 겨누며 말했다.

"도망칠 길은 없다. 자, 오너라."

케이는 정신을 바짝 집중하고 텔레칩를 노려보았다.

'그래, 기사가 별거야? 어렸을 때 봤던 그 기사는 특별한 사람이었을 거야. 이런 구석 지방 썩어빠진 기사는 별거 아니

야. 난 요새 싸움 운이 아주 끝내준다고.'

그는 자신이 기사의 상대가 안 된다고 믿고 있었다. 하지만 겁을 먹고 싸우면 같은 수준의 상대에게도 패하는 법이다. 그는 스스로를 설득했다.

그리고 그 말이 효과가 있었다. 그의 마음은 안정되었고 심장은 차분하게 뛰었다.

스스로의 몸이 완전히 컨트롤된다고 느낀 케이가 먼저 땅을 박차며 튀어나갔다.

"하압!"

강렬한 기합 소리와 함께 그의 검이 텔레칩의 옆구리를 노리고 움직였다. 두 손을 꽉 쥐고 힘껏 휘둘렀다.

텔레칩이 가볍게 비웃으며 칼을 옆으로 돌렸다. 그의 칼이 케이의 강력한 일격과 부딪쳤다.

케이는 힘으로 밀어붙이려고 했다. 하지만 두 검이 부딪치는 순간 텔레칩의 것이 슬쩍 기울어졌다. 케이의 검은 그 즉시 바깥으로 툭 밀려 나갔다.

기겁을 한 케이가 후다닥 물러섰다.

"기사의 검술?"

텔레칩이 웃었다.

"호호호. 초보적인 기사 검술이지. 제대로 된 것은 너에게 보여주기 아까워서 말이야. 그나저나 실망이구나. 겨우 그 정도였느냐? 그 실력으로 어떻게 루디를 죽였지?"

“너도 죽어보면 알아.”

“크흐흐흐! 루디 놈, 흥분하면 방심하는 경향이 있었지. 역시 조사한 바가 사실이었군. 그날 네 싸움 운이 무척 좋았나 보구나.”

케이가 이를 갈았다.

“으드득! 나도 알아.”

텔레칩이 검을 흔들었다.

“어서 재주를 더 피워봐라, 애송이야.”

케이는 주변을 훑었다. 이미 에이미는 없었다.

하지만 텔레칩의 부하들이 포위하고 있는 상황에서는 달아날 수가 없었다. 달아나려고 그 부하들과 싸움을 하는 사이에 텔레칩에게 등을 공격당할 확률이 너무 높았다.

아까는 달아날 수 있었지만 그러면 에이미를 포기해야 했다. 이제 딸린 짐은 없지만 달아날 길이 없었다.

지금은 싸울 때였다.

케이가 텔레칩을 노려보며 말했다.

“난 혼자서 오크 다섯 마리를 죽인 적도 있다. 조심하는 게 좋을 거야.”

텔레칩이 웃었다.

“크하하하! 겨우 오크 다섯 죽인 정도로 나를 위협해? 이 허풍선이 녀석. 으하하하… 엇?”

텔레칩이 고개까지 젖히고 웃는 사이 케이가 달려들었다.

그의 검이 텔레칩의 목젖을 노렸다.

텔레칩이 급히 몸을 뒤로 젖히며 물러섰다. 그러나 케이의 공격이 조금 더 빨랐다. 하지만 충분히 빠르지는 못했다.

케이의 검이 텔레칩의 가슴을 스치고 지나갔다. 미처 목까지 다다르지는 못했다.

그러나 텔레칩은 사슬갑옷을 입고 있었다. 단순히 스친 검은 사슬갑옷에 걸려 아무런 타격을 주지 못했다.

텔레칩이 가슴을 쓰다듬어 보더니 소리를 버럭 질렀다.

"사지를 찢어 죽여 버리겠다!"

그의 검이 케이의 다리를 노리고 날아왔다.

검은 빨랐다. 하지만 다행히 둘 사이에 거리가 있었다. 케이는 뒤로 훌쩍 피해 그 공격을 겨우 피했다.

바로 다음 순간 텔레칩이 케이에게 바짝 다가왔다. 그의 검은 어느새 케이의 가슴을 노리고 있었다.

케이의 눈에 검의 움직임이 흐릿하게 보였다. 케이는 있는 대로 힘을 쓰며 몸을 비틀었다.

몸통은 위험을 피했다. 하지만 텔레칩의 검이 그의 팔을 베고 지나갔다.

케이가 후속 타격을 피하기 위해서 몸을 던져 바닥을 뒹굴었다.

"크윽!"

그는 텔레칩을 떼어놓기 위해 쓰러진 채로 검을 크게 휘둘렀다. 그 기세가 상당히 대단했다. 급할 것 없는 텔레칩이 가볍게 물러섰다.

이런 전투에서 다쳤다고 누워 있는 것은 죽여달라는 것과 같았다. 케이는 오뚝이처럼 벌떡 일어섰다.

그의 왼팔에서 피가 줄줄 흐르고 있었다. 하지만 그의 두 손은 여전히 검을 굳게 잡고 있었다.

케이가 소리를 질렀다.

"야 이 새끼야! 아프잖아!"

텔레칩이 그 모습을 보고 의외라는 듯이 말했다.

"확실히 한 수가 있는 놈이구나. 난 틀림없이 네 팔을 잘랐다고 생각했는데 그게 아직 붙어 있다니. 하지만 그 정도로는 내 검을 피하지 못해."

텔레칩이 다시 다가왔다.

케이는 방금의 공격을 피하면서 정말 죽을지도 모른다고 생각했다. 확실히 텔레칩의 공격은 빨랐고 케이는 그 검의 궤적을 정확히 볼 수 없었다.

'제기랄. 이러다가 정말 죽겠다.'

만약 한 달 전의 케이라면 텔레칩은 고사하고 루디의 일격도 제대로 피할 수 없었다. 하지만 지금의 그는 텔레칩의 검을 흐릿하게나마 볼 수 있었다.

물론, 목숨이 경각에 달린 상황에서 그 정도로는 큰 도움이 되지 않았다.

그렇다고 그냥 죽을 수는 없었다. 케이가 검을 움직여 텔레칩을 공격했다. 가슴은 사슬갑옷으로 보호되고 있으니 처음부터 목을 노리는 공격이었다.

텔레칩이 비웃었다.

"겨우 이런 공격?"

그는 검을 가볍게 움직여 케이의 공격을 걷어내려고 했다. 딱 그만큼만 힘을 썼다.

케이의 눈이 반짝였다. 케이의 왼손이 허리춤의 단검을 쥐었다. 그는 그것을 텔레칩의 얼굴을 향해 던졌다.

"죽어!"

기사는 암습에 약하다는 속설이 있다. 케이는 그것을 믿어 보기로 했다.

텔레칩은 그냥 기사가 아니다.

일반 기사라고 해도 암습에 약해서는 목숨 보존하기 힘들다. 속설은 어디까지나 속설이다. 더구나 텔레칩은 사기를 잘 치기로 유명한 자다. 이런 것에 경험이 많다.

텔레칩이 비웃으며 고개를 휙 젖혔다.

"훗!"

케이가 작정하고 날린 단검이 그의 얼굴을 스치고 지나갔다. 얼굴에 얇은 혈선이 그어졌다.

텔레칩의 안색이 싸늘하게 변했다. 그는 손을 들어 자신의 뺨을 만져 봤다. 붉은 피가 묻어 나왔다.

"이 새끼가. 단칼에 토막 내서 죽여 버리겠다!"

텔레칩이 땅을 박찼다. 그의 몸이 고속으로 튀어나갔다. 그는 케이에게 돌격하며 진심으로 검을 휘둘렀다.

원래 기사의 돌격은 무섭다. 거기에 더해진 강력한 검격이 케이를 향해 날아왔다.

케이는 깜짝 놀라며 몸을 뒤로 날렸다. 하지만 텔레칩의 검이 더 빨랐다. 그의 검이 케이의 가슴을 쩍 가르며 지나갔다.

"으아악!"

케이가 비명을 지르며 비틀거렸다. 그의 가슴에서 피가 철철 흘러내렸다.

하지만 텔레칩은 놀라고 있었다.

"기사의 돌격에 당하고도 서 있어?"

케이가 검을 다시 들어올렸다. 가슴이 아파 죽을 것만 같았다. 하지만 상처는 깊지 않았다. 검기가 없는 텔레칩의 베기로는 케이의 몸속까지 벨 수 없었다.

상처는 커 보였지만 적어도 움직이는 데 큰 불편은 없었다.

케이는 조금 용기를 얻었다.

'버겁기는 하지만 전혀 상대 못할 놈은 아닌 것 같다.'

"이게 기사의 돌격이라고? 너도 루디처럼 가짜 기사였구나?"

텔레칩은 평소에 사기를 많이 치고 다닌다. 그래서 그는 기사답지 못한 놈이라는 말을 무척 싫어한다. 성질이 어찌 됐건 그는 정식 기사다.

그런데 그 정도가 아니라 가짜라는 말을 들었다. 텔레칩의 눈이 돌아갔다.

텔레칩의 몸에서 더 짙은 살기가 뿜어졌다.

"죽이겠다!"

케이는 살기의 압박을 받자 겁이 와락 났다. 정말 죽음이 임박한 것만 같았다. 더구나 이미 칼에 두 번이나 맞았다. 또 맞으면 진짜로 죽을 것만 같았다.

케이는 어차피 물러설 곳이 없었다. 그는 검을 꽉 쥐었다. 그의 심장이 강렬하게 뛰기 시작했다.

케이는 속은 겁이 나서 죽을 지경이라도 겉으로는 조금도 기가 죽지 않았다.

"웃기시네!"

텔레칩이 다시 땅을 박찼다. 그의 검이 다시 움직였다. 아까보다 더 빠르고 강력한 검이 날아왔다.

그 검의 움직임이 케이의 눈에 잡혔다. 케이는 텔레칩의 검이 어디로 날아올지 알아채자마자 즉시 몸을 옆으로 날렸다.

텔레칩의 검이 허공을 갈랐다. 돌격하던 그는 케이를 아슬아슬하게 스쳐 지나갔다.

케이는 옆에 착지하자마자 즉시 몸을 뒤로 비틀었다. 예전 같으면 가능한 동작이 아니었다. 하지만 죽음의 위기 앞에서는 무엇이든지 시도해야 했다.

"이야압!"

함성과 함께 허리가 끊어질 것처럼 빠르게 돌아갔다. 그의 몸이 고속으로 회전했다.

텔레칩 역시 뒤돌아서고 있었다. 그러나 그는 돌격을 한 직후다. 회전 속도가 한 박자 느렸다.

평소라면 문제가 없을 정도의 속도였다. 그러나 적어도 지금은 케이가 조금 더 빨랐다.

케이는 텔레칩의 가슴을 노리고 검을 찔렀다.

텔레칩은 크게 놀랐다. 그는 일개 용병인 케이가 자신보다 더 빨리 움직일 줄은 몰랐다.

텔레칩이 급히 검을 들어 케이의 공격을 걷어내려고 했다. 화려한 검술을 쓸 틈은 없었다. 텔레칩은 자신의 강한 힘을 선택했다. 그의 검이 케이의 것과 충돌했다.

케이도 죽을 각오로 힘을 쓰고 있었다. 신의 피에 둘러싸인 심장은 미친 듯이 뛰고 있었다. 신성임무수행체가 허가하자 심장에서 피 한 방울이 떨어져 나와 몸에 흡수됐다.

두 자루의 검이 부딪친 자리에서 불똥이 튀었다.

케이의 검은 계속 텔레칩 쪽으로 밀려들어 갔다. 텔레칩은 있는 힘껏 그 검을 걷어냈다. 케이의 검이 그 힘에 밀려 바깥으로 틀어졌다. 하지만 밀려나는 것보다 찌르는 검의 움직임이 더 빨랐다.

케이의 검이 텔레칩의 어깨에 충돌했다. 어깨는 사슬갑옷

에 의해 보호되고 있었다. 잠시의 저항이 느껴졌으나 케이는
이를 악물고 힘을 썼다.

"이야압!"

검이 어깨에 푹 박혔다. 오른쪽 어깨였다.

"크악!"

텔레칩이 비명을 지르며 뒤로 물러섰다. 그의 오른팔은 이
미 통제를 벗어났다. 검이 바닥에 툭 떨어졌다.

케이는 이 기회를 놓치지 않았다.

'이 기회를 놓치면 죽는다!'

케이는 검을 뽑음과 동시에 텔레칩을 어깨로 들이받았다.

검에 찔린 충격에서 완전히 벗어나지 못했던 텔레칩은 그
충격을 고스란히 받았다.

"커억!"

텔레칩이 한 걸음 더 물러섰다.

케이에게 그것이면 충분했다.

케이는 쭉 뽑았던 검을 그대로 콱 들이밀었다. 사슬갑옷이
다시 저항했지만 케이의 검을 막을 수는 없었다.

케이의 검이 텔레칩의 배를 뚫고 들어가 등 뒤로 삐죽 튀어
나왔다.

텔레칩의 눈이 크게 떠졌다.

"끄으으."

케이가 텔레칩의 배를 걷어차며 검을 쑥 뽑았다. 텔레칩이

피를 뿜으며 자빠졌다.

텔레칩은 케이를 향해 피에 젖은 손을 들며 말했다.

"커, 커억! 저, 정체가 뭐냐?"

케이가 마지막 일격을 텔레칩에게 먹이며 말했다.

"정규 삼급용병 케이!"

그의 검이 텔레칩의 숨통을 끊었다.

미친 듯이 뛰던 심장은 어느새 안정되었다. 숨을 고른 케이가 주변을 돌아보더니 소리를 빽 질렀다.

"꺼져!"

텔레칩의 부하들은 화들짝 놀라며 우르르 달아났다.

마침내 혼자 있게 된 케이가 검을 지팡이 삼아 짚으며 숨을 크게 헐떡였다.

"허억. 허억. 진짜 죽는 줄 알았다."

상황이 정리되자 그는 죽어 자빠진 텔레칩을 보았다.

"이놈이 진짜 기사일까?"

처음 경험했던 텔레칩의 검은 정말 무서웠다. 하지만 전투가 진행되자 그의 검이 그렇게까지 버겁지만은 않았다.

"하지만 말이 안 되잖아. 내가 어떻게 기사를 이겨?"

케이는 자신의 기억 속의 기사를 떠올렸다.

"옛날에 같이 몬스터를 토벌했던 그 기사는 검기를 쓸 수 있었잖아. 이놈은 검기를 못 쓰고."

케이는 남작의 저택에서 책깨나 읽었다. 검기를 쓰는 기사보다 그렇지 못한 기사가 훨씬 더 많다는 것을 잘 안다.

"나 혹시 진짜로 강해진 거 아닐까?"

하지만 아무리 생각해도 기사를 이길 정도로 수련을 쌓은 기억은 없다.

만약 그가 아무것도 모르는 무식한 인간이었다면 처음 오크를 이길 때부터 자신이 강해졌다고 생각할 수도 있었다. 하지만 그는 책을 너무 많이 읽었다. 어느 날 자고 일어났더니 몇 배나 강해져 있다는 것은 전혀 논리적이지 않았다.

논리적인 사고를 즐기는 케이가 피식 웃었다.

"그러고 보면 조금 강해지기는 했나 보다. 운까지 더해지면 이런 시골 잡기사 정도는 어떻게 해볼 수 있을 만큼."

케이가 몸서리를 부르르 쳤다.

"하지만 다시 기사와 싸우고 싶지 않아. 진짜 죽는 줄 알았다고."

그가 멍하니 서 있는 때에 몇 명의 사람이 달려왔다. 케이는 잠시 긴장했다. 하지만 이내 맥이 탁 풀렸다. 케이는 손까지 흔들었다.

"로이드 씨, 여기예요."

저항군 몇 명이 케이에게 다가왔다. 그들은 모두 검을 차고 있었다. 다들 잔뜩 긴장한 모습이었다.

로이드가 케이에게 다가왔다.

"케이 씨, 괜찮습니까? 부상이 상당히 심해 보이는데요?"

케이가 머리를 긁었다.

"그렇죠? 피도 많이 흘렸어요. 그래서 하는 말인데 혹시 그거 하나 더 얻을 수 없어요?"

"그거라니요?"

"그거 있잖아요. 회복 포션."

케이는 부탁하기가 미안했다. 회복 포션은 정말 비싼 물건이다.

하지만 당장 온몸이 부서질 것처럼 아팠다. 그리고 팔과 가슴의 상처는 분명히 칼에 맞은 것이다.

'내 상처가 절대로 경상일 리가 없지.'

로이드가 할 수 없다는 듯이 회복 포션을 꺼냈다.

"경비병들이 오기 전이 피해야 하니까 그런 부상 상태로는 안 되겠지요."

케이가 반색을 했다.

"와아! 또 있네요? 로이드 씨는 보통 부자가 아닌가 보네요."

로이드가 뜨끔한 표정으로 말했다.

"그게 마지막입니다. 더는 없습니다."

마지막이라는 말에 케이는 포션을 재빨리 마셨다.

"크으! 이 야리꾸리한 맛. 이 기분. 잊지 못할 거예요. 로이드 씨, 걱정 마세요. 내가 대상인이 되면 열 배로 갚을게요."

"부디 그러시기를."

그를 따라온 사람들 중 하나가 시체를 점검하다가 놀란 목소리로 말했다.

"이 시체, 텔레칩입니다!"

로이드도 깜짝 놀랐다.

"뭣이? 그의 부하가 아니라 텔레칩 본인이라고?"

케이가 의아한 얼굴로 말했다.

"에이미 못 만났어요? 내가 저놈과 싸운다고 안 전해주던가요?"

로이드가 어이없다는 듯이 말했다.

"이야기야 들었지만 당연히 당신이 도망치다가 부하 하나 죽인 것으로 생각했습니다. 설마 텔레칩을 죽일 정도의 실력자였다니……."

그가 놀라는 사이에 에이미가 후다닥 달려와서 케이에게 안겼다.

"오빠!"

케이가 에이미의 머리를 쓱쓱 쓰다듬었다.

"거봐, 나만 믿으라고 했잖아."

에이미가 환하게 웃었다.

"오빠, 난 오빠가 텔레칩 저놈보다 강할 거라고 믿고 있었어. 진짜야, 진짜."

"약하다며?"

"흥! 농담이야. 소녀의 농담도 이해 못해?"

에이미는 바로 옆에 시체가 피를 흘리고 있는데도 조금도 위축되지 않았다. 그 모습에 케이는 안쓰러움을 느꼈다.

'이 도시에서 사람 죽어나가는 것이 얼마나 흔한 일이면 이 아이마저… 정말 개판인 도시다.'

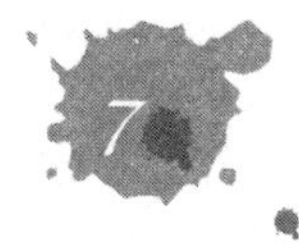

남작이 흥분해서 벌떡 일어섰다.

"뭐가 어쩌고 어째? 텔레칩마저 놈에게 당해?"

도망쳐 온 병사들이 벌벌 떨면서 엎드려 있었다.

"그렇습니다. 보통 놈이 아니었습니다."

남작이 의심스러운 눈초리로 말했다.

"거짓말을 하는 건 아니겠지? 보고에 의하면 그놈은 일개 용병이라고 했다. 텔레칩이 혹시 실수로 당했느냐?"

"아닙니다. 처음에는 그놈이 일방적으로 밀렸습니다. 하지만 마지막에 기사 텔레칩을 죽일 때는 달랐습니다. 그의 움직임은 기사 텔레칩 못지않게 빠르고 강했습니다."

화가 난 남작이 주먹으로 탁자를 쾅쾅 쳤다.

"그런 실력자라고? 평범한 용병이 아니구나. 저항군 놈들, 한번 해보자는 거지?"

남작의 옆으로 집사가 다가왔다.

"남작님, 진정하시지요."

"집사, 이게 진정할 일인가? 이건 저항군 놈들의 음모야. 이렇게 강한 놈을 고용하다니. 그놈들이 나를 제거하고 이 도시를 먹을 수작이라고!"

집사가 고개를 끄덕였다.

"그 용병 놈은 보통이 아닙니다. 실력을 숨기고 있다가 마지막에 정체를 드러낼 만큼 음흉합니다."

"그렇지. 그런 놈을 고용한 것을 보면 저항군 놈들의 수작은 뻔해!"

"하지만 그런 음흉한 놈들은 원래 돈을 좋아하지요. 그자가 무엇 때문에 저항군을 돕고 있겠습니까? 다 돈 때문입니다."

남작은 집사에게 뭔가 생각이 있음을 눈치 챘다.

"맞아. 세상에 돈 싫다는 놈 없지. 그래서 집사는 무슨 좋은 생각이 있는 건가?"

집사가 낮은 소리로 웃었다.

"흐흐흐! 남작님, 놈에게 선을 대서 돈을 주겠다고 하는 겁니다. 아주 많이."

"그런 수작에 넘어올까?"

"당연히 넘어옵니다. 틀림없습니다."

"그래서 돈을 주고 매수하자고?"

"단순한 매수는 곤란합니다. 안심하고 뒤를 맡겼는데 저항군이 돈을 더 주면 어떻게 되겠습니까?"

"그럼 곤란하지."

"그러니 그를 매수하고 나서 그 사실을 저항군에게 흘리는 겁니다."

남작의 눈도 반짝였다.

"호오! 그 말은?"

"배신당한 저항군이 알아서 그놈을 죽이겠지요."

남작이 크게 웃었다.

"하하하! 그거 좋은 생각이군. 알았어. 그렇게 하도록 하지. 이 일이 잘되면 내 집사에게 상을 내리지."

"감사합니다."

남작의 저택에서 무슨 수작질이 벌어지고 있는지 모르는 케이는 저항군의 비밀 아지트 한곳을 방문했다. 그곳에는 훤칠하게 생긴 젊은 남자가 기다리고 있었다.

로이드가 설명했다.

"인사하시지요. 우리 저항군의 대장이신 버크 씨입니다."

케이가 간단하게 자기소개를 했다.

"정규 삼급용병 케이입니다."

버크가 말도 안 된다는 듯이 웃었다.

"하하하! 기사 루디와 기사 텔레칩을 죽인 실력자가 삼급용병이라고요? 농담이 심하시군요."

"운이 좋아서 이겼어요."

"최소한 이급용병의 최상위권, 아마 일급용병이 틀림없는 그대가 실력을 숨기는 건 그만한 이유가 있어서겠지요. 하지만 서로 간의 신뢰가 없어서야 어디 믿고 일할 수 있겠습니까?"

케이는 마땅히 설명할 말이 없었다.

"요새 생명의 위기를 겪으면서 실력이 조금 늘었습니다. 거기에 더해서 운이 아주 좋았고요."

"생명의 위기만으로 삼급용병이 순식간에 그 정도 실력이 된다고요? 혹시 전쟁터의 병사들은 모조리 일급용병의 실력이라고 말씀하시는 겁니까? 그게 아니면 본인이 천재라고 생각하시는 겁니까?"

"물론 아니죠. 천재라면 아직 삼급일 리가 없으니까요."

"그런데 나보고 그 말을 믿으라는 겁니까? 이거 완전히 실망입니다."

케이는 슬슬 기분이 나빠졌다. 적어도 그는 자신이 진실을 말했다고 믿었다.

"나도 당신네 저항군을 순순히 믿지 못해요. 나는 당신이 불러서 에이미와 함께 여기로 왔어요. 하지만 중간에 매복이 있더라고요."

"아, 그건 사과하지요. 우리 저항군 내부에도 첩자 몇 정도는 침투해 있는 것 같으니까요. 당신은 우리 도시에서 꽤 유명한 인물이라 오늘 일정이 조금 소문이 나버렸습니다."

"호오! 첩자? 그런 첩자가 있을지도 모르는 곳에서 당신은 그렇게 얼굴을 대놓고 드러내고 있어도 되는 건가요? 그리고 이놈의 조직은 첩자들을 뱃속에 품고 있으면서도 용케 아직도 안 망했군요?"

버크가 씩 웃었다.

"우리는 점조직으로 운영됩니다. 그리고 첩자는 몇 없지요. 그 첩자가 자기가 아는 자들을 신고한다면? 해당 점조직만 걸려들 뿐입니다. 대신에 우리는 잡혀간 사람들을 보고 누가 첩자인지 대번에 알아낼 수 있지요. 윌리엄 남작은 그런 작은 것에 첩자를 소모하기에는 욕심이 너무 많아요."

"그 신고 대상이 당신 정도면 작은 것이 아닐 텐데?"

버크는 실실 웃고만 있었다. 옆에서 로이드가 끼어들었다.

"케이 씨, 이분은 얼굴이 드러나도 잡히지 않습니다."

"왜요? 기가 막힌 빽이라도 있어요?"

"이분은 우리 도시 도둑 길드의 길드 마스터입니다."

깜짝 놀란 케이가 한 걸음 물러섰다.

"도둑놈?"

세상에 도둑 좋아하는 사람은 없다. 상인이 목표인 케이는 도둑을 더 싫어한다.

버크의 얼굴이 실룩거렸다. 도둑도 도둑놈이라고 불러주는 것을 반기지는 않는다.

"도둑 길드도 하나의 길드입니다."

"그래 봐야 떼도둑 놈이지. 도둑놈은 원래 남이 고생해서 벌어놓은 돈을 털어먹는 나쁜 놈들이라고. 그리고 너는 왕도둑놈."

이제 케이는 버크를 대놓고 무시했다.

"사지 멀쩡한 놈이 도둑질이나 해서 먹고살다니."

이 세계에 훔치는 기술을 가진 사람은 두 종류가 존재한다. 도둑질을 해먹는 자와 도둑 기술을 가지고 던전 탐사와 같은 일에 종사하는 자다. 후자의 경우 트레져 헌터라는 그럴싸한 이름이 따로 있으며 보통 용병 길드에 등록된다.

어쨌든 도둑 마스터쯤 되면 경비병의 눈을 피해 도시에 숨는 재주가 달인의 경지에 이른 사람이다.

버크는 도둑답게 빠르게 안색을 회복했다.

"데이지의 말처럼 무척 재미있는 사람이군요."

케이가 인상을 살짝 썼다.

"도둑놈이 데이지를 알아? 마법상점에 뭐 훔치러 간 건 아니겠지?"

"설마 그런 짓을 할 리가. 내가 그녀를 아는 것은 조금도 이상한 일이 아니지요. 이 도시에서 데이지를 모르는 젊은 남자가 있을까요?"

케이는 이해할 수 있었다. 데이지는 그가 지금까지 본 여자들 중 최고의 미녀였다. 아무리 제 눈에 안경이라지만 남들 눈에 못난이로 비칠 리가 없다.

"끄응. 그나저나 나는 바쁜 몸이라고. 내가 뭘 도와줘야 하지?"

로이드가 참견했다.

"케이 씨, 그는 저항군의 대장입니다. 약간은 예의를 차려주는 것이 어떻겠습니까?"

"흥! 도둑놈에게 차려줄 예의는 없어요."

"하지만 신분을 숨기고 활동하는 도둑 길드가 있어서 저항군도 유지될 수 있는 겁니다. 에이미처럼 정체가 드러난 사람들은 도둑 길드가 없다면 숨을 수 없습니다."

에이미를 언급하자 케이는 조금 양보하기로 했다.

"흥! 많은 양보는 못해요. 이보쇼, 버크. 나를 필요로 하는 건 당신들이니까 어서 임무나 이야기해 보쇼. 아, 나는 도둑놈을 위해서는 공짜로 일 안 하니까 돈도 좀 준비하고. 시약 값이 워낙에 비싸야 말이지."

버크는 여전히 실실댔다.

"당신의 실력이 대단한 건 알겠는데 상대는 남작입니다. 그에게는 아직 기사가 더 있어요. 병사도 많고."

케이가 자기 머리를 톡톡 치며 말했다.

"내가 자신하는 건 검술 실력이 아니라 여기 들어 있는 지식이라고. 생각 이상으로 도움이 될 거니까 믿어보쇼. 하긴, 도둑놈 주제에 사람 믿기는 쉽지 않겠지. 자, 일단 남작 놈이 왜 그렇게 지독한지부터 좀 들어보자고."

버크는 도시의 상황을 간단히 설명했다.

"우리 커뮨 시는 알다시피 규모가 도시라고 하기에는 좀 작습니다. 큰 마을이라고 하는 것이 옳지요. 하지만 여기는 상인들의 교통 요충지, 즉 돈이 되는 동네입니다. 그래서 도시라 불리고 있지요."

"알아."

"이 정도 돈이 나오는 곳이라면 남작이 아니라 자작 정도가 영주로 있는 것이 맞습니다. 하지만 여기는 남작이 차지했지요. 그 이유를 짐작시겠습니까?"

"빽? 뇌물?"

"그렇습니다. 남작은 배경이 만만치 않다고 알려져 있습니다. 더구나 그는 주변 귀족들, 그리고 수도의 귀족들에게 막대한 뇌물을 뿌리며 지금 자리를 유지하고 있습니다. 그 돈이 아니었다면 벌써 옛날에 쫓겨났겠지요."

"하긴."

"그 뇌물도 마련하고 또 자기 배도 채우려면 정상적인 세금만으로는 어렵습니다. 그래서 남작은 여러 가지 돈이 되는 일을 벌이고 있습니다."

케이가 말을 끊었다.

"가만, 그래서 에이미네 동네 사람들을 쫓아내려는 거야?"

"역시 데이지에게 듣던 대로 유식한 용병이시군요."

"그냥 책 좀 읽은 용병이야."

"맞습니다. 빈민가의 땅은 넓습니다. 더구나 그들은 이 도시를 처음 지은 사람들의 후손입니다. 그래서 그 위치가 도시의 중심부에 위치해 있습니다."

"금싸라기 땅이란 소리군."

버크가 의외라는 듯이 말했다.

"돈에 대한 개념이 있는 용병은 책 읽는 용병보다 더 귀하다고 하지요. 부동산에 대해서 아십니까?"

"내 꿈이 대상인이야. 그 정도는 기본 상식이지."

"후후. 하여간 남작은 여러 가지 착취를 하고 있는데 그중 가장 심혈을 기울이는 것이 빈민가를 쫓아내고 그 땅을 차지하는 것입니다. 땅만 확보된다면 큰 상단 여러 곳이 그곳을 매수할 겁니다."

"귀족이 왜 그런 복잡한 절차를 통하는데? 귀족은 원래 싸가지가 없어서 대충 밀어버리고 빼앗잖아?"

"한두 집은 죄를 뒤집어씌워 그렇게 하는 것이 가능하지만 워낙에 많은 사람들이 사는 곳이니까요. 적당한 명분이 없다면 일개 남작의 힘으로는 몽땅 먹을 수가 없지요. 그리고 전부 쫓아내지 못하면 상인들은 그 땅을 제값 주고 사지 않습니다. 빈민가와 붙어 있는 땅을 원하는 상인은 없으니까요.”

케이는 상황을 이해했다.

“그래서 당신들은 어떻게 하기를 원하는데?”

“당연히 남작을 제거해야지요. 다른 귀족이 새로 온다고 해도 지금처럼 심하게 하지는 않을 겁니다.”

“미친 거 아냐? 귀족들 중에는 더 독한 놈도 많아.”

“그런 자가 다시 온다면 또 제거하면 그만입니다.”

케이는 버크의 계획이 마음에 들지 않았다.

“그런 짓을 반복하면 군대가 토벌하러 온다고.”

버크가 웃었다.

“시민들 중 우리 저항군과 끈이 닿은 사람은 많습니다. 하지만 본격적인 저항군은 얼마 없습니다. 저항군 조금을 없애기 위해서 이 도시를 날려 버리지는 못합니다. 그러기에는 이 도시에서 나오는 세금이 너무 많습니다.”

“하지만 세상일은 어떻게 될지 모르는 거야. 귀족은 눈이 돌아가면 일부터 저지르고 보는 법이라고. 그게 귀족이지.”

“케이 씨, 걱정 마십시오. 우리는 사실 브레이커 제국 분과 선이 조금 닿아 있습니다.”

케이의 눈이 커졌다.

“세 제국 중 하나인 브레이커? 선이 얼마나 닿아 있는데?

가만, 나보고 지금 그 말을 믿으라는 거야? 그런 거대 제국이 뭐가 아쉬워서 이런 왕국의 도시와 연결돼?"

버크가 고개를 흔들었다.

"아니지요. 설마 제국 자체겠습니까? 하지만 그 제국에 적당한 지위를 가진 분과 이야기가 되어 있습니다. 유사시에는 그분이 압력을 행사해 줄 겁니다."

케이가 콧방귀를 뀌었다.

"흥! 왕국의 도둑놈이 제국의 사기꾼에게 당한 거 아냐? 그런 냄새가 나는데?"

"저를 믿으십시오. 그의 신분은 비밀이라 말할 수 없지만 적어도 최소한의 압력을 행사해 줄 만큼은 되니까요."

케이는 원래 도둑놈이나 사기꾼은 믿지 않는다.

그래서 버크의 계획이 불안했다. 왕국에 살면서 제국을 팔아먹는 자는 보통 사기꾼이다. 애초에 제국에서 힘을 쓸 수 있는 지위에 있는 자가 이런 일개 왕국의 소도시와 연관이 있다는 말을 믿을 수 없었다.

'도둑놈이 사기라고 못 칠까? 내가 이걸 믿어야 하나?'

그는 주변을 둘러보았다. 한쪽 구석에 에이미가 보였다.

'그래, 적어도 지금 남작보다는 나은 놈이 오겠지. 그리고 남작 놈. 나를 죽이려고 날뛰고 있으니까. 내가 선수를 쳐야 앞날이 편해질 거야.'

용병의 생존 방식은 자기를 죽이러 오는 자를 먼저 죽이는 것이다. 케이는 용병이다.

케이가 고개를 끄덕였다.

"알았어. 도와주지."

버크가 환히 웃었다.

"큰 도움이 될 겁니다."

케이가 씩 웃으며 말했다.

"이제 보수에 대해서 이야기해 보자고. 알다시피 나는 정규 용병이야."

"알고 있습니다. 정규 삼급용병에 맞는 값을 치러 드리겠습니다."

케이가 손가락을 하나 세워 좌우로 흔들었다.

"이거 왜 이러시나. 당신이 보기에는 내가 일급용병 수준이라며? 당신의 눈을 믿으라고. 도둑놈 두목이면 도둑질해서 모은 돈 많을 거 아냐? 일급용병의 임금 내놔. 위험수당 넉넉히 포함해서."

*　　　*　　　*

케이가 커뮨 시에서 지내는 동안 그가 흘린 신의 피 한 방울 받아먹은 아폴로 애버리스는 다른 도시에 있었다.

그는 평소처럼 그 도시 귀족의 딸을 찾아 집적댔다.

귀족의 딸 역시 방탕하게 노는 편이었다. 그들은 죽이 잘 맞아 꽤나 화끈하게 놀았다.

아폴로가 벌거벗은 그녀를 안은 채 말했다.

"메오라, 아름다운 메오라."

메오라는 아폴로의 품으로 파고들며 말했다.

"왜요, 아폴로님?"

"메오라, 그런데 그대의 약혼자는 확실히 안 나타나는 거지?"

"무서우세요?"

"무, 무섭다니. 그럴 리가 없지. 다만 나는 메오라 그대의 명예에 혹시 손상이 갈까 두려운 마음에 묻는 거라오."

"흥! 그 바람둥이 드롭 놈. 그놈이 건드리는 여자가 한둘인 줄 알아요? 완전히 드워프 같은 놈이에요. 약혼자라는 놈이 그 꼴인데 내가 좀 즐긴다고 무슨 일이 있겠어요?"

"하하하! 그렇지. 그자가 마음대로 즐기며 산다면 메오라 그대도 그래야지. 그렇고말고."

메오라의 말을 믿은 아폴로는 마음 턱 놓고 있었다. 그리고 아주 당연하게 문제가 발생했다.

그들 사이의 일은 메오라의 약혼자인 드롭의 귀에 들어가고 말았다. 그렇게 화끈하게 노는데 모를 리가 없었다.

드롭의 신분이 문제였다. 그는 아이즈 왕국에서 이름깨나 떨치는 백작의 첫째 아들이었다.

제국보다 한 급 떨어지는 왕국의 귀족이라고는 하지만 그래도 백작의 작위 계승권을 가진 사람이다. 제국 자작의 셋째 아들이 우습게 깔볼 상대는 아니다.

드롭은 당연하다는 듯이 아폴로에게 결투를 신청했다. 아폴로가 달아날 구멍은 모조리 차단한 상태로 형식상 신청한 결투였다.

아폴로는 자신의 실력을 안다. 그는 어렸을 때는 검술에 큰 재능을 보였다. 그러나 그 후로 워낙 놀고먹으며 방탕한 생활을 해 지금 실력으로는 기사 하나 상대하기도 어려웠다.

그리고 아폴로에 대한 조사를 한 드롭은 그 사실을 잘 알고 있었다. 반면에 드롭은 꽤 실력 좋은 기사였다.

결투장에서 드롭이 자신만만한 얼굴로 아폴로를 보고 콧방귀를 뀌었다.

"흥! 제국의 기사 놈. 감히 헛소문을 퍼뜨려 나의 사랑스러운 메오라의 명예를 손상시키다니."

그것이 드롭이 공식적으로 내세우는 결투의 명분이었다.

그의 곁에서 메오라가 눈물을 훌쩍거리며 말했다.

"드롭 경, 저런 더러운 자가 기사라니. 믿어지지가 않아요. 무슨 원한이 있어 순결한 저에 대해 그런 헛소문을 퍼뜨리고 다니는 건지."

그녀는 아폴로를 보고 소리쳤다.

"제국의 기사! 입이 있으면 말을 해보세요! 당신이 언제 저를 봤다고 그런 수치스러운 말을 입에 담은 거예요?"

어차피 드롭과 메오라는 아폴로 못지않게 방탕한 인생을 사는 인간들이다. 서로에게 필요한 것은 가문뿐이었다.

당장 그들은 이 문제가 커지기 전에 진화시키는 것에 목적을 두었다. 그리고 아폴로는 먹음직스러운 먹잇감이었다. 드롭은 노는 데 바빠 아폴로의 가치를 단순한 자작의 셋째 아들로만 생각했다. 글래시스 남작보다 훨씬 못한 정치 감각이었다.

드롭이 아폴로를 여유만만한 얼굴로 쳐다보며 생각했다.

'제국의 기사, 그것도 자작 집안의 피를 받은 기사를 꺾는다면 내 명예가 올라가겠지. 소문도 가라앉히고 명예도 올라가니 정말 좋은 기회다.'

서로 꿍작거리는 그들을 보는 아폴로는 입맛이 썼다.

"젠장, 똥 밟았네."

자신은 저들보다 더한 인간이다. 그래도 막상 당하고 보니 영 개운하지가 않았다. 더 큰 문제는 자신의 실력이었다. 그 역시 드롭의 실력에 대해 소문은 들을 수 있었다.

"저놈 꽤 세다고 했는데. 이럴 줄 알았으면 수련 좀 해둘걸. 그래도 요새는 몸이 꽤 가벼웠으니 어떻게 적당히 막다 보면 되지 않을까?"

기사의 명예 따위와는 인연이 없는 아폴로는 다치지 않고 패배하는 것에만 관심이 있었다.

"우리 엄마 얼굴을 봐서도 감히 나를 다치게 하지는 못하겠지."

서로의 계산이 복잡하게 얽히며 그들은 결투장의 가운데에 들어섰다.

드롭이 결투장 가운데에 들어서며 소리쳤다.

"기사 아폴로! 나와서 내 칼을 받아라! 레이디의 명예를 손상시킨 너를 용서하지 않겠다!"

아폴로가 도살장에 끌려가는 소 심정으로 걸어나와 검을 들었다.

"기사 드롭, 우리 귀족답게 서로 예의를 갖추고 싸웁시다."

드롭이 비웃었다.

"흐흐, 가소로운 놈. 무릎을 꿇고 기어나가게 해주마."

"그러면 곤란할걸? 나는 제국의 귀족이라고."

"셋째 아들 주제에. 나는 백작 작위 계승권자다!"

드롭이 아폴로에게 달려들며 검을 휘둘렀다. 괜찮은 기사라는 소문답게 꽤 강렬한 공격이었다.

아폴로는 정식으로 기사의 검술을 수련한 적이 있다. 케이와는 달리 그는 드롭의 실력을 객관적으로 판단할 능력이 있었다.

'소문이 사실이군. 저 나이치고는 강해. 하지만 검의 움직임이 훤히 보인다. 왜?'

아폴로는 드롭의 공격을 차근차근 걷어냈다. 그는 드롭의 공격이 어느 위력인지 알 수 있었다.

'예전의 나라면 이렇게 차분히 방어할 수 없었다. 하지만 지금은 가능해. 왜 그렇지?'

신의 피 한 방울이 한 것은 아폴로의 잠자는 재능을 깨운 것뿐이다. 약간의 신체 강화도 이루어졌지만 몸 자체를 개조하고 있는 케이의 경우와는 완전히 달랐다.

하지만 아폴로는 천신이 선택할 정도의 재능이 있었다. 재능이 깨워지는 것만으로도 그의 실력은 급상승했다.

당황한 것은 드롭이었다.

'이, 이놈. 제법이다. 소문과는 달리 꽤 강하다.'

드롭은 이를 악물고 검을 휘둘렀다. 그의 검은 대련 형식이 아니라 완전히 살기를 품고 있었다. 그러지 않으면 아폴로를 상대할 수 없을 것만 같았다.

아폴로는 드롭이 작정하고 덤벼드는 것을 깨달았다. 그도 긴장하며 검을 움켜쥐었다.

드롭의 검이 복잡한 원을 그리며 아폴로에게 다가왔다. 아폴로도 아는 검술이었다. 드롭의 움직임이 훤히 보였다.

아폴로가 정말 오랜만에 기합을 지르며 검을 휘둘렀다.

"하압!"

그의 검날을 타고 가느다란 기운이 흘렀다. 검의 절삭력을 몇 배나 높여주는 강력한 힘이었다.

아폴로의 검이 드롭의 칼을 강하게 후려쳤다. 그 충격에 드롭이 두 걸음이나 물러섰다. 드롭은 떨리는 손으로 검을 꽉 움켜잡으며 소리쳤다.

"검기! 그 나이에 검기라고?"

아폴로는 스무 살이다. 그 나이에 검기를 쓰는 기사가 없는 것은 아니다. 오히려 이름 높은 무인 가문 출신들 중에는 십 대부터 검기를 풀풀 날리는 자들이 많았다.

하지만 아폴로는 약해 빠졌다고 소문난 자였다. 그리고 드롭은 아직 검기를 쓰지 못했다. 그래서 드롭은 당황했다.

아폴로도 당황했다.

'내가 검기를?

하지만 놀라고만 있을 생각은 없었다. 아폴로는 원래부터 오만한 자였다.

'역시 난 타고났구나. 수련을 하지 않아도 검기를 쓸 정도 라니. 내가 수련까지 한다면 아주 소드 마스터가 될지도 모르 겠네.'

그가 검기를 쓰게 된 것은 신의 피 한 방울이 그의 잠재 능 력을 끌어낸 덕분이다. 더 이상 그가 받아먹을 신의 피는 없 다.

하지만 그는 단단한 착각에 빠졌다. 자신의 재능이 너무 뛰 어나 놀고먹어도 소드 마스터가 될 거라고 믿어버렸다. 그는 케이와는 반대로 전혀 논리적이지 못했다.

어쨌든 검기를 쓴다는 것 자체는 부정할 수 없는 사실이다.

신이 난 아폴로는 검기가 깃든 검을 마구 휘두르며 드롭에게 달려들었다.

"으하하하! 드롭, 머리를 내밀어라!"

드롭은 당황했다. 검술은 그가 다소 우위에 있었다. 하지만 파워는 아폴로가 강했다. 더구나 아폴로의 검술도 그의 것 못지않은 기사의 검술이다. 시간이 지날수록 어린 시절 수련의 기억을 되찾는 아폴로의 검술은 정교해졌다.

드롭은 연신 물러서며 방어하는 것이 고작이었다. 그리고 둘의 검이 서로 엇갈리며 대치 상태에 돌입했다. 아폴로의 검이 강하게 밀어붙였고 드롭은 한 발자국씩 물러섰다.

이제 드롭은 더 이상 물러설 곳이 없었다.

"내, 내가 졌소."

드롭이 마침내 패배를 인정했다. 하지만 아폴로의 검은 조금도 누르는 힘을 줄이지 않았다.

아폴로는 드롭의 뒤에 서서 파랗게 질린 메오라의 눈을 보았다.

아폴로가 검에서 힘을 빼며 뒤로 물러섰다. 둘의 검이 떨어졌다. 드롭은 안도의 한숨을 쉬며 말했다.

"휴우. 기사 아폴로, 그대의 검술은 정말 대단합니다."

아폴로의 눈이 차가워졌다. 그의 검이 벼락같이 공간을 갈랐다.

검기가 맺힌 검이 움직였다. 드롭은 깜짝 놀라 방어하려 했지만 방심한 상태라 한발 늦었다.

아폴로의 검이 드롭의 가슴을 쩍 갈라놓았다.

"으아아악!"

드롭이 비명을 지르며 쓰러졌다. 가슴에서 피분수가 솟았
다.

아폴로가 히죽 웃었다.

"나는 강하다."

메오라가 비명을 지르며 후다닥 물러섰다.

"아아악!"

아폴로가 검을 가볍게 흔들어 피를 떨어낸 후 검집에 꽂았
다. 결투장 한가운데에 당당하게 선 그는 사람들을 깔보듯 쳐
다보며 말했다.

"흐흐흐. 나는 강하다. 나는 강해!"

그의 뒤에서 신관이 급히 신성 마법으로 드롭을 치료하고
있었다. 아폴로는 그 모습을 힐끗 보았다.

'쳇! 저놈 살았군. 결투 중에 확실히 죽여 버렸어야 했는
데. 이제 늦었잖아. 지금 죽이면 작위 계승자라니 뒤탈이 있
겠지. 아쉽군. 하지만 나중에 내가 더 강한 권력을 얻고 나면
너희들을 다 없애주마. 나에게 밉보인 놈들은 모두 다 죽여
버리겠다. 흐흐흐!'

아폴로는 당장은 다른 계획이 생겼다.

'내 재능이 이 정도로 엄청난 줄은 나도 미처 몰랐다. 하지
만 이제 알았으니 됐어. 일단 제국 수도로 돌아가자. 바이아

브 놈이 나를 노리고 있겠지? 결투 따위 얼마든지 해주지. 그 놈을 이기고 나는 엄청나게 유명해질 것이다. 앞으로는 나 아폴로의 시대야. 으흐흐흐!'

한 방울이기에 다행이지, 만약에 신의 피를 다 받아 처먹었으면 정말 큰일 저지를 놈이었다.

＊　　　　＊　　　　＊

저항군은 기본적으로 시민군이다. 칼 좀 쓰는 자들은 있어도 기사를 상대할 자까지 있기를 바라는 것은 욕심이다. 그래서 그동안은 강력한 경호를 받는 남작을 제거할 방법이 없었다.

거기에 케이가 추가되었다. 이미 기사 둘을 죽여 실력을 증명한 케이다.

저항군의 간부들은 이 강력한 전력을 활용하기 위해서 머리를 싸맸다.

하지만 남작 제거 작전은 갑자기 튀어나오는 것이 아니다. 며칠을 허송세월하자 케이는 지겨워졌다.

"마법 연습해야 하는데… 데이지 덕분에 마나 흐름에 대해서 감이 좀 잡혔는데……."

주머니에는 버크에게 선금으로 받은 은화가 넉넉히 들어

있었다.

뒹굴던 케이의 눈에 구석에 처박혀 있는 로브가 하나 보였다. 마법사들이 즐겨 입기는 하지만 보통 사람에게도 아주 유용한 옷이었다.

그걸 본 케이는 주머니를 흔들어보고는 일어섰다.

"내가 언제 남의 눈치 보고 살았냐. 저지르자."

케이는 로브를 챙겨 입었다.

로브는 큼지막한 망토에 후드라고 불리는 모자가 붙어 있는 옷이었다. 그리고 그 후드를 머리에 뒤집어쓰면 얼굴의 대부분이 가려지기도 한다.

간 큰 케이는 로브를 입고 후드를 뒤집어썼다. 굴러다니는 천을 주워 얼굴까지 대충 가린 그는 당당하게 아지트를 벗어났다.

문이 열리는 소리가 들리자 데이지가 영업용 미소를 지으며 말했다.

"어서 오세요. 데이지의 마법상점입니다."

말을 끝내기가 무섭게 그녀의 얼굴이 굳었다. 그녀는 입구 쪽으로 후다닥 달려가서 상점의 문을 탁 닫았다. 문에 자물쇠까지 채운 그녀는 재빨리 커튼을 쳤다.

실내는 커튼 틈새로 들어오는 햇빛이 있어 그리 어둡지는 않았다.

데이지가 놀란 목소리로 말했다.

"케이, 미쳤어요? 지금 당신 찾는다고 경비병들이 얼마나 살벌하게 돌아다니는데……."

케이가 반색을 했다.

"하하하! 데이지, 내 걱정 해주는 거예요? 고마워요. 하지만 사나이 대장부가 겨우 그런 놈들 무서워서 숨어 있을 수가 있나요?"

데이지가 쌀쌀맞게 말했다.

"흥! 당신 걱정하는 거 아녜요. 당신이 잡혀서 나와 아는 사이라고 자백하는 게 걱정이라고요. 내가 괜히 이런 무책임한 사람에게 로이드 씨를 소개해 줬네요. 흥흥흥!"

케이는 데이지의 반응에 조금 실망했다. 하지만 어차피 오늘 그의 목적은 데이지가 아니었다.

"사실은 마법 연습을 해보고 싶어서 찾아왔어요."

데이지가 불쌍하다는 표정으로 말했다.

"그동안은 시약 파는 맛에 크게 말리지는 않았는데요. 당신이 요새 해준 일도 있고 해서 충고해 줄게요. 라이트 마법의 시약 조합마저 반복해서 실패할 정도로 둔한 사람이 마법사가 되는 확률이 얼마나 작은지 알아요? 차라리 와이번이 개한테 물려 죽을 가능성이 더 높아요."

그녀의 냉정한 말에 케이가 울상을 지었다.

"그래도 여기 들인 돈이 만만치 않아요. 제가 요새 돈이 좀

되거든? 그러니 데이지가 시약 조합을 해서 시범을 좀 보여줘
요."

돈이라는 말에 데이지가 영업용 미소를 지었다.

"보여주는 거 정도라면야 뭐. 가격은 아시죠?"

"이제 우리 사이에 좀 깎아주면 좋……."

"시약 가격이 은화 한 개. 시약 조합 가격 은화 한 개."

케이는 눈물을 머금고 은화 두 개를 내밀었다. 그녀는 케이
의 돈주머니에 아직 은화가 더 들어 있음을 알고 고개를 갸웃
거렸다.

"어디서 그런 돈이 생겼어요?"

케이가 웃었다.

"하하, 그냥 돈벌이 좀 했어요."

"흥! 어차피 제가 알 필요 없는 일이죠. 기다려요. 시약 가
져올게요."

데이지는 아침 이슬의 정화와 그 외에 몇 가지 값싼 시약을
가져와 접시에 섞었다. 시약 섞는 속도는 순식간이었다.

"와아! 손이 빠르네요."

"직업이니까요."

시약을 대충 섞은 그녀가 저녁노을의 후회를 들고 손을 내
밀었다.

케이도 데이지를 향해 손을 내밀었다. 데이지가 발끈했다.

"뭐 하려는 거예요? 설마 숙녀의 손을 잡으려고요?"

"아니, 그게 아니라 시약이 반응하면 마나의 흐름을 느껴야 하니까⋯⋯."

"알아서 느껴요. 내 손 잡지 말고요."

데이지의 타박에 케이는 어쩔 수 없이 시약에서 좀 떨어진 곳에 손을 놓았다.

'뭐, 이 정도라도 흐름은 알 수 있으니까.'

데이지는 접시에 저녁노을의 후회라고 불리는 붉은 가루를 마지막으로 뿌렸다.

"시작되니까 잘 느껴봐요."

케이가 그동안 하던 실험에서는 그의 손이 시약과 근접해 있었다. 조금이라도 흐름을 더 잘 느끼기 위함이었다.

그리고 그가 조잡하게 만든 몇 가지 시약들의 기운은 손에서 새어 나온 순수한 기운에 영향을 받아 폭발했다.

하지만 지금은 시약과의 거리가 충분했다. 사용된 시약들도 조잡하지 않았다. 덕분에 케이의 기운이 시약의 마나를 방해하지 않았다.

붉은 가루가 반짝반짝 빛을 내기 시작했다. 그 빛이 서서히 다른 시약들에게로 번졌다. 잠시 후에 시약 전체에서 밝은 빛이 흘러나왔다.

케이가 감탄했다.

"와아아!"

데이지가 콧대를 세우며 말했다.

"훗! 겨우 이 정도로 놀라다니요. 그래서 마나 흐름은 느꼈어요?"

케이가 정신을 차리고 울상을 지었다.

"아니, 그게 시약을 바짝 쥐듯이 느껴야 하는데… 느낌을 알기는 하겠는데 좀 명확하지가 않네요. 한 번만 더 하면 안 될까요?"

그 얼굴을 본 데이지가 작게 웃었다.

"호호! 케이에게 바가지 씌우는 건 그만 해야겠네요."

"네? 바가지요? 그럼 시약 값을 깎아주시는 건가요?"

데이지가 고개를 흔들었다.

"아니요. 하지만 시약 조합 말고 다른 방법을 쓰면 되잖아요."

"다른 방법이요?"

"손바닥 내밀어서 쭉 펴봐요. 손바닥을 하늘로 하고요."

그녀의 말에 케이가 손을 내밀었다. 데이지가 그 손 바로 위에 자신의 손을 겹쳤다. 두 손 사이의 거리는 손가락 하나 정도 지나갈 정도로 가까웠다.

데이지가 예쁜 목소리로 캐스팅을 했다.

"마나의 힘은 신성한 힘의 지배를 받으니 나의 의지에 따라 내 손 위에서 빛이 되어라. 나와라, 라이트 핸드."

그녀의 손에서 환한 빛이 퍼져 나왔다. 밝으면서도 눈부시지 않은 빛이었다.

케이가 놀라서 말했다.

"와아! 진짜 마법이다!"

마법사는 귀하다. 보통 1서클 마법사가 천 명에 하나 나온다. 그 마법사들이 아무 데나 마법을 뿌리고 다니는 것도 아니다. 케이는 용병 일을 하면서 전투 마법사들과 몇 번 일한 적은 있다. 하지만 겨우 삼급용병인 케이가 그 마법사들 가까이에서 마법을 본 적은 없다.

따라서 이렇게 가까운 거리에서 마법을 본 것은 처음이다.

데이지가 손을 거두며 말했다.

"이게 1서클 마법 중에서도 가장 기초라는 라이트 마법이에요. 그중에서도 제일 쉽다는 라이트 핸드. 말 그대로 세상에 존재하는 마법 중에 가장 쉬운 거예요. 그리고 이걸 할 수 있어야 1서클 마법사가 되는 거지요. 느꼈어요?"

이미 그녀의 손에서 빛은 사라져 있었다.

케이가 고개를 크게 끄덕였다.

"그럼요. 느꼈어요, 느꼈어. 하하하! 이렇게 간단하게 되는 거구나. 공짜로도 되는 걸 난 왜 그동안……."

"공짜라니요. 은화 두 개."

케이가 얼굴을 일그러뜨렸다.

"시약도 안 썼잖아요."

"어머! 몰랐나요? 마법사의 마법은 원래 비싸요. 더구나 우리가 무슨 모험이라도 다니는 것도 아니고 여기는 마법상점.

마법물품이나 마법 자체를 파는 곳이라고요. 당연히 모든 마법은 상품. 돈을 내셔야죠."

케이가 울상을 지으며 은화를 꺼냈다.

"자요."

그 돈주머니를 본 데이지가 인상을 썼다.

"그런데 케이, 어디서 그 돈을 벌었어요?"

케이는 잠시 이 이야기를 해도 되는 건지 망설였다.

'데이지는 나를 저항군에 소개해 준 사람이니까 말해도 되겠지.'

"데이지, 저항군의 최종 목표를 알아요?"

데이지의 인상이 더 나빠졌다.

"남작을 제거하는 거요?"

케이가 자기 가슴을 탕탕 치며 말했다.

"그 일을 내가 맡았어요. 이건 선금이에요."

데이지가 소리를 빽 질렀다.

"미쳤어요? 그게 얼마나 위험한 건지 알아요?"

케이는 그녀의 반응에 당황했다.

"아, 아니… 다른 사람은 할 수 없다기에……."

"다른 사람들이 왜 못하는지 생각해 봤어요? 남작의 주변에는 아직 기사가 일곱 명이나 있고 병사들도 많아요. 케이 당신이 루다나 텔레칩을 이긴 건 알아요. 하지만 그 정도로 남작의 경호를 뚫을 수 있을 것 같아요? 더구나 남작의 검술도 장난이 아니라고요.”

케이가 눈에 힘을 주고 말했다.

“알아요. 하지만 남작이 살아 있으면 이 도시 사람들은 다리 뻗고 잘 수 없어요. 누군가 해야 한다면 내가 할 거예요.”

데이지가 조그마한 손으로 주먹을 꼭 쥐고 소리쳤다.

“꼴도 보기 싫어요! 당장 나가요! 다신 여기 오지도 마요!”

케이는 마법상점에서 쫓겨났다. 그는 머리를 긁적거리며 말했다.

“쳇! 분위기 좋았는데…….”

케이는 지난 일 년 동안 글래시스 남작의 일을 도와주느라 수련을 거의 하지 못했다.

원래 케이의 목적은 장사이지 용병이 아니다. 용병은 원래 해온 생계 수단이고, 또 종자돈을 만들어줄 수단이기에 계속했던 것뿐이다.

이제 칼을 써야 하는 상황이 닥쳤으니 지금이라도 수련을 해야 한다. 그래서 케이는 구석때기 조용한 곳에서 칼을 들었다.

웃통까지 벗어젖힌 케이는 자신이 아는 용병 검술을 열심히 연습했다. 땀까지 뻘뻘 흘릴 정도로 검술을 수련하며 조금의 게으름도 피우지 않았다.

꼬마 아가씨 에이미가 그런 케이를 보며 눈을 반짝거리고 있었다.

"로이드 아저씨, 우리 케이 오빠 정말 멋있지 않아요?"

데이지의 소개로 케이를 저항군에 데려온 중년 남자 로이드가 조금 굳은 얼굴로 말했다.

"에이미, 그의 검술은 확실히 삼급용병의 것이야. 결코 수준이 높은 검술이 아니지."

에이미가 즉시 반발했다.

"음. 음. 하지만 우리 오빠는 기사를 두 명이나 이겼어요. 그 나쁜 루디와 텔레칩 모두 우리 오빠에게 상대도 안 됐다고요."

로이드가 고개를 갸웃거리며 말했다.

"나도 그게 의문이다. 그의 검술 자체는 삼급용병의 것. 구하기 어렵지도 않고 몇 푼만 준다면 가르칠 사람은 널려 있지. 하지만 그의 검에 담긴 위력은 결코 삼급의 것이 아니야. 저래서야 일급이라고 해도 믿겠는걸?"

에이미가 즉시 반색을 했다.

"그렇죠? 헤헤, 내가 그럴 줄 알았어요. 우리 오빠거든요."

"하지만 말이다, 보통 저 정도 경지에 오르기 전에 더 상급의 검술을 익히는 것이 일반적이란 말이다. 실력이 좋아지면 수입도 늘고, 더 상급의 검술을 받아들일 수 있는 신체 조건도 갖추어지지. 목숨을 팔아서 먹고사는 용병들은 기회만 닿으면 더 강한 검술을 익히려고 애쓴단다."

"어쨌든 우리 오빠가 무진장 센 거잖아요?"

"이해할 수 없구나. 용병이 저 정도 힘과 속도를 가지고 검을 휘두르면서 저런 검술을 쓰다니. 저건 마치 실력이 느는 동안 너무 바빠서 새 검술을 배울 시간이 없었던 것 같으니."

케이는 검술 수련 과정에서 원래 알던 것과는 다른 점을 찾으려고 노력했다.

그는 남작의 기사인 루디를 죽일 때 마지막에 쓴 검법을 기억하려고 애썼다.

'그때의 움직임은 내가 했지만 꽤나 절묘했어. 우연히 나온 동작이라고 하더라도 그걸 익혀두면 요긴하게 쓰이겠지. 케이표 검술의 시작이 되는 거야.'

하지만 삼급용병들이 쓰는 검술을 아무리 연습해도 그때의 동작은 다시 재현되지 않았다.

'이런 것이 아닌데? 이쪽인가? 아니야, 이런 식으로 휘둘렀나? 이것도 아닌데. 분명히 그때는 명확하게 알 수 있었는데 이것 참 미치겠네. 요새 내 기억력이 꽤 좋아졌다고 생각했는데 이건 왜 제대로 생각이 나지 않을까?'

결국 케이의 검술은 무너지기 시작했다. 제대로 기억나지 않는 상태에서 이것저것 시도하니 동작 자체가 엉망으로 변했다.

그것이 기억난 순간은 목숨이 경각에 달했을 때였다. 그 상황에서 살아날 방법을 찾으려고 발버둥 쳤기에 잠재의식 아래에 가라앉은 기억의 작은 조각이 일어난 것뿐이다.

하지만 그것은 싸움이 끝나면서 다시 가라앉았다. 죽을 위기에서라면 모를까, 마음 편한 지금 상태에서는 도저히 생각나지 않았다.

마침내 케이는 포기했다.

"에라, 나중에 다시 하자."

어느덧 케이는 검술의 수련을 끝냈다. 스스로의 성과에 만족하지 못한 케이가 땀을 닦으며 말했다.

"오랜만에 수련을 했더니 이것 참 개운하네."

에이미가 즉시 달려갔다.

"오빠, 여기 물."

한 대접의 물을 단숨에 들이켠 케이가 에이미의 머리를 쓰다듬으며 말했다.

"와아, 시원하다. 고맙다, 에이미."

"헤헤."

그들이 놀고 있는 모습을 본 로이드가 작게 중얼거렸다.

"그는 검에서 뭔가를 찾으려 하고 있군. 검의 오의? 그럴 리가. 검에서 오의를 찾는 건 삼급용병이 할 수 있는 일이 아니야. 책 좀 읽은 용병이라 불린다고 했지? 어떤 사람인지 좀 알아볼 필요가 있겠군."

에이미는 지루해하는 케이의 손을 잡고 길거리를 돌아다니는 것을 마다하지 않았다. 케이는 여전히 후드를 둘러써 얼굴을 가리고 있었다.

그리고 에이미는 그런 케이를 끌고 신이 나서 돌아다녔다.

"오빠, 오빠. 저기 사람들이 잔뜩 모여 있어. 무슨 일인지 구경 가자."

"에이미, 나는 저렇게 사람이 많은 곳은 곤란하다고."

"괜찮아. 사람들이 저렇게 많으면 병사들도 오빠를 잡지 못해. 오빠는 지금 여기서 영웅이라고."

"영웅? 내가?"

"응. 그러니까 나를 믿어. 난 데이지 언니와는 달리 우리 도시 토박이라고. 우리 도시 일은 내가 더 잘 알아."

케이는 결국 에이미에게 끌려 사람들이 모여 있는 곳에 다가갔다.

당장 눈에 뜨인 것은 병사 몇 명이었다. 그것을 본 케이가 조금 긴장했다.

"에이미, 그냥 가자."

그러나 에이미는 도망칠 생각이 없었다. 그녀는 케이가 병사 몇 명쯤은 단숨에 찜 쪄 먹을 능력이 있다고 믿었다. 병사들이 무섭지 않으니 그녀의 간이 배 밖으로 나왔다.

병사들은 남자 하나를 잡아 묶고 있었다. 케이가 소곤거리는 목소리로 물었다.

“저 남자는 누구냐?”

“오빠가 싫어하는 도둑 길드 사람.”

“왕도둑놈 부하?”

“응. 잡혔나 봐. 구해줄 거야?”

케이가 냉정하게 말했다.

“너라면 모를까, 도둑놈을 구해주기 위해서 위험을 무릅쓸 생각은 조금도 없다.”

에이미의 얼굴이 환해졌다.

“응. 그거면 돼.”

“뭐가?”

“피! 그런 게 있어.”

케이는 병사들을 지휘하고 있는 사람을 보며 물었다.

“저 그럴듯하게 차려입은 남자는 누구야?”

“저 사람? 집사님이야.”

“남작의?”

“응, 남작의 집사님.”

에이미의 말은 부드러웠다. 케이가 고개를 갸웃거렸다.

“어떤 사람인데?”

“아저씨들이 그러는데, 남작이 너무 무리한 짓을 하지 않게 말려주는 사람이래.”

케이가 남자를 유심히 살폈다. 호리호리한 몸은 그다지 힘을 쓸 것 같지 않았다. 체형이나 인상 모두 전형적인 귀족의 집사였다.

집사가 고개를 들었다. 그의 눈이 정확히 케이를 바라보았다.

집사가 작게 웃었다. 반면 케이는 바짝 긴장했다.

'이놈, 나를 알아봤다.'

케이는 로브 속의 검 손잡이를 슬쩍 잡았다. 집사가 당장이라도 병사들을 시켜 공격할 것만 같았다.

'싸움이 벌어지면 에이미를 어떻게 빼돌리지?'

그의 걱정을 놀리기라도 하듯, 집사는 케이에게서 눈길을 돌리고 병사들에게 명령했다.

"한 놈 잡았으면 됐다. 돌아가자."

집사가 사라질 때까지 케이는 그의 뒤통수를 노려보고 있었다. 등에서 식은땀이 흘렀다.

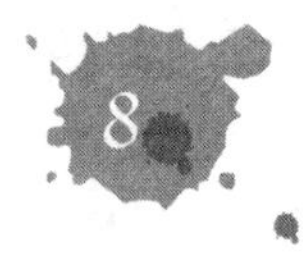

케이는 그날 이후로 함부로 돌아다니는 것을 그만두었다. 그렇게 며칠을 더 놀고먹은 후에 드디어 작전 계획이 만들어졌다.

버크가 몇 명의 저항군과 함께 케이에게 작전을 설명했다.

"사흘 뒤에 남작의 저택에서 파티가 있습니다. 그때가 기회입니다."

케이가 어이없다는 얼굴로 말했다.

"야, 왕도둑놈. 설마 파티 도중에 습격하자는 건 아니겠지? 그런 때는 원래 경비가 더 강한 법이라고."

"물론입니다. 더구나 남작의 손님들 중 상당수는 귀족. 그들이 데려오는 경호원들까지 있는데 암살을 시도하면 성공하기 어렵습니다.”

“성공해도 난 죽은 목숨이지. 거기를 어떻게 빠져나와?”

“맞습니다. 하지만 우리는 그동안 남작의 저택에서 벌어지는 파티를 유심히 관찰해 왔습니다. 자신의 이미지를 중요하게 생각하는 남작은 파티 손님들이 돌아갈 때 병사와 기사들을 동원해서 그들을 호위해 줍니다. 적어도 자체 경호원 없이 온 손님들에게는 반드시라고 해도 좋을 정도로 병사들을 붙여줍니다.”

케이도 무슨 소리인지 알아들었다.

“저택의 경비가 약해지겠군.”

“그렇습니다. 그때를 기다렸다가 습격, 남작을 죽이고 탈출하는 겁니다. 탈출 후의 도주로는 우리가 완벽하게 확보하겠습니다.”

케이가 의심쩍은 얼굴로 말했다.

“설마 나 혼자 그걸 하라는 건 아니겠지?”

“물론입니다. 남작의 침실까지 가는 길은 우리 동지들이 확보해 줄 것입니다. 케이 씨는 그저 마지막에 남작의 목에 칼만 꽂아주면 됩니다.”

“거기에 동지가 있어?”

“남작이 우리에게 첩자를 심었듯이 우리도 거기 심어둔 사람이 있습니다.”

케이는 어떻게든 남작과의 관계를 정리하고 싶었다. 그리고 에이미를 위해서라도 이 도시의 변화를 추구하고 싶었다.

'난 요새 무척 강해졌으니까 어떻게든 되겠지.'

"좋았어. 해보자고."

작전은 사흘 후였다. 죽을지도 모르는 작전을 앞에 두고 케이는 숨어 있고 싶지 않았다. 오히려 반드시 살아난다는 확신을 가지고 싶었다.

케이는 로브를 뒤집어쓰고 도시를 돌아다녔다. 데이지의 마법상점은 매정하게 쫓겨났으니 다시 돌아가지 못했다.

그는 마법 연습을 할 안전한 장소를 찾았다. 마법 연습은 그가 이번 임무에서 살아나야 의미가 있는 것이다. 그래서 케이는 마법 연습이 더 하고 싶었다.

하지만 도시 바깥으로 나가는 것은 위험했고, 아지트에서는 창피했다.

'연습하다가 실패하면 무슨 창피냐고.'

적당한 장소를 찾아 어슬렁거리던 그가 갑자기 골목 쪽으로 쑥 들어갔다.

케이는 골목에 들어가자마자 안쪽에 바짝 붙었다. 그의 뒤를 따라 남자 하나가 급히 들어왔다.

케이의 손이 슥 내밀어졌다. 이미 일반 용병과는 차원이 다른 속도였다. 그의 손이 쫓아오는 자의 멱살을 와락 잡았다.

남자는 깜짝 놀라 소리를 냈다.

"헉!"

케이는 조금의 시간도 주지 않고 그를 벽으로 밀어붙였다. 그와 동시에 재빨리 단검으로 목을 겨누었다.

"뭐 하는 놈이냐?"

남자는 목에 시퍼런 칼날이 닿자 덜덜 떨었다.

"이, 이러지 마십시오, 케이 씨. 단지 전할 말이 있어서 찾아왔습니다."

케이의 눈이 날카로워졌다.

"내 이름을 알아? 너 누구냐?"

남자가 눈알을 굴렸다.

"저도 저항군입니다."

"그런데 왜 내 뒤를 쫓아?"

"일단 이 칼 좀 치우고……."

케이는 남자를 노려보았다. 영 신뢰가 가지 않는 사람이지만 어쨌든 자신의 뒤를 쫓아오는 데 성공한 것은 사실이다. 어떻게 그게 가능했는지 정보가 필요했다.

케이가 남자의 멱살을 놓아주었다.

그러면서 로브 안쪽의 검을 슬쩍 보여주었다.

"용건만 말해. 허튼수작하면 벤다."

남자는 목이 잘 붙어 있는지 쓰다듬으며 확인했다.

"휴우. 제가 저항군인 건 맞습니다. 저는 케이 씨에게 제안

할 것이 있어서 왔습니다.”

“제안? 무슨 제안?”

남자가 음흉하게 웃었다.

“누구를 좀 죽여줬으면 합니다.”

케이가 인상을 썼다.

“내가 암살자로 보이냐?”

“아니지요. 케이님은 용병이시지요. 그리고 용병은 보수만 맞으면 전쟁터에서 적을 죽이는 사람이지요.”

케이는 원래 몬스터 토벌 전문이다. 국가 간의 전쟁에 참여하지는 않았다. 기회가 없기도 했고 그런 걸 싫어해서이기도 했다.

하지만 상단을 위해서 습격한 적과 싸우느라 사람을 죽인 적은 있다. 그리고 이 도시에서만 해도 벌써 몇 명의 사람을 죽였다.

“하지만 용병은 암살자와 달리 대상을 가리지. 난 평범한 사람을 죽이는 임무는 맡지 않아.”

“평범한 사람은 아닙니다. 죄인이지요.”

“어떤 죄인?”

남자가 품에서 주머니를 하나 꺼내 내밀었다.

“일단 이걸 확인하시지요. 선금입니다.”

케이가 주머니를 받았다. 주둥이를 열어보니 누런 빛이 새어 나왔다.

"금화?"

"금화 열 개입니다. 아시다시피 작은 돈이 아닙니다."

"목표는 금화 열 개짜리 목숨이냐?"

"아니요. 겨우 그 정도로 끝이 아닙니다. 그건 선금입니다. 임무에 성공하시면 다시 금화 이십 개를 더 드리겠습니다."

케이는 뭔가 찜찜했다.

"금화 삼십 개짜리 목숨? 목표가 누구냐? 말했다시피 금화 백 개라고 해도 무고한 사람은 해치지 않는다."

남자가 환히 웃었다.

"물론입니다. 놈은 죄인이 틀림없습니다. 목표는 바로 도둑 길드의 마스터입니다."

케이의 눈이 반짝였다. 그는 금화 주머니를 던지며 남자에게 달려들었다. 어느새 그는 검을 뽑아 남자의 목을 겨누고 있었다.

"도둑 마스터의 다른 신분을 모르는 놈이 저항군이라고?"

"아, 압니다. 그가 바로 저항군의 대장이지요. 저도 저항군인데 그걸 모르겠습니까?"

케이는 잠시 당황했다. 하지만 금방 상황을 이해할 수 있었다.

"네가 바로 저항군에 침투해 있다는 첩자구나."

"그렇습니다. 하지만 첩자는 저 한 명만이 아닙니다. 남작님께서 투입시킨 첩자는 몇 명 더 있다고 알고 있습니다."

케이가 씩 웃었다.

"그럼 너를 고문하면 다른 첩자들의 정체를 알아낼 수 있겠구나."

남자는 여전히 떨고 있었지만 대답은 정확했다.

"그래 봐야 소용없습니다. 남작님은 보통이 아닙니다. 첩자들은 누가 또 다른 첩자인지 모릅니다. 그래서 우리는 배신도 못합니다. 배신한 대상 중에 첩자가 있을지 모르니까요."

"쳇! 치밀한 놈이군."

케이는 잠시 생각을 굴렸다.

"그러니까 남작은 내가 그 왕도둑놈을 죽이기를 바란다는 거지?"

"그렇습니다."

"니가 하면 안 되고?"

"도둑 마스터의 실력은 보통이 넘습니다. 더구나 그의 행적은 비밀에 감추어져 있습니다. 적어도 케이 씨 정도는 돼야 그를 죽일 수 있습니다. 그리고 케이 씨는 도둑 마스터와 가끔 만난다고 알고 있습니다."

케이는 이해했다. 남작이 기사를 동원해서 그를 죽이려고 해도 도둑 마스터인 버크의 위치를 먼저 알아야 한다. 하지만 버크의 행적은 비밀이다. 버크가 케이를 만나러 오는 경우는 있어도 케이가 그를 보고자 한다고 해서 찾을 수 있는 경우는 없다.

케이의 머리가 빠르게 굴렀다.

'이거 정말 좋은 기회다.'

케이는 남자를 놓아주었다. 그는 금화 주머니를 챙기며 말했다.

"나에 대한 추격도 중지하는 거겠지?"

남자가 고개를 크게 끄덕였다.

"물론입니다. 저항군 두목인 도둑 마스터를 죽여주신다면 남작님은 그간의 모든 죄를 불문에 붙이겠다고 하셨습니다. 또한 원하신다면 남작님께서는 케이 씨에게 기사 작위를 수여하고 기사 텔레칩의 자리를 넘겨주시겠다고 하셨습니다."

케이가 환하게 웃었다.

"알았다. 이 의뢰 받아들인다. 남작님에게는 잔금이나 확실히 준비하고 있어달라고 전해 드려라."

사흘은 빠르게 흘렀다. 케이는 복면까지 쓰고 남작의 저택 바로 근처에 숨어 있었다.

그의 곁에는 다른 저항군 몇 명이 있었다. 그중에는 도둑 마스터도 있었다.

도둑 마스터가 말했다.

"케이 씨, 준비되셨습니까?"

케이가 어둠 속에서 도둑 마스터를 보고 씩 웃었다.

"물론이지, 도둑놈."

"이제 남작의 손님들이 모두 떠났습니다."

케이가 땀이 나는 손바닥을 옷에 문질러 닦으며 말했다.

"저택에 병사는 몇 명이나 남아 있냐?"

"기사가 둘, 병사가 약 이십 명입니다."

"장난 아니게 많네. 무슨 남작이 기사가 아주 넘쳐나네."

"저택은 넓습니다. 케이 씨는 할 수 있을 겁니다."

어차피 하기로 한 일이다.

"알았다고."

그들이 숨어 있는 앞쪽에서 쪽문이 스르르 열렸다. 쪽문 너머로 흰 손수건이 나와서 흔들거리다가 사라졌다.

"케이 씨, 신호가 왔습니다. 무운을 빕니다."

"내가 도둑놈을 믿고 목숨을 거는 날이 올 줄은 몰랐네. 여하튼 탈출로나 확실히 준비해 줘."

케이가 쪽문으로 살금살금 걸어갔다.

쪽문 너머에는 시녀가 한 명 서 있었다. 그녀는 케이를 보더니 속삭였다.

"뉘신지요?"

"케이."

"기다리고 있었습니다. 이쪽으로 오세요."

시녀가 사뿐사뿐 걸으며 걸어갔다. 그녀의 뒤를 따라가던 케이가 말을 걸었다.

“남작은 지금…….”

“쉿.”

시녀가 손가락으로 입을 가렸다. 그녀가 소곤거렸다.

“소리를 내시면 곤란합니다.”

“알았어요.”

그들은 도둑고양이처럼 살금살금 걸어갔다. 이윽고 큼지막한 문이 나오자 시녀가 말했다.

“이 문을 넘어가시면 다음 사람이 기다리고 있습니다. 그가 목적지까지 안내해 줄 겁니다.”

케이가 웃으며 말했다.

“정말 고마워요. 친절한 분이시네요.”

흐린 빛 속에서 시녀가 조금 당황하며 인사를 받았다.

“부디 성공하시기를.”

케이는 문을 지나갔다. 문 뒤 방은 어두웠다. 하지만 그의 눈은 어둠에 빠르게 적응했다.

‘내 밤눈이 이렇게 밝았나?’

그에게 남자 하나가 다가왔다.

“기다리고 있었습니다.”

남자를 유심히 보던 케이가 깜짝 놀라며 검을 뽑았다.

“너는 집사? 제기랄, 들켰구나.”

남작의 집사가 급히 손을 들었다.

“쉿! 조용히.”

그 태도에 케이가 당황했다.

“뭐, 뭐야. 설마 집사 당신이 설마 저항군이야?”

“목소리가 큽니다. 조용히 말하십시오, 조용히.”

케이는 이제 더 의심할 수 없었다.

“이, 이봐요, 집사. 당신 정말 저항군이에요?”

집사가 어둠 속에서 고개를 끄덕였다.

“그렇습니다. 그나저나 밤눈이 정말 좋으시군요. 이 어둠 속에서 저를 알아보다니.”

“요새 건강이 좋아졌거든요. 하지만 이거 정말 놀랄 일이네요. 어떻게 남작의 심복이라던 당신이 저항군 일을 할 수 있어요?”

“등잔 밑이 어두운 법이지요.”

케이는 어이가 없었다.

“허, 참. 윌리엄 남작 놈. 사람 다루는 꼴이 이 지경인 거 보니 살려뒀어도 큰 인물 되기는 글렀네요.”

“원래 싹수가 노란 인물입니다.”

“그나저나 남작은 혼자 있어요?”

“물론입니다. 지금 술을 잔뜩 마신 후 자기 방에 자빠져 자고 있습니다. 가서 목을 잘라주시면 됩니다.”

케이가 독촉했다.

“그럼 가자고요. 남의 본거지에서 시간 끌면 위험하니까.”

케이는 집사의 뒤를 따라 살금살금 움직였다. 요새 한창 예민해진 그의 감각에 아무런 기척도 감지되지 않았다.

'이상한데?

"이봐요, 집사. 그런데 스무 명이나 되는 경비병과 기사 두 명은 다 어디 있기에 이렇게 조용해요? 경비가 철저하다고 들었는데."

집사가 작은 목소리로 대답했다.

"오늘 거사를 위해서 제가 건물 외부를 경비하도록 시켰습니다. 지금 건물 내에는 남작밖에 없습니다."

케이가 히죽 웃었다.

"잘됐네요. 적의 핵심 인물이 우리 편이라. 이거 일이 정말 거저먹기네요."

아무런 습격도 없었고 소음조차 들리지 않았다. 마법 트랩조차 없었다. 그들은 곧 기다란 복도 한 끝에 도착했다.

집사가 말했다.

"복도 끝의 저 큰 문이 있는 방이 남작의 침실입니다."

"흐음, 그래요?"

"여기 열쇠가 있습니다. 문에는 기름칠을 충분히 해두었으니 소리가 나지 않을 겁니다."

케이가 열쇠를 받아 들고 말했다.

"탈출로는요?"

"그를 조용히 죽이고 다시 이 문으로 나오시면 제가 안내해 드리겠습니다."

"알았어요. 기다리고 있어요."

케이는 살금살금 움직였다. 어느새 복도 끝까지 다가간 그는 열쇠를 조용히 문에 꽂았다.

케이가 잠시 이상함을 느꼈다.

'왜 안에서조차 아무런 인기척이 느껴지지 않지?'

그는 요사이 자신의 감각이 꽤 좋아졌음을 알고 있었다. 하지만 아직 스스로의 능력이 어느 정도인지 모른다. 이런 큰 문 뒤까지 알아챌 정도인지는 자신할 수 없었다.

'얌전하게 자는 놈인가 보다.'

케이는 조용히 문을 열었다. 문은 집사의 말처럼 소리없이 열렸다.

케이는 그 안으로 들어섰다. 창문을 통해 달빛이 들어오고 있었다. 그는 이불이 수북이 덮여 있는 침대를 향해 살며시 걸어갔다.

'남작 놈. 그러게 나를 노리지 말았어야지. 에이미도.'

그는 오른손으로 칼을 들고 왼손으로 조용히 이불을 걷었다. 칼날이 달빛에 반짝였다. 그리고 얼굴이 굳었다.

'베개?'

사람은 없고 그 자리를 베개가 채우고 있었다. 상황은 명확했다.

케이가 들어온 입구 쪽으로 몸을 획 돌렸다. 검을 꽉 잡은 채였다.

갑자기 요란한 소리와 함께 방이 확 밝아졌다.

"으하하하! 걸렸구나, 암살자 놈아!"

어두운 곳에서 갑자기 밝은 빛을 보면 시각을 잠시 잃는다. 그러나 케이는 눈을 가늘게 뜨는 것만으로도 빠른 속도에 빛에 적응했다.

"제기랄, 함정이구나!"

남작이 크게 웃었다.

"하하하! 당연하지. 설마 내 충성스러운 집사가 나를 배신할 거라고 생각했느냐?"

케이가 이를 갈았다.

"제기랄, 인기척이 없었는데."

"당연하지. 네가 매복한 기척을 제법 잘 안다는 보고를 들었다. 1서클 마법사가 시약을 아낌없이 써서 방 안의 기척을 지웠다. 네놈 정도 속이는 건 일도 아니지."

케이는 주변을 빠르게 훑었다. 마법사가 있다면 먼저 제거해야 한다. 그것이 전투의 기본이다. 마법사는 그만큼 위험하다. 하지만 마법사로 보이는 자는 없었다.

기사 두 명과 병사 스무 명이 모조리 검을 들고 케이를 포위했다. 거기에 남작마저 검을 차고 있었다.

케이는 주춤주춤 물러났다. 아무리 봐도 승산이 없었다.

남작이 말했다.

"뭣들 하느냐? 죽여!"

기사 두 명이 먼저 달려들었다. 그들의 검이 케이의 목과 가슴을 노렸다.

케이가 눈을 날카롭게 떴다. 기사들이 공격하는 움직임이 훤히 보였다.

'할 수 있다!'

그는 검을 휘둘러 기사 하나의 공격을 쳐냈다. 그와 함께 뒤로 한 걸음 물러서 다른 기사의 공격을 피했다. 칼날이 그의 코앞을 스치고 지나갔다.

어느새 처음 기사가 다시 공격해 들어왔다. 기사의 깔끔하고 빠른 연속 공격에 등골이 다 오싹해졌다.

"이야압!"

케이는 기합을 지르며 검을 휘둘러 그 공격을 다시 쳐냈다. 그 틈에 다른 기사의 검이 그의 허리를 노리고 들어왔다.

케이는 급히 물러섰다. 그러나 그의 등에 턱 하고 부딪치는 것이 있었다.

'벽!'

몬스터 상대가 전문인 케이는 실내에서 싸울 일이 없었다. 이런 전투에 익숙하지 못한 그는 공간 계산에 실패했다.

충분히 물러서지 못한 그의 옆구리를 기사의 검이 베고 지나갔다. 피가 확 튀었다.

“크윽!”

케이가 옆구리를 잡았다.

‘꽤 깊게 베였다.’

벽이 있으니 몸이 밀려나지 못하고 검을 그대로 받았다. 기사가 제대로 날린 공격을 받았으니 아무리 체내에 몸을 보호하는 기운이 있다 하더라도 상처가 깊어질 수밖에 없었다.

옆구리에서 조금씩 기운이 빠졌다.

그를 공격한 기사는 의외라는 얼굴이었다.

“인간의 허리 따위는 두 동강 낼 힘을 썼는데 서 있어? 사슬갑옷이라도 두르고 있느냐?”

“웃기지 마라. 그런 거 없다.”

케이가 다시 검을 들었다. 그의 눈이 빠르게 실내를 훑었다. 아무리 봐도 열세였다. 기사 두 명이 눈에서 살기를 뿜으며 케이에게 다가왔다.

케이가 들어온 문은 단단히 봉쇄되어 있었다. 재빨리 주변을 훑는 그의 눈에 그들 뒤의 창문이 보였다.

‘여기는 삼층. 뛰어내리면 위험해. 하지만 어차피 가만있으면 죽는다.’

기사 두 명의 살기가 그를 압박했다. 케이는 침을 꿀걱 삼켰다. 심장이 쿵쿵 뛰기 시작했다. 심장이 반응하며 피 한 방울이 더 떨어져 나와 몸에 흡수되었다.

케이는 시야가 조금 더 밝아지는 것을 느꼈다. 창문이 더

선명하게 보였다.

'어차피 죽기 아니면 살기다!'

케이가 갑자기 바닥을 박차며 앞으로 뛰어나갔다.

"이야압!"

기합과 함께 그는 검을 크게 휘둘렀다. 그 검에 실린 힘이 제법 매서웠다. 힘껏 휘두르면서도 자신의 검술이 과연 기사 씩이나 되는 인간들에게 먹힐지는 좀 의심스러웠다.

케이의 걱정과는 달리 기사 두 명은 그 공격을 가볍게 보지 않았다.

'뭔가 있는 검이다.'

'그냥 받으면 위험하다.'

그들은 급히 물러섰다. 케이의 다음 공격에 대비한 동작이다. 둘 사이에 작은 공간이 열렸다.

케이는 반색을 했다.

'살았다!'

그는 곧바로 땅을 박차고 그 공간으로 몸을 날렸다.

잠시 물러섰던 두 명의 기사는 당황했다. 그들은 설마 그렇게 위력적인 검격을 날리던 케이가 그대로 도망칠 줄은 몰랐다.

"감히 속임수를!"

기사들이 손에 든 검을 빠르게 휘둘렀다. 두 개의 직선이 케이의 등을 정통으로 베었다. 피가 튀었다.

케이는 엄청난 쓰라림을 느끼며 비명을 질렀다.

"으아아!"

칼에 맞았으니 등이 정말 아팠다. 하지만 몸의 통제 능력은 조금도 떨어지지 않았다. 여기서 겨우 아픔 때문에 멈추는 건 자살 행위다.

그는 그대로 몸을 날려 창문으로 뛰어들었다. 큼직한 창문이 그의 몸에 부딪치며 요란하게 부서졌다.

케이가 뛰어내린 창문은 삼층이다. 그 높이에서 잘못 떨어지면 죽는다. 특히 거꾸로 떨어지면 살기를 포기해야 한다.

케이의 신체는 강화되어 있다. 떨어져 내리는 사이에 건물 벽을 재빨리 박찼다. 그것만으로도 공중에서 균형을 잡을 수 있었다. 옛날 같으면 상상도 할 수 없는 동작이었다.

겨우 자세를 잡은 그가 발부터 땅에 떨어졌다. 착지의 충격으로 발바닥에서 무릎과 엉덩이를 관통하는 강렬한 고통이 느껴졌다.

"크윽! 이거 진짜 아프네."

그는 투덜거리면서도 급히 달렸다. 다리 아프다고 주저앉았다가 추격대를 상대하고 싶은 생각은 없었다.

케이의 등을 공격했던 두 기사는 자기네 검을 보며 당황한 얼굴이었다. 남작이 창밖으로 고개를 내밀었다가 그들을 돌아보았다.

"그거 하나 제대로 못 죽이나?"

기사들이 즉시 대답했다.

"아무래도 쓸 만한 방호구를 속에 걸치고 있는 것 같습니다."

"그렇습니다. 하지만 피가 튄 것으로 보아 우리 검이 그놈에게 부상을 입힌 것이 틀림없습니다. 아마 부상이 심할 테니 멀리 도망치지는 못할 겁니다. 즉시 추격하면 잡을 수 있습니다."

남작이 콧방귀를 뀌었다.

"흥! 너희들이 그놈을 추격하다가 저항군의 다른 놈들이 쳐들어오면 어쩌려고? 너희들은 나를 지켜야 할 것 아니냐?"

남작의 곁으로 집사가 다가왔다.

"남작님, 걱정할 것 없습니다. 어차피 저놈은 죽은 목숨 아닙니까?"

"집사, 놈은 내 의뢰를 받는 척했지만 그놈을 죽이지 않았어. 오히려 내 돈만 먹고 나를 치러 왔다고."

"괜찮습니다. 우리의 계획은 확실히 먹혔습니다. 그러니 저항군 놈들이 알아서 처리할 겁니다. 그런 경우까지 감안해서 만든 계략이니까요."

남작이 투덜댔다.

"그렇지. 금화를 열 개나 썼는데 아무것도 얻지 못하면 안 되지. 저놈이라도 확실히 죽여야지."

"더구나 호위를 위해 내보냈던 기사와 병사들이 일찌감치 복귀하고 있습니다. 그들이 방해가 되는 놈들을 확실히 소탕할 겁니다."

"알았어. 그럼 내 집사만 믿지."

케이는 옷을 찢어 상처를 대충 동여매고 도망쳤다.

"젠장, 아무리 돈이 아까워도 금화 몇 개 써서 회복 포션 하나 샀어야 하는 건데. 젠장."

회복 포션은 잘만 쓰면 목숨을 구할 수 있는 물건이다. 평소라면 몰라도 이런 위기 상황이라면 금화 몇 개 값은 충분하다. 그리고 케이에게는 지금 금화 열 개가 있었다.

하지만 억만금이 있어도 황금으로 상처를 치료할 수는 없다.

돈을 너무 아낀 것을 후회하며 도망치던 케이가 걸음을 멈추었다.

"누구냐!"

장검은 남작의 저택에 남겨두고 왔다. 빈손인 그는 바짝 긴장했다.

수풀 속에서 사람들이 몇 명 걸어나왔다.

케이의 얼굴이 밝아졌다.

"아, 왕도둑놈."

버크가 케이의 행색을 보더니 말했다.

“상황은 알고 있습니다. 실패했더군요.”

그 질책하는 어투에 케이가 발끈했다.

“놈들은 이미 함정을 파고 있었다. 집사는 이중 첩자였다고. 이거 다 왕도둑놈 니 탓이다. 어떻게 첩자에게 길을 안내하라고 하냐?”

버크가 혀를 찼다.

“쯧쯧. 그렇군. 어쩐지 집사가 쉽게 우리 편이 됐다 했어. 이거 미안하게 됐습니다.”

“알면 됐으니까 내 탈출로나 알아봐 줘라. 이 지경까지 했으니 남작이 이제 나를 찾으려고 눈에 불을 켤 거다. 더 이상은 도와주고 싶어도 도와줄 방법이 없다고.”

버크가 고개를 저었다.

“그러기에는 조금 곤란한 일이 생겼습니다.”

“곤란은 무슨 곤란. 이러다가 남작의 추격대가 쫓아올지도 모른다고. 탈출부터 해야지”

“남작의 추격대는 없습니다. 그건 이미 확인했지요. 그보다 당신에게 보여줄 것이 있습니다.”

도둑 마스터 버크가 손짓을 했다. 숲에서 사람 하나가 결박당한 채 끌려 나왔다.

케이의 안색이 변했다.

“엇! 저놈은?”

버크가 싸늘한 얼굴로 말했다.

"저놈이 모든 것을 불었다, 케이. 내 목숨 값으로 금화 삼십 개를 받기로 했다고?"

케이가 웃었다.

"하하하! 그거 내가 남작을 속인 거야. 선금으로 금화 열 개를 준다고 하기에 재빨리 챙겼지. 게다가 남작은 내가 너를 죽일 줄 알고 방심할 거라고 생각했지. 나로서는 남작을 더 쉽게 죽일 기회를 잡는다고 생각했다고. 저항군에는 첩자가 많아서 미리 말하지는 않았어."

버크가 코웃음을 쳤다.

"흥! 그 말을 나보고 믿으라는 거냐?"

케이가 정색을 했다.

"이봐, 논리적으로 생각을 해보란 말이야. 내가 너를 죽이려고 어떤 시도라도 했어? 안 했잖아. 남작을 암살하러 가기 전에는 아무것도 안 했다고. 설마 남작을 죽인 다음에 너를 죽이려고 했을 거 같아? 죽은 남작이 잔금을 주는 것도 아닌데?"

"믿을 수 없다. 남작을 죽이러 가는 것조차도 가짜였다면?"

"그랬다면 집사 놈을 잡아서 남작에게 끌고 갔겠지. 몇 푼이라도 더 챙길 수 있었을 테니까."

"다른 꿍꿍이가 있다면?"

"바보 도둑놈아. 만약 내가 배신자라면 말이야, 남작을 죽이지 않은 것을 집사가 알지 못하게 해야 해. 집사가 알면 그 사실이 너의 귀에 들어갈 테니까. 따라서 집사는 반드시 제거해야 하는 놈이었다고.”

“그건 그렇다만…….”

“그러지 않고 칼 들고 남작의 방까지 들어갔다는 것만 봐도 내가 배신하지 않은 걸 알 수 있잖아? 나는 그저 남작을 속여서 금화 열 개를 챙긴 것뿐이라고.”

케이의 말은 논리적으로 틀린 것은 없었다.

버크의 얼굴이 조금 풀어졌다.

“듣고 보니 그렇군.”

“안심하라고. 나는 다른 건 몰라도 배신자는 아니라고. 내가 속인 건 네가 아니라 남작이야.”

버크가 곧 환히 웃는 얼굴로 케이에게 다가왔다.

“하하하. 이것 참 미안하게 됐습니다. 제 오해였군요. 사과드립니다.”

케이도 웃었다.

“오해야 풀면 그만이지.”

버크가 두 팔을 벌리고 케이를 와락 껴안으며 말했다.

“그렇지? 오해는 풀어야지?”

케이는 갑자기 배가 화끈해졌다.

“커억!”

버크가 케이를 안은 채 단검으로 계속 배를 찔렀다.

"죽어! 죽어! 오해고 자시고 죽어! 젠장, 이 칼 이거 왜 이리 잘 안 들어가? 누가 새 칼 좀 가져와!"

버크는 손에 든 단검을 던져 버리고 자기 부하를 향해 손을 벌렸다.

칼질이 잠시 멈춰지자 케이는 정신이 번쩍 들었다. 그는 이대로 있으면 죽는다는 사실을 깨달았다. 더 생각할 것도 없었다. 고통이 극심했지만 이를 악물고 버크를 와락 밀쳤다.

버크는 케이를 충분히 찔렀다고 생각했다. 그의 상식에 그 정도로 찔린 자는 당연히 전투력을 상실한다.

그는 케이가 밀치는 힘에 몇 걸음이나 물러섰다. 하지만 더 이상 서두르지는 않았다.

케이는 배에서 피를 줄줄 흘리며 비틀거렸다.

"크으윽! 이, 이봐. 오, 오해라고 했잖아. 나는 너를 죽일 생각이 없었어."

고통이 심해 손이 부들부들 떨렸다.

버크는 부하에게서 장검을 받아 들었다.

"알아. 네 말 믿어."

"그, 그런데 왜……."

버크가 차갑게 웃었다.

"이봐, 케이. 도둑놈을 믿으면 어떻게 하나? 엉?"

"무슨 소리야?"

버크가 검을 가볍게 흔들며 말했다.

"집사는 배신한 게 아니야. 그는 내 명령을 듣는 사람이 맞아."

"하지만 그 집사는 배신했다고. 남작에게 붙었어."

"알아. 그는 남작의 명령도 듣는 사람이야."

케이의 안색이 급변했다.

"서, 설마……."

버크가 케이에게 다가가며 말했다.

"이봐, 케이. 도둑 마스터가 뭐가 아쉬워서 저항군을 조직한다는 거야? 다 생기는 게 있으니까 하는 거 아니야? 도둑은 자선사업을 하지 않아."

케이가 이를 갈았다.

"너 이 새끼, 남작이랑 한통속이구나. 남작에게 고용됐구나. 그렇구나!"

버크가 고개를 저었다.

"아니. 나도 자존심이 있다. 이 도시의 도둑 마스터께서 겨우 일개 남작에게 고용될 리가 있나."

"거짓말 말아!"

"거짓말이 아니야. 나는 좀 더 높은 분에게 고용됐다고. 그분이 남작도 고용하셨지. 집사는 남작과 나 사이에 다리 역할을 하라고 그분이 파견하신 자야. 당연히 남작과 내 명령을 모두 듣지."

케이는 배를 움켜잡은 채 주변을 둘러보았다. 버크의 부하들이 그를 포위하고 있었다. 심지어 조금 전까지 묶여 있던 자도 풀려나서 포위에 동참했다.

"저항군 전체가?"

"설마. 도둑 길드원들만 내 일을 돕고 있지. 다른 놈들은 믿을 수가 없다고."

"제기랄! 목적이 뭐냐? 왜 너네끼리 싸우는데?"

버크는 입이 간지러웠다. 그의 상식에 의하면 배를 대여섯 차례나 찔린 케이는 지금 반시체나 다름없었다. 안심한 버크가 입을 놀렸다.

"흐흐. 죽을 놈이니 알려주마. 우리를 고용한 분은 많은 돈을 원해. 이 도시에서 지금 가장 큰돈이 되는 건 빈민가의 땅이지. 모조리 쫓아내기만 하면 그 즉시 금싸라기로 변해. 하지만 그건 그 사람들의 땅이야. 한두 명이라면 모를까 전부를 다 쫓아낼 수는 없어."

케이는 갑자기 일이 어떻게 돌아가는 것인지 깨달을 수 있었다.

"가짜 반란!"

버크가 환히 웃었다.

"역시 용병으로 썩기에는 아까운 놈이구나. 그렇지. 저항군은 빈민가를 중심으로 조직되어 있어. 그리고 남작은 그들을 괴롭히지. 에이미를 태워 죽이는 일 같은 것을 벌이면서 말이야."

"그것도 모두 계획이구나!"

"그럴 때마다 나는 빈민들을 선동하는 거지. 마침내 참지 못한 사람들은 반란을 일으켜. 그런데 결정적인 순간에 그 저항군의 핵심 정보가 남작에게 흘러들어 가지. 바로 저항군의 모든 것을 알고 있는 나를 통해서."

"으드득! 나쁜 새끼."

"원래 도둑은 다 그런 거야. 하여간 반란이 일어나면 남작은 빈민가를 토벌할 명분을 얻어. 그럼 싹 쓸어버리고 모두 차지하는 거야. 어때? 완벽한 계획이지 않아? 이건 사실 내 머릿속에서 나온 계획이라고."

"그래서 암살을 시도했나?"

"그렇지. 강력한 암살자가 남작을 공격한다. 남작은 겨우 그 암살자를 제거한다. 조사를 하니 그 암살자는 빈민가에서 활동하던 케이라는 놈이다. 그걸 근거로 빈민가에 대한 본격적인 탄압이 시작된다. 나는 반란을 일으키고 남작은 토벌한다. 그러면 모든 것은 끝. 우리는 거금을 손에 쥐게 되지."

"그게 가능할 거라고 생각하는 거야?"

"남작은 그 작위에 비해서 꽤 강력한 병력을 가지고 있지. 특히 기사 숫자는 자작급 귀족 못지않아. 이 많은 기사가 어디서 왔을까? 설마 일개 남작이 구했을까? 모두 우리를 고용하신 분이 보내주신 거지. 저항군을 토벌하고 땅을 차지하기 위해서. 원래 남작은 기사 한 명 없는 가난한 귀족이었다고."

케이는 점점 배의 고통이 줄어드는 것이 느껴졌다. 사실 내 장이나 근육은 별로 다친 데가 없었다. 하지만 겉보기에는 배 근처 옷에 피가 가득 배어 있었다.

버크는 케이가 중상이라고 생각하자 마냥 즐거워졌다. 일부러 질문에 순순히 대답하며 시간을 끌고 있었다.

'감히 나를 도둑놈이라고 부르던 새끼. 몸에 피가 다 빠져서 죽어버려라.'

케이는 빠르게 상태를 회복하고 있었다. 그는 조금 더 시간이 필요했다.

'칼이 급소를 피했나? 이유야 모르겠지만 어쨌든 시간을 끌어야 살 기회가 생기겠다.'

"그럼 남작이 왜 나한테 너를 죽이라고 의뢰를 한 거냐?"

버크가 혀를 찼다.

"쳇! 그게 약간의 오해가 있었거든. 우리 모두 다른 분에게 고용되어 있지. 따라서 남작과 나는 수평적 관계야. 남작은 내가 그를 죽이고 그 자리를 차지하려고 하지 않을까 항상 경계했어. 그런데 너처럼 강력한 놈이 나타났거든. 남작은 의심했지. 내가 자기를 배신하고 다 차지하려고 한다고."

"그래서 너를 제거하라고 시켰다고?"

"아아, 사실은 조금 달라. 너를 매수했다는 것을 나에게 알려줬지. 그건 모두 집사 머리에서 나온 거거든. 나도 알다시피 집사는 내 사람이기도 하지. 집사가 그 이야기를 전해주니 내가 모를 수가 있나. 넌 남작의 의뢰가 기회라고 했지? 나도 이걸 만약을 대비한 기회로 삼았어. 혹시 니가 살아 나왔을 때를 대비한 기회.”

케이는 이제 모든 것을 완전히 파악했다.

“결국 너희 두 놈들의 수작에 도시 전체가 놀아난 거구나.”

“도시 전체에 외지인인 너도 추가해야지.”

케이의 얼굴이 분노로 가득 찼다. 그 모습을 보는 도둑 마스터 버크는 점점 즐거워졌다.

‘더 비참한 기분을 느끼게 해주마.’

“그리고 에이미 말이야.”

케이가 소리쳤다.

“너, 에이미한테 손을 댄 건 아니겠지? 그랬다면 니 씨를 모두 말려 버리겠다!”

버크가 기분 좋은 얼굴로 손을 흔들었다.

“아아, 흥분하지 말라고. 나는 아무 일도 안 했어. 다만 에이미 고것이 너를 돕겠다고 저항군을 좀 모았더라고. 너의 탈출로를 확보한다나?”

“그래서 너는 무슨 짓을 한 거냐?”

“나는 아무 일도 안 했다니까. 다만 남작에게 에이미와 저항군의 위치를 슬쩍 흘린 것뿐이야. 사실 말이 나왔으니까 말인데, 저항군도 동료들이 좀 죽어줘야 긴장들 하지 않겠어? 더구나 지금 에이미와 함께 있는 놈들은 저항군 중에서도 사

사건건 나에게 간섭하는 간부 놈들. 없어져 주는 것이 이익이
지."

케이는 머릿속을 때리는 생각이 있었다.

"돌아가는 손님들을 호위했던 기사와 병사들?"

버크가 웃으며 손뼉을 쳤다.

"아하하하! 이거 정말 대단한 놈인데? 척하면 척이구나. 맞
아. 그 병사들은 오늘 일찌감치 복귀할 거야. 복귀하면서 그
것들을 처리하겠지."

케이는 심각했다.

'에이미를 구하려면 당장 빠져나가야 한다.'

그런 케이를 보며 버크가 잔인한 웃음을 지었다.

"너는 아무래도 내 일에 방해가 돼. 그러니 반드시 오늘 죽
여야겠어. 그러니 이제 그만 죽어주면 어떨까? 억지로 버티
고 있는 것 보기 괴롭다고."

케이는 버크와 주변 인물들을 노려보았다. 시간이 없었다.

'목숨을 걸어보는 수밖에.'

케이가 꼿꼿하게 서서 말했다.

"죽여라."

그는 자기 심장을 가리켰다.

"비겁한 도둑놈 새끼야! 한 번에 찔러 죽여라."

기분이 좋았던 버크가 발끈했다.

"이 상황에 와서도 빌지는 못할망정 도둑놈 소리를 하다

니. 원한다면 그렇게 해주마.”

케이는 부들부들 떨면서 겨우 서 있는 것처럼 보였다. 적어도 겉보기에는 그랬다.

버크는 칼날이 잘 갈려 있는지 확인했다. 달빛에 푸른빛이 자르르 흘렀다. 버크는 다시 케이의 상태를 확인했다. 확실히 죽어가는 모습으로 겨우 서 있는 것처럼 보였다.

버크는 만족한 얼굴로 케이에게 다가갔다.

“죽어라, 건방진 용병! 난 처음부터 네가 싫었어!”

버크의 검이 케이의 가슴을 향해 똑바로 날아갔다. 작은 도시라지만 도둑 마스터의 솜씨다. 최소한 이급용병 수준의 날카로운 공격이었다.

케이는 이제 기사들의 검을 막아내는 경지에 도달했다. 도둑놈의 검 따위는 조금도 위협이 되지 않았다. 케이의 얼굴에 비웃음이 떠올랐다.

그 표정을 본 버크는 뭔가 잘못됐다는 것을 깨달았다. 그는 무슨 일인지 판단하려고 애썼다.

하지만 케이의 몸이 버크의 머리보다 더 빨랐다.

그의 허리가 휘어지고 몸은 빠른 속도로 기울어졌다. 버크의 검은 허무하게 텅 빈 공간을 찔렀다.

케이는 여전히 배가 아팠다. 하지만 움직임에는 별로 지장이 없었다.

검을 피한 케이의 손에 어느새 단검이 들려 있었다. 사냥용 단검이었다. 그는 그 단검을 앞으로 쭉 내밀었다.

"도둑놈은 나락으로!"

단검의 날카로운 칼날이 단숨에 버크의 심장을 뚫었다.

버크의 얼굴이 경악으로 물들었다. 그는 자신의 가슴에 박힌 검을 보며 부들부들 떨었다.

"어, 어떻게 그렇게 찔리고서도……."

케이도 모른다.

"안 가르쳐 준다."

숨이 끊어진 버크가 스르륵 무너졌다.

케이는 멍하니 서 있지 않았다. 그는 버크의 검을 재빨리 낚아채고 다른 사람들에게 돌아섰다. 검을 허공에 거세게 두어 번 휘둘렀다. 검을 따라 바람 소리가 요란하게 울렸다.

"항복해!"

케이는 그들을 잡아서 에이미의 위치를 파악하려고 했다.

그러나 그를 포위하던 몇 명의 사람들은 전부 도둑 길드 출신이다. 싸움 실력은 별 볼일 없다. 그리고 그들은 케이가 꽤나 무서운 놈이라는 것을 알고 있었다. 더구나 도둑놈에게 의리 따위는 없다.

"으아아!"

그들은 비명을 지르며 일제히 도망쳤다.

케이는 그들을 쫓아야 했다. 하지만 그는 등과 배 양쪽에 큰 상처를 입고 있었다. 속이 멀쩡하다고는 하지만 그래도 작은 상처는 아니다. 더구나 피를 많이 흘렸다. 머리가 조금 어지러웠다.

"젠장, 잡아야 되는데."

하지만 원래 발이 빠른 도둑놈들을 쫓기는 쉽지 않았다.

케이는 머리를 굴렸다. 에이미와 다른 저항군을 찾아야 했다. 칼로 바닥에 그림을 그리며 중얼거렸다.

"생각을 하자, 생각을. 이번 일을 맡을 때 지형 정보와 탈출로에 관한 이야기는 들었잖아? 에이미는 그중 어디에 가 있을까? 내가 어디로 탈출한다고 믿고 있을까?"

케이가 칼을 던져 버리며 말했다.

"모르겠다. 도대체 어디지?"

에이미는 십여 명의 저항군 사람들과 함께 숲에 서 있었다.

그녀는 하얗게 질린 상태였다. 민간인인 저항군들도 마찬가지였다.

다들 장검을 들고 있었다. 에이미마저 단검 한 자루를 꼭 쥐고 있었다.

그러나 그들을 포위하고 있는 것은 병사 이십 명에 기사 한 명이었다. 기사 한 명의 전력만 해도 저항군의 힘을 넘어서고 있었다.

에이미가 울먹이는 얼굴로 말했다.

"아저씨들, 미안해요. 내가 고집을 피워서⋯⋯."

과일 가게 주인이 검을 들고 씁쓸하게 웃었다.

"아니다. 우리는 케이가 안전하기를 원해서 자원한 거야. 네 탓이 아니야."

그들은 케이가 자기들을 위해서 남작을 처리한다는 소리에 자진해서 이 일을 맡았다.

모든 저항군이 안다면 남작도 알게 된다. 그런 위험을 감수할 필요는 없었다. 그래서 이들은 간부 위주로 편성될 수밖에 없었다.

그 덕분에 이 자리에 모인 것은 저항군의 핵심 인물들이었다.

빵집 주인이 툴툴거렸다.

"하지만 우리가 죽으면 버크가 저항군을 완전히 장악할 텐데. 그게 좀 걱정이군."

"이보게, 그래도 그는 저항군 대장이야. 설마 미친 짓이야 하겠나?"

"하지만 도둑이지."

"그럼 우리가 살아나가면 되지. 살아서 그의 행동을 지켜보면 된다고. 그러니 꼭 살아나자고."

저항군은 모두 복면을 쓰고 있었다. 그들은 정체가 드러나면 곤란한 신분들이었다.

반면에 그들을 포위하고 있는 자들은 기사와 병사들이었다. 모르는 사람이 본다면 선악 관계를 거꾸로 판단하기에 딱 좋은 상황이었다.

기사가 능글맞게 웃으며 앞으로 걸어나왔다.

"이것 봐라. 여자애 목소리도 들리네?"

그가 에이미 쪽을 보고 말했다.

"복면을 벗어봐라. 얼굴을 보여주고 오늘 밤 나를 모시거라. 그럼 혹시 살려줄지도 모르잖느냐?"

에이미의 얼굴이 복면 속에서 더 질려갔다.

빵집 주인이 에이미의 앞을 가로막으며 소리쳤다.

"네 이놈! 아직 어린 아이에게 무슨… 커억!"

빵집 주인이 기사에게 걸어차여 바닥에 쓰러졌다.

"어디서 칼도 제대로 못 쥐는 놈들이 어르신 말을 끊어?"

그는 다시 에이미의 몸을 눈으로 훑었다. 만족한 그는 혓바닥으로 입술을 핥으며 말했다.

"얼굴을 가려도 몸매가 특상품이로구나. 이런 것이 도시에 숨어 있었다니. 역시 이 도시까지 파견 올 가치가 있었어. 크흐흐흐."

에이미는 이제 기절할 지경이었다.

저항군들이 떨리는 손으로 검을 든 채 기사에게 다가왔다.

"무, 물러서라!"

기사가 인상을 확 썼다. 그는 자신의 검 손잡이를 잡으며 말했다.

"모두 살려서 고문하려고 했더니 아무래도 몇 놈은 먼저 죽여야겠군."

기사의 몸에서 살기가 서서히 피어올랐다.

그 서슬에 저항군들이 저도 모르게 한 걸음씩 물러섰다. 기사의 살기를 정면에서 맞은 보통 사람들은 공포에 질렸다. 그들의 의지를 넘어서는 공포였다.

기사가 웃었다.

"크흐흐! 하룻강아지 같은 놈들. 그렇게 떨어라. 그렇게 떨면서 내가 이 아이를 맛보는 것을 구경해라. 그리고 남작님의 저택에 끌려가서 고문당해라. 네놈들이 아는 것을 순순히 다 불 때까지 나를 즐겁게 하여라. 으하하하!"

기사가 에이미의 앞섶을 잡았다.

"까악!"

에이미는 비명을 지르며 단검을 휘둘렀다.

"어딜!"

그녀의 가느다란 손목은 기사의 크고 거친 손에 꽉 잡혔다.

기사가 가볍게 손을 흔들어 단검을 놓게 만들었다.

그의 손이 에이미의 복면을 향했다.

"어디 이제 목소리나 몸매만큼 얼굴도 고운지 볼까?"

저항군 중에서 과일 가게 주인이 더 이상 참지 못하고 기사에게 달려들었다.

"물러서라!"

기사가 과일 가게 주인을 힐끗 보더니 가벼운 발길질을

했다.

"평민 따위가!"

그의 발끝에 과일 가게 주인의 배가 걸렸다. 기사에게는 가벼운 발길질이지만 보통 사람에게는 망치에 맞는 것 같은 위력이었다.

"커억!"

과일 가게 주인이 입에서 피를 뿜으며 뒤로 날아갔다.

기사가 저항군들을 노려보며 소리쳤다.

"다시 방해하는 놈은 즉시 목을 따버리겠다!"

저항군들은 압도적인 실력 차에 기가 질려 움직이지 못했다.

만족한 기사는 에이미의 복면을 잡고 천천히 끌어 올렸다.

에이미는 최근 들어서 화장이라고 하는 것에 큰 관심을 가지기 시작했다. 이제 예전의 꼬맹이 에이미의 모습이 아니었다.

뽀얀 피부와 가는 턱 선. 붉게 칠해진 입술, 곧게 솟은 코 등이 천천히 드러났다.

그 모습을 보며 기사의 표정이 밝아졌다. 마침내 복면을 완전히 벗기고 난 후 기사는 신이 나서 말했다.

"으하하, 이거 특등품이로구나. 몇 살이냐? 열다섯? 열여섯? 어쨌든 상관없다. 내 너를 오래오래 아껴……."

갑자기 기사의 표정이 변했다. 기사는 급히 몸을 왼쪽으로 회전시켰다. 손은 어느새 검자루를 움켜쥐고 있었다.

"어떤 놈이냐!"

기사의 말이 떨어지는 것과 하늘에서 발바닥이 얼굴을 내리찍는 것은 거의 동시였다. 기사가 비명을 질렀다.

"케엑!"

케이가 공중을 날아오며 발로 기사의 얼굴을 찍었다. 발은 제대로 들어갔다. 미처 대응하지 못한 기사는 단숨에 코가 깨지고 이빨이 부러지며 뒤로 삼 미르나 날아갔다.

바닥에 가볍게 착지한 케이가 인상을 쓰며 말했다.

"이게 어디다 들이대?"

잠시 침묵이 돌았다. 갑자기 에이미가 케이에게 확 안겨들며 소리쳤다.

"오빠!"

케이가 에이미의 머리를 쓰다듬어주며 말했다.

"오빠 일 좀 하게 잠시만 기다릴래? 내가 오늘 개 한 마리 잡아야겠다."

에이미가 글썽거리는 눈물을 닦으며 뒤로 물러섰다.

"응!"

물러서던 에이미가 놀라서 외쳤다.

"오빠, 몸에 피가……."

케이의 몸은 피에 절어 있었다. 자신의 것도 있고 도둑 마스터의 것도 있었다.

케이가 씩 웃었다.

"그냥 조금 묻은 거야."

기사가 비틀거리면서 일어섰다.

"크윽! 네놈이 바로 케이로구나. 어떻게 아직도 살아 있지?"

케이가 목을 한 바퀴 시원하게 돌리며 말했다.

"네 걱정이나 해라. 넌 여기서 죽을 거니까."

기사가 검을 천천히 뽑아 케이를 겨누었다. 그의 몸에서 살기가 피어올랐다.

"입만 살았구나."

기사의 살기 따위는 케이를 위협하지 못한다. 그러기에는 케이가 너무 강해졌다.

케이 역시 검을 뽑으며 말했다.

"이미 남작의 기사 둘이 내 손에 죽었지. 너도 죽는다."

기사가 케이의 몸을 힐끗 보더니 피식 웃었다.

"호호호. 등과 배에 난 칼자국과 피를 보면 네 상태가 훤히 보인다. 멀쩡한 상태라면 텔레칩을 이긴 네가 부담스럽겠지. 하지만 서 있는 것도 힘들 것 같은 놈이 감히 내게 도전을 해? 네 머리를 잘라 내 명예를 높이겠다."

"지랄하고 있네. 기사의 명예가 그런 거였어?"

기사의 눈빛이 싸늘해졌다.

기사는 기사 나름대로 승산이 넘쳤다.

‘저런 중상자를 상대로 못 이길 리가 없다.’

케이도 마찬가지였다.

‘상처는 전부 겉에 난 거라고. 몸 상태는 오히려 더 쌩쌩해!’

기사가 먼저 달려들었다. 땅을 박차고 빠른 속도로 접근하며 검을 휘둘렀다.

“내 명예가 되어라!”

둥글게 휘어들어 오는 검의 움직임이 케이의 감각에 똑똑히 잡혔다.

케이는 두 다리로 땅을 단단히 디뎠다. 그리고 삼급용병이나 배우는 간단한 검술로 그 공격을 단번에 쳐냈다.

“하앗!”

검과 검이 부딪치며 불똥이 튀었다. 달려들던 기사는 그 충격을 제대로 해소시키지 못하고 한 걸음 물러섰다.

“크윽! 겨우 그따위 검술로 나를 밀어내?”

물러서는 기사에게 이번에는 케이가 달려들며 소리쳤다.

“대결에서 밀린 놈이 말이 많아!”

케이의 검이 똑바로 기사의 가슴을 노리고 휘둘러졌다. 그 거친 기세에 기사는 크게 놀라며 검을 들어 막았다.

두 자루의 검이 다시 충돌했다. 강한 충격과 함께 기사가 두 걸음이나 물러섰다.

기사는 충격을 제대로 풀어내지 못해 속이 심하게 울렁거리고 있었다.

마침내 참지 못한 기사가 피를 한 모금 토했다.

"쿨럭! 이 용병 놈이 감히……."

케이는 시간을 두지 않았다. 힘을 모음과 동시에 다시 앞으로 몸을 날렸다.

"가라!"

기사의 눈이 번쩍였다.

'움직임이 빠르고 강하지만 너무 단순하다. 움직임을 잠시만 막으면 반격으로 목을 날릴 수 있다.'

빠르게 판단을 끝낸 그의 검이 케이의 움직이는 궤도 앞을 정확히 차단하며 날아왔다. 기사가 소리쳤다.

"내가 이겼다!"

케이는 이대로라면 공세가 단숨에 수세로 바뀔 거라는 것을 깨달았다. 왜 그걸 알 수 있는지는 몰랐지만 그런 느낌이 들었다.

케이는 몸을 억지로 비틀어 기사의 공격을 피하며 생각했다.

'이대로는 죽는다. 다른 수를 써야 한다.'

그가 본래 알던 용병 검술로는 지금 이 순간에 답이 없었다. 케이는 필사적으로 답을 찾으려고 애썼다.

케이가 요새 재현하려고 노력한 것은 기사 루디를 죽일 때 썼던 검법 동작이었다. 그것은 그의 머릿속에 단단히 각인되어 있던 고대인의 전쟁 지식 중 작은 조각 하나였다.

이미 기사는 우세를 점하고 케이를 향해 검을 날리기 직전이었다.

케이의 손이 무의식중에 움직였다. 연습할 때는 죽도록 안 되던 바로 그 동작이었다.

오른손에 담긴 힘은 조금이었다. 검은 가볍게 솟아올랐다.

갑자기 턱 아래에서 솟아나는 검에 기사는 심장이 떨어질 만큼 놀랐다.

"으헉!"

그는 케이를 공격하려던 자세를 전환해서 그 검을 막으려고 했다. 동시에 허리를 있는 대로 뒤틀어 몸을 뒤로 꺾었다. 스쳐 지나가는 검을 보며 기사는 반색을 했다.

'피했다!'

곧바로 기사의 목에서 피가 솟구쳤다. 스쳐 지나간 검은 기사의 경동맥을 잘라 버린 후였다.

기사가 급히 목을 움켜쥐며 비틀거렸다.

"크윽!"

명색이 기사라고 경동맥이 잘린 상태에서도 몸을 움직일 수 있었다. 그 기사는 남는 손으로 급히 품을 뒤졌다. 회복 포션을 찾기 위해서였다. 회복 포션 한 방이면 이런 외상은 충분히 치료할 수 있었다.

케이가 그 꼴을 구경만 하고 있지는 않았다. 어느새 자세를 바로 한 그는 곧바로 기사의 몸에 몸통 박치기를 했다.

"크아악!"

기사가 큰대 자로 나가떨어지며 비명을 질렀다.

기사에게 더 이상 기회는 없었다. 그는 그대로 절명했다.

케이가 포위한 병사들을 둘러보았다. 병사들은 이 일방적인 싸움에 바짝 긴장한 상태였다.

케이가 그들을 보며 생각했다.

'어디 보자. 기사들은 외부에서 끌어왔고 더러운 짓을 하는 병사들은 원래 건달이나 부패한 용병들. 하지만 일반 병사들은 평범한 도시 사람들이란 말이야. 쓸데없는 피를 볼 필요는 없겠군.'

케이가 소리를 버럭 질렀다.

"안 꺼져?"

병사들은 이미 전의를 완전히 상실하고 있었다.

"사, 살려준다고?"

"안 꺼지면 마음 변할지도 몰라."

"고, 고맙소!"

병사들이 급히 도망쳤다.

에이미가 다시 케이에게 달려들었다.

"오빠, 아저씨들이 큰일 났어."

기사에게 얻어맞은 빵집 주인과 과일 가게 주인이 피를 토하고 있었다.

케이가 에이미의 머리를 쓰다듬으며 말했다.

"이 오빠에게 맡겨."

케이는 기사의 시체로 다가갔다. 기사가 중상을 입은 시점에서 한 행동을 그냥 보고 넘기지 않았다.

케이는 기사의 품을 뒤졌다. 회복 포션이 굴러 나왔다. 이미 두 번이나 마셔본 회복 포션이다.

"쩝!"

입맛을 한번 다신 케이는 그것을 들고 두 사람에게 다가갔다.

케이가 그들의 복면을 벗기다 놀라서 말했다.

"우와아! 빵집 주인 아저씨? 그리고 과일 가게 주인 아저씨? 건달에게는 비리비리하더니 사실은 저항군이었어요?"

케이는 그들에게 포션을 반병씩 나눠 마시게 했다.

"이게 포션이라는 거예요. 이거 마시면 그 즉시 회복된다고요."

케이의 경우에는 그랬다. 그의 몸속에 들어 있는 신의 피가 포션의 위력을 극대화시켰다.

하지만 두 사람에게까지 그런 효과가 나지는 못했다. 그들은 여전히 몸이 불편했다.

그래도 여분의 목숨이라고까지 불리는 회복 포션이다. 두 사람의 안색은 순식간에 편안해졌다.

"고, 고맙소, 케이 씨."

“뭘 이 정도로 그래요? 앞으로 빵이나 좀 더 좋은 거로 주시면 되지. 사실 이제 돌처럼 딱딱해진 빵에는 조금 질려가던 참이었거든요?”

“크, 크큭. 그러지. 케이 씨가 원한다면 갓 구운 빵을 주지요.”

“우리 가게에도 들러가시오. 과일이라도 한 상자 챙겨줄 테니까.”

옆에서 에이미가 궁금한 듯이 물었다.

“그런데 오빠, 우리가 여기 있는지 어떻게 알았어? 대장 아저씨한테 들었어?”

케이가 인상을 썼다.

“그 도둑놈은 배신자다.”

사람들의 얼굴이 굳었다.

“케이 씨, 그게 무슨 소리인가?”

“그 도둑놈, 남작과 한통속이에요. 나를 죽이려고 했어요. 그리고 여러분의 위치를 남작에게 흘린 것도 그자예요. 아니면 저 기사가 어떻게 여기를 찾아왔겠어요?”

케이의 말에 사람들은 크게 놀라지 않았다. 그 반응에 오히려 케이가 놀랐다.

“제 말이 믿어져요?”

“케이 씨, 우리도 요새 찜찜한 것을 느끼고 있었으니까요.”

“그런데도 여기를 왔어요?”

"의심이 좀 든다고 해서 그를 믿지 않을 수는 없었지요. 그
는 저항군 대장이었으니까요."

이들은 일반인이다. 전술이나 배신, 계략 등에 대해서는 약
할 수밖에 없다.

에이미가 눈을 반짝이며 다시 질문했다.

"그런데 오빠, 그럼 여기는 어떻게 알았어?"

케이가 씩 웃었다.

"작전 계획 듣던 정보들을 땅에 그리고 뚫어져라 쳐다봤거
든. 그런데 아무리 봐도 다들 어디에 있을지 알 수가 없더라
고."

"그래도 찾아왔잖아?"

"그지. 도저히 모르겠어서 그림 그리던 막대기를 던져 버
렸는데, 그냥 포기할 수는 없잖아? 에이미 네 생각 하면서 그
림을 열심히 쳐다봤더니, 갑자기 뭔가 떠오르는 거야?"

에이미가 얼굴을 붉히며 말했다.

"뭐, 뭐가 떠올라?"

"그 그림들 사이에서 공격과 방어, 그리고 침투와 탈출에
유리한 위치들이 훤히 떠오르더라고. 나 생각보다 많이 똑똑
한가 봐. 하여간 어디쯤에 네가 기다리고 있을지 짐작이 가기
에 즉시 달려왔지."

잠재의식에 가라앉은 고대인의 전투 지식은 마족과의 전
쟁을 승리로 이끌었던 우수한 것이다. 그것에 비하면 이들의

작전은 어린애 장난 수준이었다. 그 실타래가 조금만 풀려도 이들의 위치 알아내는 것은 일도 아니었다.

이번 작전 계획을 떠올리던 케이가 갑자기 긴장했다.

"이런! 시간이 없다. 왜 이게 이제 생각났지?"

"오빠, 왜 그래?"

"여기를 찾아올 남작의 기사들이 하나일 리가 없어. 곧 더 대규모의 추격대가 온다. 틀림없어. 다들 피해요!"

사람들은 화들짝 놀랐다.

"케이 씨, 어서 갑시다."

케이가 고개를 저었다.

"아니. 만약을 대비해서 누군가 그들의 추격을 흩어야 해요. 안 그러면 몽땅 당하는 수가 있어요. 내가 그 일을 할 테니 어서 빠져나가요."

"케이 씨, 왜 그런 위험한 일을……."

"나 혼자면 얼마든지 살아날 자신이 있거든요. 그러니 어서 가요. 그리고 에이미 좀 잘 부탁해요. 에이미는 얼굴이 드러났기 때문에 꼭꼭 숨겨둬야 해요."

케이는 자세한 이야기를 할 시간이 없었다. 그는 급히 사람들을 쫓아내고 나서 그곳 주변 으쓱한 곳에 숨어들었다.

"젠장. 그나저나 난 이제 어디로 숨지?"

저항군 쪽으로 갈 수는 없었다. 길드 마스터를 죽였지만 아직 저항군에는 도둑놈들이 섞여 있었다. 지금 헤어진 사람

들은 그를 믿어주겠지만 안 그런 사람이 더 많을 것이 뻔했
다.

당연히 남작을 다시 노릴 수도 없다. 이미 함정에 한번 빠
졌다. 계획도 없이 돌아간다고 해서 승산이 나오지는 않았
다.

케이는 숲에 숨어서 다른 병사들의 접근을 경계하며 한숨
을 쉬었다.

"내가 이 무슨 사서 고생이냐."

데이지의 집은 마법상점 안쪽이다. 그녀는 슬슬 잠잘 준비
를 하고 있었다.

그때 상점의 문을 두드리는 소리가 들렸다. 그녀가 고운 눈
썹을 찌푸렸다.

"문 닫은 지가 언젠데……."

그녀는 투덜거리며 외투를 걸쳤다. 그리고 가게문을 열면
서 한마디 했다.

"오늘 영업 시간은 이미 지난… 꺄악!"

그녀는 짧은 비명을 지르다가 급히 자기 입을 막았다. 눈앞
에 피투성이가 된 케이가 서 있었다.

케이가 씩 웃었다.

"실패했어요."

그녀는 케이를 확 잡아당겼다. 의외로 그녀의 힘이 강해 케

이가 상점 안쪽으로 나뒹굴었다.

그녀는 급히 시약 몇 가지를 챙겨서 가게 앞으로 나갔다. 그리고 가게문과 주변 여기저기에 시약을 뿌렸다.

케이는 바닥에 드러누운 채 축 처져서 말했다.

"뭐 하는 거예요?"

데이지는 가게문을 잠그고 커튼을 꼼꼼히 친 후 말했다.

"당신이 여기 온 흔적을 지운 거예요. 핏자국 같은 것도 있으면 함께 지워지도록 했어요."

그녀는 케이를 가게 안쪽의 방으로 끌고 들어갔다. 밝은 곳에 가자 그녀가 놀라서 말했다.

"세상에! 도대체 얼마나 다친 거예요?"

케이가 어색하게 웃으며 말했다.

"피만 좀 많이 흘렸지 상처는 깊지 않아요."

데이지는 방구석의 작은 상자를 뒤지더니 회복 포션 한 병을 꺼냈다.

"마셔요."

케이는 깜짝 놀랐다.

"아니, 이 동네에는 회복 포션이 우물에서 펑펑 나요? 어떻게 너도나도 다 회복 포션을 가지고 있어요? 로이드 씨도 두 개나 가지고 있던데. 싸가지없는 기사 한 놈도 그렇고."

"여기는 마법상점이에요."

"하지만 회복 포션의 제조에는 신관의 도움이 필요하잖

아요. 그리고 신관에게 도움을 받아 트롤의 피를 정화시키
는 비용은 엄청나게 비싸다고요. 하급 마법사의 힘만으로는
만들 수 없어요. 더구나 데이지는 겨우 1서클 마법사잖아
요.”

“겨우 1서클이라서 미안한데요, 마법상점에는 원래 판매
용 회복 포션 정도는 있거든요?”

“돈 받고 파는 걸 저 주시면 어떻게 해요?”

데이지가 즉시 대답했다.

“금화 다섯 개예요. 나중에 갚아요.”

잠시 멈칫하던 케이가 유쾌하게 웃었다.

“하하! 알았어요. 자, 금화 다섯 개.”

그는 품에서 남작에게 받았던 금화의 절반을 꺼내 데이지
에게 넘겨주었다.

데이지는 조금 놀랐다.

“가난뱅이인 줄 알고 있었는데 금화가 어떻게 그렇게 많아
요?”

“이거요? 사연이 있지요.”

케이가 포션을 쭉 들이켰다.

“크으, 이것도 자주 먹다 보니까 죽이네.”

그가 포션을 먹기가 무섭게 몸의 상처에서 약한 빛이 새어
나오기 시작했다. 빛은 잠시 반짝거리다가 사라졌다.

그 모습을 본 데이지의 큼지막한 눈이 더 커졌다.

"설마 벌써 다 나은 거예요?"

케이가 배 부분의 옷을 걷어올리며 걷어내 맨살을 보여주며 말했다.

"봐요. 역시 회복 포션이 좋긴 좋지요?"

데이지가 고개를 저었다.

"회복 포션은 그렇게까지 효과가 빠르고 강력하지는 못해요. 하지만 케이의 몸에 묻은 피를 보니 꽤 심한 상처 같았어요. 그러니까 그 시간에 전부 회복되는 건 말이 되지 않아요."

"아아, 내 피만이 아니거든요. 그리고 상처가 깊었으면 여기까지 오지도 못했죠."

데이지는 납득했다.

"하긴, 그렇죠. 상처가 얕다면야……."

케이가 얼굴을 굳히고 말했다.

"이제부터 하는 이야기는 중요한 거니까 잘 들어요."

"말하세요."

"그 금화가 어디서 났냐고 했죠? 그거 남작이 도둑 마스터를 죽이는 대가로 준 돈이에요. 내 몸에 묻은 피의 일부는 도둑 마스터의 것이고요."

데이지의 얼굴이 경악으로 물들었다.

"남작을 위해서 도둑 마스터를 죽였어요?"

케이가 고개를 저었다.

"아니요. 도둑 마스터를 죽인 건 맞지만 남작을 위해서는
아니에요."

데이지는 슬며시 케이에게서 물러서기 시작했다.

"그럼 왜……."

"이제부터 설명해 줄게요."

케이는 자기가 남작을 암살하려다가 겪은 일들, 그리고 도
둑 마스터에게서 들은 이야기들을 데이지에게 차근차근 설명
했다.

그녀는 조용히 그 이야기들을 듣고 있었다.

마침내 이야기를 끝낸 케이가 물었다.

"내 말 믿어져요?"

데이지가 고개를 끄덕였다.

"그럼요. 믿어요."

그녀가 쉽게 믿어주자 케이가 반색을 했다.

"하하. 고마워요. 나도 데이지가 꼭 믿어줄 거라고 생각했
어요."

"그나저나 이제 어떻게 할 거예요?"

케이가 어두운 얼굴로 말했다.

"일단 이 사실을 사람들에게 알려야지요. 남작의 수작에
넘어가면 안 되거든요."

"그 일은 내가 할게요. 저항군에 아는 사람들이 있으니 소
식은 전할 수 있어요."

“저항군 사람들 몇 명에게는 이미 간단한 이야기는 했어요. 자세한 것은 시간이 없어서 말하지 못했지만요. 그리고 그 사람들의 힘만으로 전체 저항군을 설득할 수 있을지…….”

“제가 아는 분은 저항군 내에서도 꽤 발언권이 강해요.”

케이는 그녀가 누구 이야기를 하는지 알 수 있었다.

“아, 로이드 씨. 그렇죠. 도둑놈들만 이번 음모에 가담했다고 했으니 로이드 씨는 괜찮겠죠. 설마 로이드 씨가 도둑놈은 아니겠죠?”

“로이드 씨가 그 말을 들으면 주먹부터 날릴 거예요. 그런데 케이, 그 후에는 뭘 할 거예요?”

“도망쳐야지요.”

“어디로요?”

“몰라요. 하지만 우리 아이즈 왕국은 넓어요. 그리고 내가 무슨 귀족 살해범도 아니고 도둑 마스터 죽인 것이 고작이라고요.”

“하지만 남작을 암살하려고 했잖아요.”

“안 죽었잖아요. 오히려 내가 도망쳤다고요. 더구나 저항군은 이제 진짜배기가 됐다고요. 남작은 거기 신경 쓰기에도 정신이 없을걸요?”

데이지가 잠시 생각하더니 말했다.

“일단 여기 숨어 있어요. 당분간은 당신 찾는다고 남작은 물론이고 저항군들도 온 사방을 쑤시고 다닐 거니까요. 적어도 저항군 전체에 진실이 알려질 때까지 당신은 아무 데도 돌아다닐 수 없어요."

"괜찮겠어요? 만약 내가 여기 있는 것이 밝혀지면 데이지가 위험해요."

데이지가 방긋 웃었다.

"걱정 마세요. 감히 내 방을 뒤질 사람은 이 도시에 아무도 없어요."

그 미소가 정말 예쁘다고 느낀 케이는 납득했다.

'하긴, 누가 감히 이 예쁜 아가씨의 미움을 받기를 원할까? 올리버 같은 미친 건달이 둘 이상 있다면 그게 더 이상하지.'

"고마워요. 그럼 조용해질 때까지만 있을게요."

윌리엄 남작은 음모에 가담한 이후로 가장 크게 놀랐다.

"뭐? 버크가 죽어?"

집사는 심각한 얼굴이었다.

"그렇습니다. 도둑 마스터의 시체가 저택에서 멀지 않은 곳에서 발견되었습니다."

남작이 겁먹은 얼굴로 말했다.

"도대체 누가 그를 죽였단 말이냐? 혹시 누군가 눈치를……."

집사가 재빨리 대답했다.

“정황으로 보면 아무래도 암살자인 그 용병과 그와 충돌한 것 같습니다.”

남작의 얼굴이 의문으로 가득 찼다.

“버크가 그놈을 죽이게 하는 것이 우리 계획이었잖아. 그런데 왜 거꾸로 버크가 죽어?”

“그 용병의 실력이 버크가 감당할 수 있는 것 이상이었나 봅니다.”

남작은 이해했다.

“그놈이 그 정도였나? 하긴, 그놈은 내 부하 기사를 지금까지 둘이나 죽였지.”

“이제 셋입니다. 기사 한 명의 시체가 더 발견됐습니다. 저 항군의 방해자들을 없애려다가 역으로 당했습니다. 역시 그 용병 놈의 짓입니다.”

남작이 부들부들 떨었다.

“지독한 놈. 삼층에서 떨어지고서도 멀쩡할 정도로 강한 꼴을 보여줄 때부터 불안하기는 했다. 하지만 버크는 간교한 놈이다. 그런 강한 놈을 상대하면서 계획이 없었을 리가 없다.”

“그 계획을 넘어설 정도로 실력이 좋았다고밖에 볼 수 없습니다.”

남작은 갑자기 으슬으슬한 추위가 느껴졌다.

“제기랄. 그놈이 아직도 내 목을 노리고 있을지도 모르는군. 역시 어젯밤에 추격해서 죽였어야 했어.”

때늦은 후회다. 그들은 지난밤에 케이가 버크 손에 죽을 거라고 믿어 의심치 않았다.

“어떻게 하시겠습니까?”

남작이 짜증을 냈다.

“어떻게 하기는 뭘 어떻게 해? 병사들을 풀어서 그놈을 찾아라. 반드시 찾아서 죽여. 내 주변 경호도 강화하고!”

“병력을 모두 그쪽으로 돌리면 그동안 빈민가의 일에 차질이 생깁니다만?”

“지금은 일보다 내 목숨이 먼저야!”

집사가 씩 웃으며 말했다.

“그것보다 더 좋은 계획이 있습니다.”

“계획? 무슨 계획?”

“놈도 찾고 빈민가를 들쑤실 계획입니다.”

케이는 데이지의 방에서 허송세월하고 싶지는 않았다. 그는 꿈이 있었다. 그리고 그 꿈을 이루는 계획의 시작점에는 1서클 마법 습득이 있었다.

바로 옆에는 1서클 라이트 마법을 쓰는 모습을 확실히 보여준 데이지가 있었다. 케이는 데이지와 협상했다. 자신의 신세 한탄과 미래의 꿈 이야기를 실컷 떠들고 나서 마지막으로 원하는 사항을 요구했다.

"그래서 나는 꼭 라이트 핸드 마법을 익혀야 해요. 최소한 그것 하나만이라도 익혀야 내가 계획한 장사를 시작할 수 있다고요. 마법 교습비는 충분히 지불할 테니까 제발 좀 가르쳐 주세요."

케이가 열심히 떠들고 나자 가만히 듣고 있던 데이지가 확인 삼아 말했다.

"라이트 핸드 마법 하나만 가르쳐 주는 거예요."

케이는 고개를 크게 끄덕였다.

"그럼요. 뭐든지 시작이 어렵지요. 일단 시작만 하면 나머지는 제가 알아서 할 수 있어요."

"케이가 자질이 모자라서 못하는 건 내 책임이 아니에요. 그 경우에도 돈은 돌려줄 수 없어요."

"네? 하지만 그건……."

"어차피 마나를 느끼는 사람 열 명 중에 하나가 겨우 1서클에 발을 들여놓을 수 있어요. 케이가 나머지 아홉 중의 하나라면 저는 헛고생하는 거잖아요."

"네, 알았어요. 하지만 걱정하지 말아요. 저는 천재니까. 하하하."

"풋! 그 자신감 하나는 알아줘야겠네요. 그럼 교습비를 결정해야지요. 금화 다섯 개 내놓으세요."

웃던 케이가 입을 벌린 채 굳었다.

"데, 데이지, 제가 이번에 목숨 걸고 번 돈 중에서 남은 것이 딱 금화 다섯 개인데……."

"그래도 은화까지 모조리 달라고는 안 할게요. 사실 금화 다섯 개로 마법 교습을 하는 건 헐값이에요. 마법 교습은 대단히 비싸요."

케이는 교습비가 너무 비싸다는 생각이 들었다. 성공 보장도 없는 판에 금화 다섯 개는 확실히 싼값은 아니었다.

'하지만 마법사들은 손이 크지. 그래 봐야 마법사들에게는 힐링 포션 하나 값일 뿐이니까. 더구나 마법을 가르쳐 주는 마법사 만나기는 쉽지 않지. 모든 걸 고려할 때 예쁜 데이지가 가르쳐 주는 거라면 투자 가치가 충분하지. 이러다가 친해질지 어떻게 알아? 장사는 원래 사람에 대한 투자라고, 투자.'

간단히 결정한 케이는 미련없이 금화 다섯 개를 내밀었다.

"여기요."

데이지는 조금도 망설이지 않고 금화를 챙겼다.

돈을 챙긴 데이지가 정식으로 자세를 갖추고 강습을 시작했다. 그러나 그녀의 강습은 돈에 비해서 지나치게 간단했다.

"마법에 대한 기본 지식은 있어요?"

"책에서 읽을 수 있는 것 정도는 알아요. 제가 이래 봬도 책깨나 읽었거든요."

"앞으로는 더 많이 읽어야 할 거예요. 독서량이 부족하면 좋은 마법사가 될 수 없어요."

‘좋은 마법사’ 라는 말에 케이는 어깨를 으쓱했다. 그는 이미 마법사가 된 것처럼 기분이 좋아졌다.

“하하하! 앞으로도 열심히 책을 구해서 읽을 테니 걱정 마세요.”

“마법은 주문이 필요해요. 하지만 해당 마법보다 2서클 이상 높은 경지를 완전히 마스터했다면 시동어만으로도 가능해요. 따라서 1서클 마법을 주문 없이 시동어만으로 쓰는 사람이라면 그는 최소한 3서클 마스터예요. 혹시 싸움터에서 그런 마법사를 만나면 도망쳐요.”

케이가 당당하게 말했다.

“3서클 마법사가 마법 쓰기 전에 제가 먼저 공격하면 괜찮아요. 마법사는 접근전에 약하잖아요.”

데이지가 웃었다.

“몬스터 토벌전이 아닌, 진짜 전쟁터에서 3서클 마법사가 얼마나 비싼 사람인지 알아요? 더구나 그가 생활 마법사가 아니라 전투 마법사라면? 당연히 실력 좋은 경호원들이 잔뜩 붙어 있어요. 멋모르고 공격하면 그 경호원들에게 죽는단 소리예요. 이 말 한마디만 해도 금화 다섯 개 값어치는 충분하겠네요.”

“아, 네.”

“먼저 마나를 움직일 수 있어야 해요. 그러니까 그전에는 다른 거 아무리 배워봤자 소용없어요. 일단 마나부터 움직여

보세요."

케이가 낭패한 얼굴로 말했다.

"저도 마나를 느끼게 된 후로 수없이 해봤는데 잘 안 되더라고요."

데이지가 즉시 말했다.

"역시 재능이 없네요. 돈은 못 돌려줘요."

케이는 당황했다.

"마나 움직이는 걸 느껴봤으니까 이제 할 수 있을 거예요. 걱정 말아요."

데이지가 방긋 웃었다.

"그럼 그걸 성공하고 나서 저를 부르세요."

케이는 이대로 가다가는 금화 다섯 개를 허공에 날릴 것만 같았다.

"저, 데이지, 이거로 끝이에요?"

"마나를 움직이지 못하면 아무리 지식을 쌓아도 소용없어요. 마법학자들 중에는 1서클 마법도 쓰지 못하는 사람들이 많아요. 그 사람들은 평생 마법 공부를 해서 이론은 아주 잘 알아요. 하지만 마나를 움직이지 못해서 마법은 못 써요."

"그럼 주문이라도 하나 가르쳐 줘야죠."

데이지가 잠시 생각하다가 손바닥을 내밀었다.

"손을 이리 내요. 저는 신성 계열 학파예요. 학파의 이름까지 알 건 없고요. 우리 학파의 주문을 가르쳐 줄 테니 잘 듣고 외워요."

"네, 알았어요."

케이는 데이지의 손바닥에 자기 손바닥을 딱 맞부딪쳤다. 그녀의 부드러운 손바닥이 느껴졌다.

'앗싸!'

데이지의 얼굴에서 붉은 기운이 살짝 돌다가 사라졌다. 그녀의 목소리가 조용히 흘러나왔다.

"마나의 힘은 신성한 힘의 지배를 받으니 나의 의지에 따라 내 손 위에서 빛이 되어라. 나와라, 라이트 핸드."

그녀의 손에서 부드러운 빛이 퍼져 나왔다.

"외웠어요?"

"그럼요. 그렇게 짧은 문장 하나 못 외우겠어요?"

"마나 흐름도 외웠어요?"

케이가 씩 웃었다. 그는 요새 마나의 흐름을 점점 쉽게 느낄 수 있었다. 더구나 그전에 라이트 마법에 대한 공부라면 이미 질리도록 했다.

그는 자기 짐을 뒤져 라이트 핸드 마법을 베껴온 종이를 내밀었다.

"이건 제가 다른 사람의 마법서에서 베낀 거예요. 이걸 달달 외우고 있다고요. 그리고 지난번에 데이지가 마나를 느끼해 해준 것도 흐름이 비슷하더라고요."

데이지가 종이를 보더니 말했다.

"잘 그렸네요. 하지만 마법서 주인이 알면 죽이려고 들었을 텐데요."

"하하. 그, 그게……."

"1서클 중에서도 기초 마법인 이것들은 이런 식으로 해도 터득할 수 있을 거예요. 사실 제대로 하려면 초보자는 주문이 훨씬 더 길어야 하지만 그건 나중에 가르쳐 줄게요. 그전에 마나 움직이는 게 먼저예요. 그러니까 이제부터 혼자 연습해요. 저는 가게 보러 나갈게요."

케이는 더 이상 그녀를 붙잡을 명분이 없었다. 아쉬웠지만 할 수 없었다.

"아, 네."

그 후로 케이는 며칠 동안 마나를 움직이는 것에 집중했다. 하지만 마나는 꿈쩍도 하지 않았다.

느끼지 못한다면 차라리 안타깝지나 않다. 그러나 주변의 마나는 분명히 느껴졌다. 오히려 예전보다 더 확실히 느껴지고 있었다. 정신을 집중하면 그 세세한 흐름까지도 알 수 있었다.

하지만 아무리 힘을 쓰고 애타게 불러도 마나는 조금도 움직이지 않았다. 케이는 그만큼 답답했다.

신의 피를 그만큼 먹고도 아직 마나조차 움직이지 못하는 것을 보면 케이의 원래 마법 재능은 정말 극악의 수준이었다.

하지만 그도 모르게 상황은 조금씩 나아지고 있었다.

아무리 답답해도 방에서 나갈 수도 없었다. 남작의 병사들이 눈에 불을 켜고 케이를 찾아다녔다. 여기서 얼굴을 내미는 것은 자살 행위였다.

그렇게 며칠이 지난 날 저녁이었다.

케이는 지치지도 않고 마나를 움직이는 연습을 하고 있었다. 갑자기 방문이 벌컥 열렸다. 데이지가 급히 들어오며 말했다.

"케이, 큰일 났어요."

"왜요?"

"사람들이 남작에게 공격당하고 있어요."

케이가 벌떡 일어섰다.

"무슨 소리예요? 무슨 명분으로요?"

데이지가 입술을 깨물었다.

"에이미를 찾는다는 명분이에요. 당신이 에이미를 구할 때, 그 아이의 얼굴이 병사들에게 드러났어요. 남작이 그걸 명분으로 삼았어요. 기사와 병사들이 에이미를 찾는다며 그 아이의 동네를 뒤엎고 있어요."

케이는 어느새 자기 검을 챙기고 있었다.

"저항군은요?"

"저항군의 분위기도 좋지 않아요. 그들은 이제 케이의 말을 믿어요. 그리고 이런 일이 일어났으니 본격적으로 활동을 하려고 해요."

케이는 어느새 자기 배낭까지 둘러맸다.

"활동이요?"

"저항군이 남작을 습격하기로 했어요."

케이가 당황했다.

"남작은 그 반란을 기다리고 있다고요. 내가 이야기해 줬잖아요."

"알아요. 하지만 남작이 설치는 정도가 도를 넘어서고 있어요. 더구나 사람들은 그동안 도둑 마스터에게 속았던 것에 흥분해 있어요. 그래서 저항군은 남작을 습격하기로 했어요."

"설마 단번에 남작을 죽일 수 있을 거라고 믿는 건 아니죠? 그랬다가는 끝장이에요."

"아니에요. 남작에게는 기사들과 정규 병사들이 있어요. 정면 대결로는 승산이 없어요. 저항군은 단지 경고의 의미로 가벼운 습격을 하려는 거예요."

케이가 가슴을 쓸어내렸다.

"휴우. 다행이네요."

케이는 데이지를 보고 말했다.

"내가 미끼가 되겠어요."

"미, 미끼요?"

"가벼운 습격이 성공하리란 보장은 없어요. 오히려 남작에게 걸려들어 몰살당할 위험이 있어요."

"그야……."

"그러니 내가 미끼가 돼서 남작의 기사들을 좀 끌어내겠어요. 내가 설치면 남작의 기사와 병사들이 나에게 몰려들 거예요. 그만큼 남작의 저택을 지키는 병력은 줄어들지요."

"위험해요."

"괜찮아요. 나는 케이, 정규 삼급용병이지만 기사도 때려잡는다고요. 빠져나갈 수 있어요. 내가 설치는 사이에 저항군이 습격을 한다면 최소한 포위당해서 전멸하는 일은 없을 거예요."

"가능할까요?"

"이건 '성동격서' 라는 전술이에요. 동쪽에서 소란을 피우고 서쪽을 때리는 거지요. 효과 좋을 거예요."

데이지의 눈이 커졌다.

"지금 '성동격서' 라고 발음했어요? 그건 고대어잖아요? 케이가 어떻게 고대어를 알아요?"

데이지가 지적하자 케이도 놀랐다. 그는 잠시 생각해 보았지만 어차피 답은 모른다. 결국 머리를 긁적거렸다.

"내가 워낙 책을 많이 읽어서요. 어느 책인지는 기억나지 않는데 그중에 저 발음만 공용어로 적힌 게 있었나 봐요. 난 고대어 같은 거는 전혀 모르거든요. 하하하."

고대어 자체는 아는 사람이 거의 없다. 현자들 중에서도 일부의 사람들만 해석 능력이 있다. 하지만 고대어의 한두 문장 정도가 현대어로 적힌 책들은 많이 있다.

데이지는 별로 의심하지 않았다. 삼급용병 케이가 고대어를 아는 것보다는 그것이 몇 자 적힌 책을 읽었다고 보는 것이 백배는 타당했다.

어쨌든 케이가 하려는 것은 지극히 위험한 일이었다.

데이지가 케이를 촉촉한 눈으로 보면서 말했다.

"케이, 알았어요. 하지만 조심해야 해요."

케이가 배낭을 단단히 고정시킨 후 검을 꽉 쥐었다.

"알았어요. 그동안 고마웠어요. 나중에 꼭 돌아올게요. 잘 있어요."

데이지가 간단한 짐을 챙기며 말했다.

"제가 따라가 도시 외곽의 안전한 곳까지 안내해 줄게요."

케이는 데이지와 헤어지기 서운했다. 하지만 좋다고 받아들일 수는 없었다.

"위험해요. 겨우 1서클 마법사가 끼어들 싸움이 아니에요. 그냥 여기 있어요."

데이지는 케이의 마음 씀씀이에 갈등을 느끼며 입을 조금 달싹거렸다. 하지만 작은 한숨을 쉰 그녀는 주먹을 꼭 쥐고 말했다.

"싸움터의 한복판을 함께 하자는 건 아니에요. 그 고대어 작전을 하고 나서 도시의 입구 근처에서 만나요. 그 다음부터 안전한 길을 안내해 줄게요."

케이가 영 불안한 얼굴로 말했다.

"정말요? 위험하지 않겠어요?"

"난 마법사예요. 기척도 잘 지우고, 도시 근처의 동물들 따위를 무서워하지도 않아요."

어지간한 동물이라면 파이어 핸드 하나만 가지고도 물러나게 할 수 있다.

케이는 잠시 생각을 했다.

'놈들을 끌어낸 후 데이지와는 반대 방향으로 따돌려 놓으면 오히려 더 안전할지도 모르지. 혹시 잘하면 데이지를 데리고 이 도시에서 도망칠 수도 있지 않을까? 그래, 남작이 있는 도시는 데이지처럼 예쁜 아가씨에게 너무 위험해.'

결론을 내린 케이가 말했다.

"고마워요, 데이지. 기왕 도와주는 거 데이지한테 부탁할 것이 좀 있는데요. 기왕이면 공짜로요."

빈민가는 곳곳이 불타오르고 있었다. 남작의 방에 있었던 기사 두 명이 느긋하게 돌아다녔고 병사들은 그 두 명의 명령에 따라 곳곳에 불을 지르고 있었다.

기사 하나가 호통을 쳤다.

"케이라는 놈! 그리고 에이미라는 년을 당장 내놓지 않으면 모든 집을 다 태우겠다! 그 연놈들을 숨겨두는 것은 반란이다, 반란! 숨겨주다가 발각되면 모두 목을 치겠어!"

사람들의 기세는 흉흉했다.

그러나 그들은 대놓고 달려들지는 못하고 있었다. 병사 이십여 명도 문제였다. 하지만 결정적인 장애는 기사 두 명이었다.

기사의 전투력은 강력하다. 일반인 수십 명이 몽둥이 따위 들고 달려들어서는 검을 든 기사의 검술 연습이 될 뿐이다.

모든 사람들이 기사들을 공격하지 못해서 안타까워하는 것은 아니다. 상당수의 사람들은 이 사태의 핑곗거리가 된 케이와 에이미를 저주했다.

"아이고, 에이미 그년 때문에 내 집이 날아가네."

"케이? 딴 동네 놈 따위 때문에 우리가 이런 피해를 입어야 해?"

"그놈들을 찾아서 넘겨주자고!"

이대로 시간이 지나면 어차피 다 남작에게 쫓겨날 사람들 이다. 그러나 그 사실을 모르는 사람들은 케이와 에이미를 욕 하느라 정신이 없었다.

그들 중에는 구체적으로 행동하는 사람도 있었다. 몇 명의 사람들이 에이미에 대한 이야기를 병사들에게 흘렸다.

마침내 병사 몇 명이 한 집으로 몰려들어 갔다. 뾰족한 비 명 소리가 터졌다.

병사들은 에이미의 두 팔과 다리를 밧줄로 묶은 채 끌고 나 왔다. 그녀의 뺨에는 커다란 손자국이 나 있었다.

병사 하나가 단검을 기사들에게 보여주며 말했다.

"이 단검으로 저항하는 것을 제압하고 잡아왔습니다."

기사가 그 병사를 비웃었다.

"저런 어린 년을 잡은 것 가지고 저항이니 제압이니 하다
니. 하여간 평민 놈들은 웃기는군."

본전도 못 찾은 병사가 물러섰다.

기사는 에이미에게 다가가 그녀의 턱을 슬쩍 올리며 말했
다.

"자, 꼬마 아가씨. 이제 우리 케이라는 놈에 대해서 이야기
해 볼까?"

에이미가 기사의 얼굴을 향해 침을 뱉었다.

"퉤!"

기사의 반사 신경은 장난이 아니다. 신성제국의 기사인 아
폴로 애버리스 같은 경우는 워낙에 얼치기라 똥을 밟고도 미
끄러지지만 정상적인 기사라면 이런 공격에 당하지 않는다.

기사가 가볍게 고개를 젖혀 침을 피하고는 에이미의 따귀
를 후려쳤다. 그녀의 고개가 팩 돌아갔다.

에이미는 조금도 기가 죽지 않았다. 입가에 붉은 피를 한줄
기 흘리며 기사를 노려보았다.

"우리 오빠가 오기만 하면 너 같은 건 죽었어!"

기사가 웃었다.

"흐흐흐. 네 오빠? 케이 말이냐? 이런이런. 너는 케이의 등
짝에 큼지막한 칼자국 난 것도 보지 못했냐? 그게 바로 내가
만들어준 상처거든."

케이가 남작의 저택에서 탈출할 때 이 두 명의 기사에게 등

에 한 방씩 맞았다. 몸속이야 아무리 멀쩡하더라도 겉으로 보
기에는 큰 부상처럼 보였다.

에이미도 그것을 보았다. 기세등등하던 그녀의 기가 조금
죽었다.

"그, 그래도 오빠만 오면……."

"그래, 케이 그놈이 온다면 단숨에 죽여주지. 이제부터 네
가 미끼가 되라."

기사는 병사들을 보며 말했다.

"길 한복판에 말뚝을 세우고 이년을 묶어라."

병사 하나가 조심스럽게 말했다.

"저… 정말로 그자가 나타날까요?"

기사가 피식 웃었다.

"안 나타나도 상관없다. 남작님의 말에 의하면 우리가 놈
을 찾기 위해서 이렇게 설친다는 것이 더 중요하다더군. 겁쟁
이라면 도망을 치겠지."

병사들은 시민들 중에서 뽑힌 일반병들이다. 비록 명령을
받기는 했지만 말뚝에 소녀를 묶는 짓을 직접 하고 싶지는 않
았다.

대부분의 병사는 일부러 말뚝을 세우는 작업에 매달렸다.
하지만 에이미를 끌고 오는 일은 서로 떠넘기기 위해서 눈짓
을 했다.

기사가 호통을 쳤다.

“당장 하지 못하고 뭐 하느냐?”

마침내 투구를 푹 눌러쓴 병사 하나가 슬금슬금 에이미 쪽으로 걸어갔다.

에이미가 소리를 빽 질렀다.

“저리 가!”

병사가 다가가자 에이미는 몸을 뒤틀며 소리쳤다.

“혀를 깨물어 버릴 거야! 저리 가!”

병사가 그런 에이미를 덥석 잡았다. 잠시 몸을 뒤틀던 에이미가 조용해졌다.

두 명의 기사 중 하나가 웃었다.

“호호. 포기했나 보군.”

다른 기사가 인상을 썼다.

“정말로 혀를 깨문 것은 아니겠지? 죽은 미끼로는 고기를 잡기 힘들어. 어이. 너, 그 여자애 이리 가져오너라.”

기사가 병사를 보고 명령했다.

그러나 병사는 에이미를 들쳐 업고 기둥 쪽으로 걸어갔다.

“이놈! 내 명령이 들리지 않느냐! 당장 그년을 이리 가져오라니까!”

병사의 걸음이 조금 빨라졌다.

기사의 안색이 변했다. 그는 병사 쪽으로 걸어가며 말했다.

“너, 투구를 벗어보아라. 얼굴을 좀 확인해야겠다.”

병사가 기사를 힐끗 보더니 씩 웃었다. 그리고 투구를 휙 벗어 던졌다.

"또 만났네?"

케이였다. 케이가 웃고 있었다.

기사 두 명이 즉시 검을 잡고 긴장하며 소리쳤다.

"케이다!"

케이는 멍하니 서 있지 않았다. 그 즉시 에이미를 들쳐 업은 채로 달렸다. 병사들은 그를 막을 수도 없었고 막으려 하지도 않았다.

기사 두 명은 즉시 케이의 뒤를 쫓으며 소리쳤다.

"잡아라!"

뒤늦게 병사들이 기사의 뒤를 따라 달렸다. 하지만 케이가 더 빨랐다.

기사 하나가 소리쳤다.

"놈이 나타났다! 즉시 신호를 쏘고 병력을 모아!"

병사 하나가 급히 마법 시약들로 만들어진 신호탄을 작동시켰다. 워낙에 비싼 물건이라 정규군도 상급 부대가 아니면 쓰지 못하는 신호탄이었다.

작은 빛이 위로 솟아올랐다.

도망치는 케이는 그 빛을 보며 씩 웃었다.

"오케이."

그에게 업힌 에이미는 아까부터 같은 말을 중얼거리고 있었다.

"오빠. 오빠. 오빠."

케이는 에이미를 들쳐 업은 채 빈민가를 휘젓고 다녔다. 처음 이 도시에 왔을 때와는 상황이 달랐다. 그는 미리 움직일 길과 탈출로를 완벽하게 인지하고 일을 시작했다.

더구나 기사들은 빈민가의 지리를 잘 몰랐다. 병사들은 어차피 케이의 속도를 쫓지 못했으니 추격에 별 도움이 되지 못했다.

하지만 시간이 지날수록 추격 작전에 참가하는 자의 숫자가 늘었다. 기사도 몇 명이나 증원되고 병사들도 늘었다. 케이가 움직일 공간은 점점 줄어들었다.

마침내 막다른 벽에 도달한 케이가 뒤돌아섰다.

"이거 큰일 났네."

그의 뒤를 쫓던 기사 두 명이 검을 들고 씩씩거렸다.

"헉헉! 이렇게 오래 도망치다니. 이 쥐새끼 같은 놈. 죽을 줄 알아라."

"어디 그 벽을 타고 넘어봐라. 등을 보이는 순간에 심장을 뚫어주마!"

그들의 뒤로 병사들도 하나둘씩 모여들었다.

케이가 기사들에게 말했다.

"알았어. 도망칠 곳은 없네. 하룻밤 내내 도망쳤으면 나도 수고했지 뭐. 항복하지, 항복. 자, 받으라고. 이거 에이미야.”

케이는 업고 있던 것을 기사들에게 확 던졌다.

기사들은 에이미의 가치를 잘 안다. 적어도 케이가 그녀를 구하기 위해서 이 위험을 감수했으니 가치가 작을 수가 없다.

기사 하나가 몸을 날렸다.

“내가 받겠다!”

그는 십대 중반 소녀 하나의 몸무게를 감안하며 힘을 주었다. 그리고 목표물을 받음과 동시에 앞으로 휘청했다.

그가 받은 것은 가벼운 옷감 뭉치였다. 그 위에 옷을 입혀 사람처럼 보이게 만든 것뿐이었다.

기사가 옷감 뭉치를 바닥에 확 던져 버리며 소리쳤다.

“속임수를 쓰다니!”

옷감 뭉치가 바닥에 떨어지면서 병 깨지는 소리가 들렸다.

다음 순간, 옷감 뭉치가 밝은 빛을 뿜으며 폭발했다. 케이가 데이지에게 부탁해 시약을 조합한 라이트 마법이었다. 빛이 잘 퍼지라고 약간의 폭발성 시약도 같이 섞여 있었다.

솜씨 좋은 데이지가 만든 시약은 강한 빛을 만들었다.

그 빛에 기사들은 물론이고 잔뜩 모여든 병사들까지 눈을 가렸다.

케이는 그 틈에 담벼락을 타고 넘으며 외쳤다.

“으하하하! 그거 비싼 거야!”

빛이 사라진 후 기사와 병사들은 케이가 사라진 골목을 보고 멍해졌다.

기사 하나가 소리쳤다.

"놈을 찾아!"

하지만 이미 케이는 사라지고 없었다. 필요한 시간 이상으로 병사들의 주의를 끈 그는 더 이상 여기에 남아 있을 이유가 없었다.

에이미는 이미 오래전에 안전한 곳에 내려놓은 후였다.

케이와 데이지는 조용히 밤길을 걸었다. 의심을 사지 않기 위해서 뛰지도 않았다. 마치 산책하는 연인처럼 조용한 걸음이었다.

도시를 벗어나자 케이가 침을 꿀꺽 삼키고 말했다.

"저기요, 데이지. 그동안 잘해준 거 정말 고마워요."

데이지가 방긋 웃었다.

"괜찮아요. 다 돈 받고 한 건데요 뭐."

"그래도 정말 고마웠어요. 나중에 꼭 돌아와서 신세를 갚을 테니까 기다려 줘요."

"알았어요. 돈이나 많이 벌어오세요."

케이는 데이지가 나긋나긋하게 말하자 기대감이 조금 생겼다.

'같이 가자고 하면 가줄까?'

케이가 딱딱하게 굳은 얼굴로 말했다.

"그런 의미에서 데이지, 사실 이 도시는 데이지에게……."

말을 하던 케이가 갑자기 입을 다물었다. 데이지가 그의 이상한 태도를 깨닫고 질문했다.

"케이, 왜 그래요?"

케이는 대답하지 않았다. 단지 손을 내밀어 데이지를 조용히 시켰다.

그는 주변을 빠르게 훑었다. 예민해진 감각에 기분 나쁜 느낌이 잡혔고 밝아진 밤눈에 어색함이 보였다.

케이가 숲 한쪽을 보며 말했다.

"누구냐!"

그의 말이 떨어지기가 무섭게 수풀이 흔들거리더니 사람들이 기어나왔다. 모두 스무 명이었다.

그중에는 케이가 아는 얼굴도 있었다.

"도둑놈들?"

도둑 하나가 발끈해서 말했다.

"도둑 길드원이다."

"그래, 도둑놈. 무슨 볼일이냐?"

스무 명의 도둑들은 어느새 그들을 포위하고 있었다.

여유만만해 보이는 케이는 이 사태에 내심 당황하고 있었다.

'낭패다. 데이지가 말려들겠다.'

도둑 하나가 케이를 가리키며 말했다.

"네놈에게 우리 길드 마스터가 당했다. 그 복수를 하지 않
는다면 도둑 길드라고 할 수 없지."

케이는 겉으로는 여전히 느긋했다.

"도둑놈 주제에 의리가 있을 리는 없고. 재발 방지를 위한
복수냐?"

"물론이지. 적어도 길드 마스터를 죽인 놈은 확실히 제거
해서 그 시체를 대로변에 널어놔야지. 그래야 다음 길드 마스
터가 발 뻗고 잘 것 아니냐?"

그것이 이 도시 도둑 길드의 생존 방식이었다. 보복이 두려
우면 길드 마스터만은 손대지 말라는 뜻이었다.

케이가 배낭을 내려놓고 검을 잡았다.

"아가씨는 보내주자. 너희랑 원수진 것이 없는 사람이다."

도둑들이 웃었다.

"크흐흐흐. 네 행동을 방해할 여자를 왜 놓아준다는 말이
냐? 더구나 그 여자는 데이지가 아니냐? 우리가 감히 어찌할
수 없는 미녀였는데 잘하면 기회가 생기겠구나."

데이지가 발끈했다.

"이것들이 감히!"

케이가 급히 그녀의 어깨를 잡았다.

"데이지, 진정해요. 내가 길을 뚫으면 무조건 뛰어요."

데이지가 고개를 저었다.

"아니요. 나도 도둑 몇쯤은 상대할 수 있어요."

케이가 화를 냈다.

"데이지, 1서클 마법사가 어떻게 근접전을 한다는 거예요? 내 말 들어요."

데이지는 어느 틈엔가 단검을 하나 꺼내 쥐고 있었다. 그녀는 그것으로 치마를 쭉 찢었다. 달빛 아래에 곧게 뻗은 하얀 다리가 드러났다.

"나처럼 엄청 예쁜 여자가 혼자 살아가기 위해서는 칼도 좀 쓰고 그래야 하거든요. 짐은 되지 않을 테니 걱정하지 말아요."

그녀의 태도에 케이는 어쩔 수 없음을 깨달았다. 적을 눈앞에 두고 사랑싸움이라도 할 수는 없었다.

케이는 도둑들을 노려보며 생각했다.

'가장 빠른 시간에 벤다.'

케이가 낮은 목소리로 말했다.

"내 실력을 알 텐데? 도둑놈은 아무리 많이 몰려와도 내 상대가 되지 않아."

도둑들은 그 말을 믿지 않았다.

"전임 길드 마스터가 네 배에 칼을 여러 방 꽂았다고 들었다. 그 정도 부상이라면 설사 포션을 써도 며칠 만에 완전히 회복될 수 없지. 포션으로 목욕이라도 했을 리는 없잖아? 제 실력을 내지 못하는 너도 상대하지 못하면서 어떻게 새 길드 마스터가 되겠느냐?"

케이는 일이 어떻게 돌아가는지 깨달았다.

"네가 새 길드 마스터냐?"

그가 누런 이를 드러내며 웃었다.

"흐흐흐. 네가 죽어야 새 길드 마스터지. 너를 살려놓고 길드 마스터가 되면 두 다리 쭉 뻗고 잘 수 없을 것 같거든."

케이는 목표를 잡았다.

'저놈을 치면 데이지가 피할 길이 생긴다.'

"그렇구나!"

케이가 소리치며 길드 마스터에게 달려들었다. 그의 몸이 엄청난 고속으로 길드 마스터에게 날아갔다. 기사의 돌격만큼은 아니지만 길드 마스터의 턱을 뚝 떨어뜨릴 만큼 놀라운 속도였다.

길드 마스터는 고급 도둑놈이다. 기본 스킬로 빠른 발을 가지고 있다. 그는 급히 몸을 뒤로 빼며 소리쳤다.

"죽여!"

다른 도둑들은 케이가 꽤 두렵다. 하지만 도둑 길드 마스터는 그들의 생살여탈권을 가지고 있다. 그들은 숫자를 믿고 케이에게 일제히 덤볐다.

케이는 길드 마스터를 잡지 못했다. 도둑들이 던진 단검이 더 빨랐다.

"칫!"

케이는 가볍게 혀를 차며 몸을 비틀었다. 그의 몸 주변을 단검 몇 개가 스쳐 지나갔다.

그가 잠깐 속도를 늦춘 사이에 도둑들이 우르르 몰려들었다.

"도둑놈들 따위가!"

실력이 딱 정규 삼급용병만큼이었던 일 년 전에도 도둑은 그의 상대가 아니었다. 케이가 자세를 낮추며 검을 수평으로 크게 휘둘렀다.

동작이 크면 하나의 공격이 오래 걸리는 법이다. 하지만 케이의 큰 수평 베기는 시작과 동시에 끝났다. 시간이 적게 걸렸다는 것은 그만큼 고속으로 공격이 펼쳐졌다는 뜻이다.

케이의 검이 기사들 것보다 더 멋진 반원을 그렸다. 그 반원의 끝에 도둑 둘의 몸통이 걸렸다.

"크악!"

"커어억!"

두 명이 비명을 지르며 쓰러졌다. 그 틈에 케이가 그들 쪽으로 껑충 뛰었다.

포위망은 단숨에 뚫렸다. 하지만 뛰어넘는 케이의 뒤를 향해 도둑들이 다시 단검을 날렸다.

케이는 빠져나가는 데 집중하느라 그 단검들을 제대로 피하지 못했다. 단검 하나가 그의 등에 정확히 적중했다.

케이는 등이 화끈거렸다. 하지만 요새는 칼침도 꽤 맞을 만했다.

그는 재빨리 손을 뒤로 뻗어 단검을 뽑아버렸다. 단검은 생각만큼 깊게 들어가 있지 않았다.

케이는 데이지가 있는 방향의 반대쪽으로 움직이며 소리쳤다.

"아프잖아!"

도둑들에게도 데이지는 어차피 덤이다.

길드 마스터가 독촉했다.

"저놈을 죽이는 자에게 부길드 마스터 자리를 주겠다!"

도둑들의 눈에 욕심이 서렸다. 부길드 마스터가 되면 지금 길드 마스터가 갑자기 죽었을 때 새 길드 마스터가 될 수 있었다. 지금의 길드 마스터도 그런 과정을 거쳤다.

원래 도둑들은 언제 죽을지 모르는 신세다. 지금 길드 마스터의 처지도 마찬가지다. 새 길드 마스터가 꿈은 아니었다.

도둑들이 용기백배해서 케이에게 달려들었다.

"죽어라!"

"와아아!"

다시 단검 몇 개가 날아왔다. 케이는 천천히 움직이며 그 단검들을 피하고 칼로 쳐내기를 반복했다.

도둑들의 단검이 떨어지기를 기다릴 수는 없었다. 도둑에 따라서는 온몸에 단검을 숨기고 다니는 경우도 있었다.

데이지와의 거리가 충분히 멀어지자 케이가 적극적으로 도둑들에게 달려들었다. 그의 검이 공간을 베기 시작했다.

도둑들은 저항하려고 발버둥 쳤다. 그러나 몸 여기저기가 쩍쩍 갈라지며 하나둘씩 쓰러지기 시작했다.

"크아악!"

"살려줘!"

도둑들은 이제 뭔가 잘못됐다는 것을 깨달았다. 거칠 것이 없어진 케이의 공격은 무서웠다. 도둑들은 정말로 기사를 상대하는 것 같은 압박을 느꼈다.

간혹 도둑들의 공격이 성공하기도 했다. 케이의 몸이 점점 피로 물들었다.

하지만 결정타는 하나도 없었다. 어느 도둑의 칼도 케이의 몸 깊숙이까지 박혀들지 못했다.

마침내 도둑이 열 명도 안 되게 남았을 때, 그들은 완전히 전의를 상실하고 도망치기 시작했다.

"보통 놈이 아니다!"

"질기기가 고래 심줄이다!"

"도망쳐라!"

케이는 그들을 순순히 놔줄 생각이 없었다.

"도둑놈들아, 서라!"

케이의 발이 도둑의 것보다 훨씬 빨랐다. 두 명의 도둑이 더 케이의 칼에 맞아 쓰러졌다.

뒤에서 구경하던 길드 마스터는 당황했다. 그는 사태가 이

지경으로 흐를 줄은 몰랐다. 그의 눈에 데이지가 띄었다.

"저년을 잡아!"

도둑 두 명이 즉시 명령에 반응했다. 그들은 데이지 쪽으로 검을 들고 달렸다.

케이도 달렸다. 그러나 그와 데이지 사이의 거리는 멀고 도둑 두 명은 거의 근접해 있었다. 곧 도둑 중 하나의 손에 데이지가 잡힐 것만 같았다.

케이는 망설이지 않았다. 그는 손에 든 검을 힘껏 집어 던졌다.

"데이지에게 손대지 마!"

그의 검이 바람을 가르며 날아갔다. 바위라도 두 쪽을 낼 것 같은 기세를 뿜은 검은 첫 번째 도둑의 등을 정확히 뚫었다. 도둑의 가슴 앞에 기다란 칼날이 삐죽 튀어나왔다. 도둑은 그 충격에 앞으로 몇 걸음이나 날아가다가 엎어졌다.

두 번째 도둑은 그 틈에 데이지의 곁에 붙을 수 있었다. 그는 즉시 검으로 데이지의 목을 겨누며 케이에게 말했다.

"이년을 살리고 싶으면 움직이지 마!"

케이는 정말로 걸음을 멈추었다.

다음 순간, 겨눔을 당한 데이지가 움직였다. 그녀의 찢어진 치마가 펄럭이고 하얀 다리가 구부러졌다. 곧바로 그녀의 발이 힘차게 솟아올라 도둑의 손목을 걷어찼다.

손목이 뎅겅 부러지며 칼이 공중으로 날아갔다. 도둑이 뜻밖의 고통을 참지 못하고 비명을 질렀다.

"으아악!"

그 틈에 데이지의 손에 든 단검이 날았다. 단검은 정확하게 도둑의 심장을 뚫었다.

도둑이 피거품을 물며 벌렁 자빠졌다.

데이지에게 온 신경을 집중하고 있던 케이가 반색을 했다.

"와하하하! 데이지, 정말 멋… 으악!"

주의를 너무 데이지에게 집중한 것이 실수였다. 어느새 길드 마스터의 검이 뒤쪽에서 그의 허리에 박혔다.

길드 마스터가 힘을 쓰며 말했다.

"죽어! 죽어! 제발 좀 죽어!"

길드 마스터는 당황하고 있었다. 찌르기로 공격한 검은 정통으로 케이의 허리에 명중했다. 하지만 당연히 관통해야 하는 검이 그러지 못하고 있었다.

그는 급한 마음에 체중을 실어 힘을 썼다. 검이 조금씩 케이의 몸으로 파고들었다.

케이가 소리를 지르며 몸을 비틀었다.

"아프잖아!"

몸이 뒤로 돌자 그 서슬에 길드 마스터의 검이 쑥 뽑혔다. 그 때문에 상처가 더 벌어졌다. 피가 확 튀었다.

케이의 주먹이 곧바로 길드 마스터의 턱으로 날아갔다. 길드 마스터는 이 의외의 사태에 제대로 대응할 수 없었다.

'내가 먼저 찔렀는데 왜?'

돌 같은 케이의 주먹에 맞은 그의 턱이 휙 돌아갔다. 케이는 허리의 통증에 분노해서 길길이 날뛰었다.

"비겁하게 뒤에서 나를 찔러? 이 도둑놈 새끼! 죽어!"

그의 주먹이 길드 마스터의 얼굴을 몇 번이나 후려쳤다. 주먹이 마치 쇠몽둥이 같았다. 길드 마스터의 얼굴이 움푹움푹 찌그러졌다.

케이가 식식거렸다. 주먹질을 멈추자 숨이 끊어진 길드 마스터가 뒤로 넘어갔다.

마지막으로 남았던 도둑 몇 명은 이미 도망치고 없었다.

케이는 허리를 잡고 비틀거렸다. 뒤쪽에서 당한 상처는 조금 깊었다.

"크윽! 아프다."

데이지가 급히 그에게 다가왔다.

"케이, 괜찮아요?"

케이가 공연히 남자다운 척했다.

"하하, 이 정도 상처는 아무것도… 큭!"

데이지는 급히 케이의 상처를 살폈다.

"작은 부상이 아니에요. 그래도 다행히 출혈이 줄어드네요. 큰 혈관들은 피했나 봐요."

케이가 우는소리를 했다.

"데이지, 혹시 회복 포션 남은 것 없어요?"

데이지가 미안한 듯이 고개를 저었다.

"지난번에 케이가 마신 것이 마지막이에요. 아직 새 포션을 준비해 놓지 못했어요."

그녀는 회복 포션을 구할 확실한 경로를 가지고 있었다. 하지만 요 근래는 도시의 분위기가 좋지 않았다. 함부로 움직일 수가 없었다.

케이가 혀를 찼다.

"쳇! 데이지나 로이드 씨는 회복 포션 쌓아놓고 사는 줄 알았는데."

데이지는 그 말에 뜨끔했다. 하지만 그녀는 내색하지 않고 새 단검을 꺼내 자기 치마를 쭉 찢었다.

"돌아서요. 상처 묶어줄게요. 일단 지혈은 될 거예요."

그녀는 치마를 몇 조각이나 내서 케이의 허리를 둘둘 감았다. 그 천을 단단히 힘을 주고 당기자 케이가 비명을 질렀다.

"끄아아! 데이지, 아파요. 진짜 아파요."

"참아요. 남자가 이것도 못 참아요?"

"아, 그래도 정말 아파서… 크으윽."

치료는 그것으로 끝이었다. 치료라고 할 수도 없는 것이지만 정말로 지혈이 되고 있었다.

케이가 데이지를 보고 걱정스러운 얼굴로 말했다.

"그런데 데이지, 도둑 몇 놈이 도망갔어요. 저놈들 당신을 아는데……."

케이가 무슨 걱정을 하는지 깨달은 데이지가 방긋 웃었다.

"괜찮아요. 나도 그놈들을 알아요. 그리고 이 도시의 도둑 길드는 조금 전에 케이가 완벽히 부쉈잖아요. 보복할 힘이 없다는 소리예요. 이제 내가 아는 사람들에게 그들 이야기를 할게요. 앞으로 그 도둑놈들은 자기 목숨 챙길 걱정이나 해야 할 거예요."

케이는 안심했다.

"데이지가 예뻐서 다행이에요. 사람들이 쉽게 도와주니까."

"어머! 칭찬이죠? 고마워요."

"그나저나 우리는 여기 오래 있을 수 없어요. 도망친 놈들, 남작에게 붙을 수 있어요. 이미 예전 길드 마스터가 남작과 한통속이었으니까요. 그놈들이 나에 대한 정보를 주기 전에 어서 피해야 해요. 아!"

케이가 새로운 사실이 떠올라서 말했다.

"그 도둑놈들은 남작에게 갈 거예요. 가서 당신이 나에게 협조한 사실을 이야기할 거예요."

데이지는 여전히 여유만만이었다.

"괜찮아요. 저에게는 남작보다 더 고위귀족이 준 추천장이 있어요. 그것이 있는 한 남작은 저를 건드리지 못해요. 적어도 현장에서 잡히지만 않으면 돼요."

"우와아! 그렇게 좋은 것이 어디서 났어요?"

"그, 그게요. 아, 우리 학파 분이 그 고위귀족의 마법사예요. 그분을 통해 얻었어요."

"다행이에요. 정말 다행이에요."

케이는 진심으로 반가워했다.

"하지만 현장에서 잡히면 곤란한 거죠? 그럼 어서 움직여요. 여기를 일단 뜨자고요."

케이는 도망치면서 흔적을 지우는 것을 잊지 않았다. 이동을 할 때는 최대한 흔적이 남지 않는 곳으로 다녔고, 가짜 흔적도 곳곳에 만들었다. 그리고 진짜 움직인 자리는 대충이라도 지웠다.

데이지는 그 곁에서 시약을 조금씩 뿌렸다.

"데이지, 그 시약은 뭐예요?"

"흔적을 지우는 거예요."

"비쌀 텐데……."

"괜찮아요. 일단 살고 봐야지요."

그녀는 오히려 케이가 하는 일을 보고 감탄하면서 말했다.

"그나저나 그 기술은 용병 일 하면서 배운 건가요?"

"그런 것도 있는데 대부분 책에서 배운 거예요. 적을 추격하는 법에 나오는 내용이거든요. 이러이러한 흔적이 있으면 적이 그 방향으로 갔다고 하는 설명이 하나 가득한 책인데 저는 그걸 거꾸로 적용하는 거예요."

"와아! 책의 내용을 응용하는 용병이네요? 대단해라."

케이가 기분이 좋아져서 더 빨리 손을 움직였다.

"하하하! 겨우 이 정도 가지고 뭘요."

데이지가 그런 케이의 모습에 의아한 듯이 말했다.

"그런데 허리 안 아파요?"

케이가 허리를 감은 붕대를 쓰다듬으며 말했다.

"데이지가 치료해 줘서 그런지 이제 견딜 만해요."

데이지는 고개를 갸웃거렸다.

"부상이 이상하게 얕았나 보네요? 칼에 정통으로 맞았는
데……."

"요새 내 싸움 운이 아주 끝내주거든요. 조금 빗맞았나 봐
요."

데이지도 한싸움 하기는 한다. 근접격투술은 꽤 괜찮은 수
준이다. 하지만 그녀가 대단한 검술가는 아니다.

"하긴, 그 길드 마스터 뭔가 어색하기는 했어요. 케이의 몸
에 칼을 대고 누르고 있다니. 그래서야 칼날이 제대로 들어가
겠어요? 처음 칠 때 강하게 쳐야 속까지 쑥 들어갈 텐데."

"데, 데이지, 그 칼이 들어가려고 하던 곳이 바로 제 허리거
든요?"

"아, 미안해요. 호호호."

케이는 데이지와 이런 농담을 즐기는 것이 좋았다. 여자 복
이 별로 없던 그에게 이런 미녀와 단둘이서 대화를 주고받으

며 숲을 지나는 경험은 처음이다.

그렇게 소풍을 가는 건지 도망치는 건지 알 수 없는 기분으로 움직이던 케이가 다시 걸음을 멈추었다. 그의 얼굴이 와락 일그러졌다.

"젠장!"

"케이, 왜 그래요?"

"몰라요. 뭔가가 빠른 속도로 달려오고 있어요."

케이는 검을 뽑고 휙 돌아섰다. 그런 그의 앞에 두 사람이 튀어나왔다.

"겨우 여기까지 왔구나, 케이!"

케이는 그들을 알아볼 수 있었다. 남작의 방에서 겨루었고 에이미를 구할 때 쫓아왔던 바로 그 기사들이었다.

케이가 그들에게 검을 겨누며 말했다.

"데이지, 도망쳐요. 이놈들 되게 강해요."

데이지가 기사들과 케이를 교대로 쳐다보았다. 그리고 케이의 등을 보며 잠시 생각하더니 뒤로 천천히 물러났다.

"케이, 조심해요."

"어서 도망쳐요!"

케이는 두 기사를 향해 기세를 잔뜩 뿜었다.

"용케 쫓아왔구나."

기사 중 하나가 말했다.

"그 정도로 우리 눈을 속일 수 있으리라고 믿었느냐? 기사를 우습게보지 마라.”

케이가 우습다는 듯이 말했다.

“흥! 그 잘난 기사 중 세 명이나 내 손에 죽었다. 우스운 걸 어쩌라고? 엉?”

케이는 기사를 전혀 우습게 생각하지 않았다. 아직까지 그는 세 명을 죽인 것에 운이 크게 작용했다고 믿었다.

물론 자신의 실력이 상당히 좋아졌다고는 생각했다. 하지만 기사와 맞상대를 할 정도는 아니라고 생각했다. 그것이 논리적이었다.

그래서 그는 무서웠다. 두 기사가 무서웠다.

두 기사도 케이를 우습게보지 않았다. 어쨌든 케이가 기사 셋을 죽인 것은 사실이다.

‘하나라면 우연이라고 생각하겠지만 셋이나 죽였다면 진짜 실력이란 소리지.’

두 기사가 서로 눈짓을 했다. 함께 훈련했던 그들은 눈빛으로 시간을 맞춘 후 동시에 달려들었다.

“죽어!”

기사 하나의 공격만 해도 만만치 않다. 기사 두 명이 양쪽에서 검을 날리자 케이는 마치 빠져나갈 곳이 없는 그물에 갇히는 기분이었다.

그러나 그는 포기하지 않았다. 두 기사가 휘두른 검의 움직임이 눈에 훤히 보였다.

"하압!"

그는 검을 힘차게 휘둘렀다. 그의 검이 기사 하나의 칼을 거세게 후려치며 걷어냈다. 그러면서 허리를 급히 비틀었다.

다른 기사의 검이 그의 허리를 스치고 지나갔다. 아까 다친 상처가 더 벌어졌다.

"큭!"

케이는 방심하지 않았다. 즉시 검을 역으로 휘둘러 두 번째 기사를 공격했다.

두 기사는 케이보다 더 긴장하고 있었다. 그들은 동시에 공격했지만 실패했다.

'이 용병의 실력은 진짜다.'

'최소한 일급용병이다. 어쩌면 그 이상일지도.'

아무리 기사라고 해도 일급용병을 우습게보지는 않는다. 대부분의 용병은 철저한 실전을 겪으며 일급의 등급을 얻는다. 그런 자의 검을 상대하면서 조금만 방심하면 즉시 목이 떨어진다.

두 기사는 즉시 케이의 양옆으로 이동했다. 케이의 좌우에서 그들의 검이 화려하게 움직였다. 동시에 급소 세 곳 이상을 노리는 기사의 현란한 검술이 펼쳐졌다.

케이는 이런 고급 검술과 싸워볼 기회가 없었다. 그의 적은 몬스터였다. 삼급용병이 상대하는 몬스터는 이런 검술이 없다.

그리고 이런 검술을 가진 적을 만난 삼급용병은 살아남을 수 없다.

케이가 정신을 집중했다. 왼쪽 기사의 검이 조금 더 빨랐다.

이런 높은 수준의 전투에 대한 경험이 부족한 케이는 급히 검을 뻗어 좌측 기사의 공격을 막았다. 세 번의 연환공격이 연달아 케이의 검에 맞으며 튕겨 나갔다.

'막았다!'

케이는 확신했다. 하지만 그의 착각이었다.

케이가 세 번째 공격을 튕겨내며 안심하는 바로 그 순간에 반대편 기사의 검이 도착했다.

기사의 검이 케이의 등을 세 군데나 깊게 베고 지나갔다.

"으아악!"

케이가 비명을 질렀다. 등이 아팠다. 하지만 참을 만했다. 그는 급히 몸을 날려 두 기사의 공격권에서 벗어났다.

왼쪽 기사가 급히 물었다.

"확실히 쳤나?"

오른쪽 기사가 인상을 썼다.

"아니, 제대로 들어가지 못했다."

"다시 친다!"

"오케이!"

그들이 비틀거리는 케이에게 다시 달려들었다. 두 자루의 검이 같은 패턴으로 케이에게 날아왔다.

칼을 몇 번이나 맞은 케이는 자신이 중상을 입었다고 믿었다. 이제 죽음이 남의 일 같지 않았다.

그가 생명의 위기를 느끼자 그의 심장이 강하고 빠르게 뛰기 시작했다. 심장이 격렬하게 움직이면서 신의 피 한 방울이 떨어져 나와 온몸으로 쫙 퍼져 나갔다. 신의 피가 강제로 케이의 몸을 보강했다. 뼈는 더 단단해지고 근육은 더 강해졌다. 반사 신경은 더 빨라졌고 동체 시력마저 우수해졌다.

그 작업이 이루어지면서 온몸으로 짜릿한 고통이 흘렀다.

"크윽!"

케이가 작은 신음 소리를 냈다. 칼 맞는 것보다 더 아팠다. 대신에 눈에 두 기사의 검이 아까보다 좀 더 확실히 보였다.

케이는 즉시 왼쪽 기사의 검을 연달아 쳐냈다. 아까와 같은 순서였다.

왼쪽 기사는 자신의 손에 좀 전의 공격보다 더 큰 충격이 전해져 오는 것을 느꼈다. 하지만 그는 신경 쓰지 않았다. 그의 동료 기사가 케이의 등을 확실히 공격하는 것이 보였다.

오른쪽 기사의 검이 케이의 등에 닿으려는 순간 케이의 몸이 빠르게 낮아졌다.

"이야아압!"

케이는 고함을 지르며 허리를 뒤틀고 있었다. 아까 베인 허리에서 다시 피가 새어 나왔다. 하지만 그의 허리 돌리는 속도는 대단히 빨랐다.

허리와 함께 등이 돌아갔다. 오른쪽 기사의 검은 아슬아슬하게 그의 등을 스치고 지나갔다. 등이 다시 검에 베였지만 아까에 비하면 새 발의 피였다.

허리를 돌린 채 반쯤 눕는 자세가 된 케이는 오른손을 들어올렸다. 케이의 검이 아래쪽에서 위로 빠르게 솟아올랐다. 두 번이나 그의 목숨을 구해준 그 수법이었다. 그 속도가 기사의 검보다 빠르면 빨랐지 느리지 않았다.

오른쪽 기사는 이 의외의 사태를 예상하지 못했다.

아까의 공격은 확실히 케이에게 타격을 주었다. 다시 공격했을 때도 모든 것은 같은 패턴으로 움직였다. 그래서 그는 자신의 마지막 공격이 반드시 성공할 것이라고 믿었고 그만큼 공격에 집중했다. 그리고 그만큼 방어를 소홀히 했다.

더구나 검이 워낙에 갑작스럽게 솟아올랐다. 기사는 그까짓 공격은 무시하기로 했다.

기사의 공격은 깨끗이 실패했다. 그의 나머지 두 번의 공격은 케이의 몸 바로 위를 스치고 지나갔다.

그 과정에서 생긴 빈틈에 케이의 검이 끼어들었다. 이번에는 목이 아니었다. 똑바로 기사의 가슴을 노리고 들어갔다.

사슬갑옷은 검에 대한 저항력이 강하다. 평범한 병사의 검은 정통으로 맞추어도 뚫고 들어가지 못한다.

솟아오르던 케이의 검끝이 슬쩍 비틀어졌다. 칼날을 타고 심장의 기운이 살짝 흘렀다. 그 작은 기운이 칼날의 끝에 모였다.

튼튼한 사슬갑옷이 조금의 저항도 못하고 툭 소리를 내며 끊어졌다. 방어구가 위력을 잃었다.

케이의 검은 기사의 가슴을 정확히 관통했다. 검이 움직이는 길에는 조금도 거칠 것이 없었다.

가슴이 뚫린 기사의 눈이 크게 떠졌다. 하지만 그뿐이었다. 이미 즉사한 그는 뒤로 벌러덩 넘어갔다.

케이는 한가하게 자세 잡고 있을 여유가 없었다. 그는 즉시 쓰러진 기사의 뒤쪽으로 몸을 날렸다.

그가 몸을 날리자마자 원래 서 있던 자리로 검이 날아왔다. 왼쪽 기사였다. 그러나 그 공격도 허공을 베었을 뿐이다.

몸을 피한 케이는 쓰러진 기사의 몸에서 검을 확 뽑으며 소리쳤다.

"이제 너 하나 남았구나!"

기사가 검을 맹렬히 휘두르며 케이에게 달려들었다.

"그런 몸으로 내 상대는 되지 못해. 얕은 수는 더 이상 통하지 않는다!"

케이의 심장은 아직도 강하게 뛰고 있었다. 그는 기사의 검을 침착하게 쳐냈다.

기사는 케이를 향해 기사의 검술을 써서 검을 날렸다. 그러나 그 모든 공격은 착실하게 차단되고 있었다.

기사는 당황했다.

'이놈, 강하다!'

그는 겁이 와락 났다. 이제 그가 아는 한도 내에서 케이에게 죽은 기사가 넷이다. 잘못하면 다섯이 될 수도 있었다.

'부상이 심한 줄 알았는데 움직임에 장애가 없다. 혹시 다친 척한 함정인가?'

이미 빈민가에서 케이를 쫓다가 라이트 마법의 함정에 한 번 걸렸다.

'함정이 틀림없다! 이놈은 다치지 않았어!'

겁을 먹은 그가 공격을 멈추고 한 걸음 물러섰다.

케이는 그 기회를 놓치지 않았다. 그는 즉시 기사에게 달려들었다.

기사는 그 빠름에 놀랐다.

'속도만 보면 기사의 돌격 못지않다!'

그 자신이 기사이므로 이런 속도에 대한 적응이 안 돼 있는 것은 아니다. 하지만 기사가 아니라 용병이 이런 돌격을 하는 것에 당황했다.

케이가 기합을 질렀다.

"하압!"

그의 검이 날카로운 직선을 만들었다.

삼급용병용 평범한 검술이었다. 변화는 별로 없었다. 궤도 역시 솔직했다.

하지만 케이의 검이 만드는 직선이 너무 빨랐다. 기사는 감히 변화 섞인 검술로 걷어낼 생각 따위는 하지도 못했다. 그는 즉시 검을 휘둘러 케이의 검을 맞받아쳤다.

요란한 쇳소리와 함께 두 검이 충돌했다. 기사는 손이 찌릿한 충격을 받았다. 저도 모르게 한 걸음 물러섰다.

케이는 그 즉시 밀어붙이며 검을 다시 날렸다. 기사는 다급히 막는 수밖에 없었다. 다시 쇳소리가 터졌다.

이제 케이는 기사를 향해 검을 연달아 휘두르고, 기사는 그것을 막는 짓을 반복했다. 그리고 기사는 자신의 손에 점점 충격이 누적된다는 것을 깨달았다.

'당했다!'

깨달았을 때는 이미 늦었다. 바로 그 순간의 충격으로 그의 검이 공중으로 빙글빙글 돌면서 날아갔다.

케이는 기회를 놓치는 바보가 아니다. 더구나 그의 상대는 인간의 한계를 벗어난 전투력을 가졌다는 기사다.

케이의 검이 똑바로 날아갔다. 그 검은 물러서던 기사의 가슴 한가운데를 정확히 뚫었다.

기사의 눈이 커졌다. 그는 손을 들어 케이를 가리키며 말했다.

"너, 너는 용병이 아, 아니구나."

케이가 냉정하게 말했다.

"정규 삼급용병 케이다."

케이가 거칠게 검을 뽑자 기사는 마지막 비명을 지르며 쓰러졌다.

"거, 거짓… 크아악!"

검을 뽑은 케이는 급히 주변을 둘러보았다. 데이지가 보이지 않았다.

"데이지!"

케이의 눈에 그녀가 움직인 흔적은 확실히 눈에 띄었다. 케이가 그 길을 따라 달렸다.

케이는 데이지를 금방 따라잡을 수 있었다. 데이지는 작은 공터에 서 있었다.

그는 데이지에게 달려가며 소리쳤다.

"데이지, 괜찮아요?"

데이지에게 다가가던 그의 걸음이 천천히 느려졌다. 그는 놀란 얼굴로 주변의 숲을 둘러보았다. 근처에서 인기척이 잔뜩 느껴졌다.

"데이지, 이게 무슨……."

숲에서 갑자기 사람들이 우르르 몰려나왔다. 그 가운데에는 남작이 집사까지 데리고 와 있었다.

남작은 케이를 보고 말했다.

"용병 놈! 드디어 잡았다!"

케이는 당황했다.

"어, 어떻게 남작 너까지 여기를 쫓아왔지? 그것도 이렇게 빠르게?"

남작은 통쾌하다는 듯이 웃었다.

"어떻게 찾아왔냐고? 어떻게? 하하하! 바보 같은 놈. 너는 뛰어봐야 내 손바닥 안이다."

케이는 검을 들어 남작을 겨누며 주변을 둘러보았다.

'젠장! 적이 너무 많다. 더구나 완벽하게 포위되었다.'

그녀는 데이지를 돌아보았다.

'데이지를 먼저 빼내자.'

그는 데이지가 가지고 있다는 추천장을 믿어보기로 했다.

"윌리엄 남작, 데이지는 나와 상관없는 사람이다. 우연히 이 일에 끼어든 것뿐이다. 그러니 그녀는 보내줘라. 네가 명예를 아는 귀족이라면 그녀를 다치게 하지 마라!"

귀족의 명예를 언급한 것은 남작에게 데이지를 풀어줄 명분을 마련해 주려고 한 말이다.

하지만 남작은 더 크게 웃었다.

"으하하하! 너 미쳤느냐? 내가 왜 그녀를 다치게 한다는 말이냐?"

남작은 데이지를 돌아보며 말했다.

"오, 데이지. 이 세상에서 가장 아름다운 나의 사랑. 당신

덕분에 저놈을 잡을 수 있게 되었소. 어서 이리 와서 내 품에 안기시오."

케이의 얼굴이 딱딱하게 굳었다. 그가 믿어지지 않는다는 얼굴로 데이지를 돌아보았다.

"데, 데이지, 당신이 설마 배신을?"

데이지가 당황한 얼굴로 말했다.

"케이, 무슨 생각 하는지 알아요. 하지만 여기에는 약간의 설명이 필요해요."

남작이 그들의 대화에 끼어들었다.

"배신이라니. 그녀는 원래 내 여자다. 곧 나의 아내가 될 여자지."

그 충격적인 이야기에 케이의 머릿속으로 지난 일들이 빠르게 스쳐 지나갔다.

'올리버 같은 건달 놈이 데이지의 가게에서 싸움을 하는 것을 피했다. 데이지는 내가 남작을 죽이러 간다는 말에 화를 냈다. 그리고 남작의 방에 매복한 자들의 기척을 시약으로 지운 것은 1서클 마법사.'

케이는 머리를 망치로 얻어맞은 것 같았다.

'내가 데이지의 가게로 도망쳤을 때 1서클 마법사인 그녀는 시약으로 나의 기척을 지워주었다. 도망치는 도중에도 마찬가지. 그리고 지금쯤 저항군에게 습격당하고 있어야 할 남작은 우리를 곧바로 따라왔다.'

케이의 눈이 붉어졌다. 배신감에 가슴이 찢어지는 것 같았
다.

그는 목이 터지도록 소리를 질렀다.

"데이지!"

『가즈 블러드』 1권 끝

청어람 판타지의 재도약!!

혁신과 참신함으로 무장한
새로운 판타지 전문 브랜드의 탄생!

판타지계의 커다란 근간을 이뤄온 청어람 판타지 소설!
새로운 브랜드 「알바트로스」라는 커다란 날개를 달고
거대한 웅비를 시작합니다.

알바트로스는 판타지의, 판타지를 위한 개척자이자 도전자로 존재하겠습니다.

알바트로스는 형식적이고 나태해진 판타지계의 구습을 벗어나겠습니다.

알바트로스는 판타지계의 도약을 위한 든든한 날개 역할을 묵묵히 수행합니다.

알바트로스는 변화와 혁신을 통해 새롭게 태어날 환상 공간입니다.

알바트로스는 판타지를 아끼고 사랑하는 이들을 향한 청어람의 굳은 약속입니다.

유행이 아닌 자유추구 -
www.chungeoram.com

다세포 소녀 원작 만화 출간!!

초등학생이 반드시 읽어야 할 좋은 책 49권

각 학년별로 초등학생이 반드시 읽어야할 좋은 책을 선정하여 통합논술의 기본이 되는 '올바른 독서법' 을 일깨워 줍니다.

교과서와 함께하는 초등학교 통합논술

초등1학년 | 값 12,000원 / 초등2학년 | 값 9,500원 / 초등3학년 | 값 11,000원 / 초등4학년 | 값 9,500원 / 초등5학년 | 값 9,500원 / 초등6학년 | 값 11,000원

♣ 혼자 할 수 있어요.

엄마가 책 읽는 방법을 가르쳐 주어도 좋아요.
독서지도하는 선생님이 가르쳐 주어도 좋답니다.
"초등 교과서와 함께하는 **통합논술 시리즈**"는
아이 스스로 독서할 수 있도록 꾸며진 책이에요.
엄마와 선생님은 요령만 가르쳐 주시면 된답니다.

♣ 교과서의 중요한 내용이 총정리되어 있어요.

각 학년별로 중요한 교과 내용이 함께 수록되어 있어요.
초등학생은 교과서 내용을 충실하게 공부해야 합니다.
아울러 그와 병행한 독서가 대단히 중요하지요.
"초등 교과서와 함께하는 **통합논술 시리즈**"는
두 가지 방법 모두 알려준답니다.

♣ 이 책은 훌륭하신 선생님들이 함께 쓰신 책이랍니다.

동화작가 선생님들이 쓰셨어요. 소설가 선생님도 쓰셨답니다.
국어 논술독서지도 선생님들도 함께 쓰셨지요.
"초등 교과서와 함께하는 **통합논술 시리즈**"는
엄마의 마음으로 모든 선생님들이 함께 꾸민 책이랍니다.

입소문을 통해 아는 분은 다 알고 계십니다!
올 한해 공인중개사 최고의 화제작!

1~2권 합본 | 이용훈 지음
3~4권 합본 | 이용훈 지음
5~6권 합본 | 이용훈 지음
용 어 해 설 | 이용훈 지음
1~2차 문제풀이집 | 이용훈 지음

수험생 기본 필독서
만화 공인중개사

제목 : 만화공인중개사 쓰신 분에게 감사드립니다.

학원을 두달 다녔어요. 근데 과연 그 숫자 와우기 그런게 몇 문제나 나올까 생각을 했어요.
아니라는 생각이 드네요. 학원강의를 뒤로 하고 서점을 갔어요. 내 머리에 가장 이해될 수 있는
책이 없나 하구요. 거기서 만화를 발견했어요. 무조건 세번 봤어요. 3개월 걸렸어요. 문제 집을
보라고 했는데 그거 시행을 못했어요. 근데 합격을 했네요.

어떻게 감사의 말을 해야 될지…

도서관에서 만화책 들고 다니니까 사람들이 바웃더라구요. 만화책으로 공인중개사를 공부한
다고 미친사람처럼 보더라구요. 근데 그거 다 감수하고 했던 내가 자랑스럽습니다.

어떻게 감사의 말을 해야 할지 정말 감사합니다.

부디 행복하세요. 제 나이 41살에 좋은 스승을 만난 거 같습니다.

엎드려 감사드립니다.

—본사 홈페이지에 독자분이 올린 메일 中 에서 발췌—

잘나가고 싶은 사람은 읽어라!

그에게 한눈에 반했다! 그것은 분위기 탓?
애인과 나란히 걸어갈 때 당신은 좌, 우 어느 쪽에 서는가?
이성은 왜 서로 끌리는 걸까? 그 심층 심리를 해명한다!

30초의 심리학

■ **30초의 심리학**
아사노 하치로우 지음 / 계일 옮김 | 값 8,500원

처음 본 사람인데 와 닿는 느낌이
너무나도 강렬한 사람이 있다.
흔히 하는 말로 '필이 꽂힌 사람',
그래서 잊혀지지 않는 사람,
한눈에 반했다고 하는 것이 바로 그것이다.
이런 인간의 감정을 논하는 데
남녀의 구분이 있을 수 없다.
사랑하는 그, 혹은 그녀를
생각하는 것만으로도 가슴이 두근거린다.
이상할 것 없다. 당연히 그럴 수 있는 것이다.
그렇기에 인간을 감정의 동물이라 하지 않는가.
그러나 그렇게 좋아하는 그 사람이
어느 날 갑자기 싫어지는 경우는 왜일까?

Psychology